文春文庫

春はそこまで

風待ち小路の人々

志川節子

文藝春秋

目次

春はそこまで

風待ち小路の人々

冬の芍薬《しゃくやく》

一

十月もあと五日ばかり、くぐり戸を開けた表口から、朝のひんやりした空気がすうっと入ってくる。

「ふうむ、国貞《くにさだ》と英泉《えいせん》の美人画か。女ひとり描くのに、こうも違うとはねえ」

絵草紙屋「粂《くめ》屋」のあるじ笠兵衛《りゅうべえ》は、一枚ずつ手にとって見比べた。間口二間の店座敷には、新板《しんぱん》の錦絵がところせましと並べられている。

「ごらん、国貞の女は湯上りのすっきりした香りに包まれているが、英泉の女は白粉《おしろい》の匂いでむせ返りそうだ」

「匂い、でございますか」

笠兵衛が手にした絵を、店座敷の縁に腰掛けた若い男が、いぶかしそうにのぞき込む。

錦絵を卸しにきた、「和泉《いずみ》屋」の手代であった。

「絵は眼で見るものと決めつけちゃいけないよ。人を惹き付ける絵はね、絵面《えづら》から色気を振りまいてるんだ」

「へえ、こんどは、色気で」

「匂い、音、味わい……。そういうのをひっくるめて、わたしは色気といっていてね」

笠兵衛は手代に語りかけながら、後ろに控えてこのやりとりを見守っている、伜《せがれ》の瞬次郎《しゅんじろう》に言い聞かせるような気持ちでいた。四十八の笠兵衛からすれば、二十の瞬次郎にしろ手代にしろ、錦絵に関してはひよっ子も同然だ。

「はあ……」

実直そうな手代は低く唸《うな》り、絵に見入っている。

手代が勤める和泉屋は、芝は神明《しんめい》前三島町の地本問屋《じほんどいや》である。地本問屋というのは、錦絵や草双紙といった、内容の柔らかい本を扱う版元だ。

芝神明社は、俗に関東のお伊勢様ともよばれている。幕府の菩提所・三縁山《さんえんざん》増上寺とは隣り合わせ、日本橋を起点とする東海道沿いにあることもあって、参詣客は江戸市中のみならず津々浦々から押しかけてくる。

人出を当て込んで、神明前には水茶屋や料理屋のほか、袋物や紅白粉、伽羅油《きゃらのあぶら》といった品を商う店がひしめいている。なかでもいっとう人気を呼んでいるのが、錦絵や草双紙のたぐいだった。錦絵は一枚につきせいぜい十六文そこらで、何枚か買い込んだところで値は張らないし、かさばらない。田舎への土産物にもってこいだ。

神明前には、和泉屋のほかにも幾軒かの地本問屋が店を構えている。むろん店先でも錦絵を商っているが、画工や彫師、摺師《すりし》といった職人たち、貸本屋などもしじゅう出入りする。土産をじっくり選びたいという個々の客をさばくのも容易ならぬので、小売りをもっぱらにする絵草紙屋が、神明社のぐるりを取り囲んでいた。

人でごった返す神明前を抜けて北へちょっと行くと、通りは「日蔭町通り」と呼び名を変える。柴井町から芝口二丁目にかけて、五つの町内の裏手にまたがる新道がそれである。小さな商い店が軒を寄せ合っているが、幅は二間ばかりと町なかの通りとしては狭かった。しかも武家屋敷の高い塀が片側に続いているせいで、いつだって小暗い。

おまけに笠兵衛の粂屋がある源助町は通りの中ほどに位置しており、風通しもあまり良いとはいえなかった。土地の者たちは、大いなる愛着といささかの引け目をこめて、「風待ち小路」と称している。

和泉屋の手代は、笠兵衛の手許をのぞき込んだまま、しきりに鼻をうごめかせていた。絵から女の肌が匂うといった笠兵衛をないがしろにせず、まずは従ってみようとするところに、商いに対する真摯《しんし》な姿勢がうかがえる。

手代の横顔に、笠兵衛はかつて和泉屋に奉公していた自分をだぶらせた。

笠兵衛は十一の年に和泉屋へ奉公に出た。十八で手代になり、二十二のとき、「店を出て貸本屋になりたい」とあるじの市兵衛《いちべえ》に申し出た。市兵衛は笠兵衛を引き止めたが、「旦那様、手前は己れの才覚が世間に通用するか、試してみたいのでございます。貸本屋ですから、地本問屋の商いをまったく離れるわけではございません。手前なりにお店に恩返しができればと考えているのでして、はい」と笠兵衛が頭を下げると、一本立ちを許してくれた。

笠兵衛には、別に思うところがあった。

その時分、和泉屋には笠兵衛を含め手代が五人いて、外廻りや店を訪れる客の応対、職人衆との繋《つな》ぎといった持ち場についていた。笠兵衛は外廻りを任され、武家屋敷や裕福な商家に出入りしていた。客はおおむね女である。武家の奥向きや大店《おおだな》のお内儀《かみ》たちはおいそれと買い物に出ることがかなわぬので、こちらからうかがいに上がるのだ。

素養をもつ武家の奥向きは、読本《よみほん》や滑稽本といった読みごたえのあるものを手に取った。町家となると、文章よりも挿絵に重きをおいた合巻《ごうかん》や、浄瑠璃の稽古本などが求められる。色恋に材をとった人情本や、彩りの美しい錦絵は、武家、町家を問わず喜ばれた。

笠兵衛は新作が出ると目を通し、世間で何が流行《はや》っているかを知ろうと努めた。その月に掛かっている芝居の筋立てや配役も頭に叩き込んだ。そうして得た下地に、得意先の好みをすり合わせて品を薦めるのだ。

こちらの狙いが相手のツボに嵌《はま》ったときは、仕掛けた罠で獲物を仕留めた猟師のような心持ちになる。客との駆け引きは面白く、売上げも順調に伸びていた。

けれど、あるときふと思った。おれはなんで、売上げ売上げと躍起になっているんだろう。店のふるいにかけられて、五人のうちの一人に残るためなのか？　首尾よく番頭になれたところで、所詮は人に使われる駒の一つにすぎぬではないか。

そんなのは御免だ。ならば、地本問屋の手代として身につけた知恵を元手に、まずは貸本屋になる。銭を貯め、表通りに絵草紙屋を開く。身代《しんだい》を太らせ、ゆくゆくは二軒目、三軒目と支店を増やしたい。

笠兵衛はあくまでも小売りにこだわる。

ついこのあいだまで流行りを仕掛けにかかっていた地本問屋が、代替わりとともに商いを萎《しぼ》ませていくのを、和泉屋の手代であった数年のあいだにいくつも見聞きした。地本問屋が抱えているのは奉公人ばかりではない。身代の大きな店になるほど職人衆や戯作者たちの食い扶《ぶ》持《ち》までものしかかってくるので、思い切った商売に手を出せなくなってしまうのだ。その点、小売り店であれば小回りがきく。

笠兵衛の貸本屋は、当座の得意先を和泉屋が世話してくれたこともあり、少しずつ客を増やしていった。笠兵衛のほうでも、和泉屋から出た新作は、真っ先に薦めて廻った。

「ん？　わたしの顔に何かついてるかい」

和泉屋の手代が絵を嗅ぐのをやめ、己れの顔にまじまじと見入っているのに気づいて、笠兵衛は物思いを途中で切り上げた。

手代は畳に並べられた絵の一枚と、笠兵衛の顔を交互に見やっていた。絵は国貞の筆で、芝居役者の岩井半四郎《はんしろう》が描かれている。

当世の半四郎は五代目で、弓形の眸《ひとみ》に力のこもった、「眼千両」と讃えられる人気役者だった。笠兵衛より年嵩《としかさ》で五十半ばだというのに、容色はいよいよ艶《つや》めき、たっぷりの愛嬌と大胆さで、女形から荒事《あらごと》まで幅広くこなしている。

「そのう、常々思っているのでございますが、この絵などは瓜二つでいなさると……」

表から声が掛かったのは、そのときだった。

「おはようございます、笠の旦那」

北隣にある生薬《きぐすり》屋「円満堂」の若い女中が、通りを掃いていた手を止めてちょこんと頭を下げた。町内での笠兵衛は、「笠の旦那」で通っている。円満堂には同い年の忠右衛《ちゅうえ》門《もん》がおり、それが「薬屋の隠居」と呼ばれているのに比べると、耳触りがいかにも颯爽《さっそう》としていて、自分でも気に入っていた。

「よっ、おはようさん。風待ち小路がやけにきらきらしてると思ったら、おみっちゃんがいたんだな」

　笠兵衛は戸口越しに片目をつむってみせた。

　きょとんとしたおみつの顔が、みるみるうちに赤くなっていく。

「もう、いやな旦那」

　おみつは濡れたような眼で笠兵衛を軽く睨《にら》むと、手にした箒《ほうき》を握りなおし、いそいそと粂屋の前を掃きはじめた。

　和泉屋の手代に言われるまでもなく、笠兵衛は眼千両の半四郎に顔かたちが似ていると自負している。若い時分から同じような台詞《せりふ》を幾度も耳にしたし、通りすがりの女が笠兵衛を見て眼を瞠《みは》ったりするから、まったくの自惚《うぬぼ》れでもないだろう。粂屋の屋号も、半四郎の前名、粂三郎《くめさぶろう》にあやかっている。

　貸本屋であった頃はこの外見《みてくれ》のおかげで、並々ならぬ恩恵に与《あずか》ったものである。武家であれ町家であれ、女子《おなご》が送ってくる合図にさしたる差はない。「あら貸本屋さん、大和屋の五代目にそっくりじゃないか」

　笠兵衛は口の片端を持ち上げてふっと笑い、相手の眼を見つめ返して囁《ささや》くのだ。「大和屋がいくら上手く女に化けても、お前さんのほうがずっときれえだ。ねえ、おれと女の花道を歩いてみたいと思いませんかい」

　それで相手の眼がぽうっと潤めば、あとは流れに任せるのみだ。

遊びがばれることはない。己れの身の丈《たけ》と世間体をわきまえた女の誘いにしか、笠兵衛は乗らないからだ。ずぶずぶになるまで嵌り込まなかった女たちとは、色っぽいことがなくなったあとも細い糸で繋がっていて、たまに思い出したように注文をよこす者もいた。

店の前で箒を動かしているおみつを気遣わしそうにうかがいながら、和泉屋の手代が錦絵の束を揃えている。

笠兵衛は一枚の美人画を手にとった。身ごなしも軽やかに通りへ出る。

「おみっちゃん、うちの店の前まで掃いてくれてすまないね。お礼といっちゃ何だが、こいつを貰っておくれ」

「あら、これ英泉?　新しい髪型ね」

「へえ、どんなところが」

「ほら、鬢《びん》がこれまでよりふんわり膨らんでるでしょう。でも、本当に貰っちゃっていいんですか。なんだか悪いみたい」

「いいんだよ、おかげで一つ物知りになった」

「わ、嬉しい。女中部屋の襖《ふすま》が破れてるんです。あすこに貼ったら、みんなも喜ぶわ」

おみつは幾度も頭を下げて店に引っ込んだ。

和泉屋の手代と瞬次郎があっけにとられた顔をしていたが、笠兵衛は何もなかったかのように仕入れを続けた。

前日の注文どおりに品が届いているか帳面と突き合わせ、品薄になっているものを発注する。錦絵の新板は、英泉の美人画と国貞の役者絵を多めに仕入れることにした。古今の英傑を描いた武者絵にも、根強い人気がある。

「ああそれと、長唄の稽古本を十冊ばかり。存じよりの御師匠《おつしよ》さんに頼まれてね、ちと急ぐんだが」

「承知いたしました。ひとっ走りして、後ほどお届けにあがりましょう」

「いつもすまないね」

「いえ、こちらさまは古くからのお得意を摑んでいなさいますので、手前どももまとまった数が捌《さば》けて助かります」

如才なく応じる手代に、笠兵衛は自嘲《じちよう》ぎみに返した。

「うちみたく半端な場所にある店は、新規のお客を呼び込むのも容易ではないからね。昔からの知る辺《べ》を頼るよりないんだよ」

「そのようなご冗談を。そういえば、こんど喜兵衛《きへえ》さんが絵草紙屋を出すのでございますが、こちらのような気のきいた品揃えにしたいと、たいそうな張り切りようでして」

喜兵衛と笠兵衛は、同じ年に和泉屋へ奉公に入った者同士であった。店を辞めて貸本屋になった笠兵衛と違い、喜兵衛は店に残って番頭まで進んでいる。

「ふむ、喜兵衛どんが。祝儀をはずまないといかんな。で、どこに店を構えるって」

「日の出横丁でございます。新網町の」

「新網町……？」

目抜き通りの一筋西寄りが日蔭町通りなら、新網町があるのは一筋東寄りだ。あちらのほうが、神明前により近い。たしか、いたるところに網が干してある漁師町ではなかったか。

訊ね返した笠兵衛に、手代はさもありなんという顔をした。

「もとは漁師の家が集まっているきりだったのですが、先の冬でしたか、獲れたての魚でうまい酒を飲ませる店ができたんでございます。それが大当たりしたものですから、ほかにも店が増えてきましたので」

「へえ、あんなところがねえ。大通りの東向こうにはあまり行かないから知らなんだ。日蔭町通りでたいがいの用は足せるのでね」

「日の出横丁にもぼちぼち人が流れるようになりましたので、それで絵草紙屋を」

そこまで話すと、手代は横道に逸れすぎたと思ったらしく、顔つきを改めて店座敷の隅へ目を向けた。

「あちらは仕入れなさいますか」

風景画であった。夜の両国橋を描いたもので、橋の向こうに月がかかっている。

笠兵衛はちょいと視線をくれただけで、すぐに首を振った。

「なんだか辛気《しんき》臭《くさ》い絵だね。悪いが、引き取ってもらえるかい」

手代は、へい、と応えて帳面を閉じた。

二

手代を送り出し、さて、と振り返ると、縞《しま》の着物に前垂れをつけた瞬次郎がにっこり笑って坐っていた。うりざね顔は母親ゆずり、目鼻立ちは父親に似た瞬次郎だが、それでのんびりと微笑《ほほえ》まれると、一日の始まりに漲《みなぎ》っていた精気が、身体からいっぺんに抜けていく。

嫌味のひとつも口にしたくなるのを、笠兵衛はぐっとこらえた。手代とお喋りをしたので、店を開けるまであまり間がない。

「英泉の美人画を『一押し』に、残りを『本日売り出し』に並べておきなさい。平台も吊るしも、いま一度きっちり歪みを整えておくように」

瞬次郎に指図しながら、笠兵衛は表の戸を上げにかかる。

「はい。承知しました、お父っつぁん」

おっとりした声が背中に返ってくる。

瞬次郎は、奉公していた呉服屋から、この二月に戻ってきたばかりだった。笠兵衛の許で、絵草紙屋のいろはを修業中だ。

店先には、店座敷の半分ほどもある平台が、通りに向かって傾斜をつけて置かれていた。そこへ売れ筋の品を並べるのだ。

条屋では、木っ端《こぱ》と布切れを組み合わせて小ぶりの幟《のぼり》をこしらえ、「条屋の一押し」だの「本日売り出し」だのと書き入れて、品の脇に立てている。店番とのやりとりで品定めをしたい客はさておき、道中を急ぐ旅人にとっては土産を選ぶ暇すら惜しかろう。ぱっと目をひく幟があれば、迷うことなく買い物ができる。

ほかにも、品の陳列には笠兵衛なりの工夫が凝らしてあった。よく出る美人画や役者絵、合巻などは平台に並べ、人気が一段落ちる力士絵や風景画は、鴨居に渡した荒縄へ水引幕のように吊るしている。また、季節に応じた品を集めて特設したり、一人の役者を取り上げ、さまざまな役柄の絵を取り揃えたりしている。常連客でも訪れるたび新たな楽しみを見出せるように、という笠兵衛の気配りだ。

続々と売り出される新板や流行り筋のほかに、別立ての一角を組むとなると、狭い店座敷に置ける品数は限られてくる。子ども向けの土産用に、双六《すごろく》や千代紙も揃えておかねばならない。それゆえ、仕入れの段で心に訴えてこない品は、さっきの風景画のように引き取ってもらうことになる。

瞬次郎が、絵を吊るすのにもたついていた。

——おすま、わたしたちの倅はものになると思うかい。

瞬次郎の薄っぺらい背中を眺めながら、笠兵衛は亡き女房に語りかけた。

所帯を持ったのは、笠兵衛が二十五のときだった。六つ年下のおすまは気の強い女だったが、裏店《うらだな》住まいの中で節制を重ね、銭を蓄えてくれた。いまの場所に条屋を開いたのは、連れ添って十年目のことである。

風待ち小路に店を構えて八年、いまから五年前に、おすまは湯屋《ゆや》で唐突に倒れ、正気が戻ることなく息を引き取った。

まだ裏店に住んでいた時分、一人目の子を三つになる前に流行病《はやりやまい》で亡くし、おすまはたいそう塞《ふさ》ぎ込んだ。だが、翌年に瞬次郎が生まれると、何かに取り憑《つ》かれたのではと笠兵衛が首をかしげるほどの熱意を子育てに傾けはじめた。

瞬次郎が十になったとき、そのおすまが我が子を親戚の呉服屋へ預けたいと言い出した。錦絵や草双紙は女子に好かれてなんぼのもの、呉服屋ならば女心を知るのに打ってつけだというのだ。笠兵衛は倅を和泉屋に仕込んでもらおうと算段していたのだが、瞬次郎のこととなると頭に血がのぼってしまう女房には抗《あらが》いようもない。そういうわけで、瞬次郎を呉服屋に奉公させたのであった。

「お父っつぁん、品出しが終わりました」

「ああ、ご苦労さん」

倅の声で我に返った笠兵衛は、人の好さそうな笑顔にげんなりしながら返事をした。

三

妾宅での昼餉《ひるげ》の膳には、目刺しと香の物、それに貝の汁がついていた。

「これはまたずいぶん立派な浅蜊《あさり》だね」

汁椀に沈んだ貝の身をはずし、笠兵衛は箸でつまみ上げた。

慎ましやかに給仕をしているお孝《こう》が、口許を開きかける。しかし、台所で洗い物をしているお米《よね》のしわがれ声が、笠兵衛とお孝のいる六畳間へ割り込んできた。

「それは旦那、政《まさ》さんが選り抜いてくれたんでございますよ」

ついさっき「香の物を膳につけ忘れた」といって引かれた障子が、開いたままになっている。

妾宅は赤坂溜池《ためいけ》のほとり、俗に桐畑と呼ばれる地にあった。六畳間に寝所と台所、湯殿が付いた構えで、萱葺《かやぶ》き屋根や家のぐるりにめぐらされた生垣には、鄙《ひな》びた庵《いおり》のような風情が漂っている。

もとは商家の隠居所で空き家になっていたのを、四年前に笠兵衛が買い受け、お孝を住まわせるようになった。下働きのお米は、近くの長屋から通ってくる。

二十二になるお孝はひととおりの家事をこなせる女ゆえ、話し相手になってくれればと思い、笠兵衛はお米を雇ったのだ。だが、お米は七十を越しているというのに足腰の衰えもみせず、掃除に煮炊きにと精を出している。

台所から、水音とともにお米の鼻唄が聞こえてくる。気まずそうに障子へ視線をやるお孝に、笠兵衛は、まあ放っておけ、と眼で応じながら話を続けた。

「その、政さんというのは、どういう人なのかね」

「はい、旦那様。あの……」

応えようとするお孝を押しのけて、

「政さんは金杉橋の袂《たもと》から船を出す漁師でございますよ。獲ってきた魚だの貝だのを自分でも担いで商ってましてね。なにしろ活きがいいもんだから、そこいらの大名屋敷からひっきりなしに声が掛かるんで」

またもお米の声が被さってきた。

お孝が弱ったような顔になる。笠兵衛は苦笑いを返してみせ、こんどは台所のほうへ首を伸ばし、お米へじかに話しかけた。

「浅蜊といえば深川にまさるものはないと思っていたが、芝浦で獲れるのも捨てたものじゃないな。旬《しゅん》でもないのに、身の厚いこと。たいしたものだ」

そう言って、箸でつまんでいた身を口へ運んだ。ぷりりと引き締まった歯ごたえとともに、潮の香りが鼻に抜けていく。

浅蜊がもっとも美味くなるのは春と秋の産卵前で、その時季の身は殻にみっちりと詰まっている。十一月に入った今時分は、とうに盛りをすぎていた。

お米が手を止め、腰から上だけで振り返る。

「ですから旦那、政さんがたいそう張り切って選んでくれたんですよう。砂抜きの塩水も、いい塩梅《あんばい》にこしらえてくれましてね」

「ほう」

商売熱心な漁師だな、と笠兵衛は応じようとしたのだが、浅蜊をまた一つ口に入れた途端、じゃり、と砂があふれて声にならない。

「ねえ、お米さん。台所はわたしが片付けますから、買い物に行ってきてくださいな。糸を切らしていたでしょう」

框《かまち》へにじって行ったお孝がいつになく強い調子で、まだ何か言いたそうなお米を遮った。その背中に隠れるようにして、笠兵衛は懐紙を出し、口の中のものをそっと吐き出す。ざりざりした感触が、しばらくのあいだ舌に残った。

昼餉のあと、笠兵衛はお孝を床に誘った。

お孝はいつも、いったん羞《は》じらう素振りをみせ、ためらいながら肌を合わせてくる。初手のうちは淡かった乱れ方も、このごろは何かに突き動かされるような烈《はげ》しさで応えるようになった。

どんな葉を繁らせるかもわからなかった若木が、いまやみずみずしい蜜がたっぷりの実をたわわに生《な》らせている。それを己れの手で仕立てあげたという誇らしさを感じる一方、どこまでも甘くなっていく蜜の底知れなさに、少しばかり空恐ろしくもなる。

今しがたも、お孝は抑えのきかぬ己れに困ったような、泣きそうな顔をして果てた。瞼《まぶた》に残るその表情をいま一度味わいながら、笠兵衛は円《まろ》やかな肩を後ろから抱きすくめる。

「開けておいで」

寝所の明かり障子が、幾らか翳《かげ》ってきていた。笠兵衛の鼻先で、ほつれた後れ毛がいやいやとそよぐ。

「外から見る人がいたら、どうなさいます。恥ずかしいじゃありませんか」

「裏庭の先には溜池があるきりだ。誰もいやしないさ」

「でも……」

鬢からのぞいている薄い耳たぶに、笠兵衛は軽く歯をあてた。お孝は、あ、と身をすくめ、それきりおとなしくなる。

「ほら」

笠兵衛が耳許で念を押すと、お孝は己れの尻を撫でている手を軽くつねり、襦袢《じゆばん》の前を掻き合わせて身体を起こした。

明かり障子のほうへにじってゆき、桟に手をかけてなおも首を振ったあと、意を決したように一尺ほど引き開ける。乾いた風が、さあっと吹き込んできた。

これまで幾度となく繰り返してきた戯《たわむ》れごとだった。お孝は、しまいに己れが折れることになると心得ているのに、それでも拒んでみせるのだ。男の強い求めにやむなく押し切られるという道理がなければ踏み出せない女の律儀さが、笠兵衛には好ましかった。

俯《うつむ》きかげんに床へ戻ってきたお孝は、笠兵衛が広げたふところへ素直に迎え入れられた。さっきのように後ろから抱き込むと、幾らか冷えた襦袢ごしに、肌の火照《ほて》りが伝わってくる。背中から覆っているのは自分なのに、笠兵衛はお孝のぬくもりにくるまれているような心持ちになった。

二人して横になりながら眺める溜池に、穏やかな陽射しがそそいでいた。千代田城の外堀の役目も果たす溜池には渡し舟もあって、池というより、ゆったりとした川の趣がある。向こう岸に繁る江戸の産土神《うぶすながみ》・山王《さんのう》社の木立が、水面《みなも》に映っている。すっかり葉を落とした木々の上を、雁が渡っていく。

木立の麓《ふもと》には、別当寺の甍《いらか》が池へせり出すように連なっている。お孝はそこから見られるのを案じたのだろうが、池のほとりに社僧らしき人影は見当たらない。

溜池の広大な景色だけでなく、妾宅の裏にあるこぢんまりした庭も、笠兵衛は気に入っていた。そこには芍薬《しゃくやく》が植えられていて、夏場ともなれば、すらりと伸びた茎の先に大輪の花が咲く。山王社の万緑が映り込んだ溜池を背にする白い芍薬は、清々しさの中に艶《あで》やかさを孕《はら》んで、まさにお孝がたたずんでいるようだった。

だが、この季節になると花はむろん葉も茎も枯れて、まっさらな地面があるきりだ。ふだんはリキが寝そべっていて、地表に爪で引っ掻いた痕があるので、およその見当がつく程度だった。

リキは、女所帯は無用心だからと、お米が知り合いからもらってきた雄犬だ。この家にきたときは精悍《せいかん》な面構えをしていたが、四年のうちにめっきりじじむさくなった。犬は駆け足で年をとるそうだから、笠兵衛とは案外とんとんなのかもしれない。このごろは日がな眠りこけていて、そうかというと、二、三日、姿が見えなくなるときもあるのだった。

一昨日から、リキはまた行方をくらましているらしい。昼どきにお孝がおまんまをしきりに案じていたが、なに、陽が傾くと家の陰に入ってしまう冬の庭を嫌って、どこかお気に入りの場所で日向ぼっこでもしているのだろう。

「お店で瞬次郎さんが、心細い思いをしていなさるんじゃないかしら」

笠兵衛の腕の中で、お孝が首をかしげた。お孝は瞬次郎と顔を合わせたことはないが、笠兵衛がなにかにつけてぼやくので、頼りにならない倅だと受け取っているようだった。

「ふん、口うるさい親父がいなくて、せいせいしているさ。客にその気がなくとも、揃い物の役者絵なぞは二枚、三枚と組にして薦めるのが商売なんだ。それを贔屓《ひいき》の役者が描かれているのだけで結構だと言われて、はいそうですかときたものだ。あいつには商売の色気というものがない」

「そんなあしざまに仰《おつしや》らなくっても。瞬次郎さんだって、絵草紙屋の商いに慣れようと努めておられるでしょうに」

瞬次郎は奉公した呉服屋でお店者《たなもの》らしい物言いや所作を身につけて戻ってきたが、笠兵衛からすると欲がないというか、商人が備えているべきいやらしさを欠いているように思えてならなかった。

それにあの、のっぺりした笑顔はどうだ。客あしらいは愛嬌からというのが呉服屋の躾《しつけ》だったか知らないけれど、何かにつけ「承知しました、お父っつぁん」では、心許ないことこの上ない。

だが、そうしたことを差し向かいで話し合えないのが、いちばんの気がかりなのだった。瞬次郎が戻ってきて九月《ここのつき》になるのに、笠兵衛は倅との接し方を摑みかねている。

笠兵衛にとって瞬次郎は、おすまが蚊帳《かや》のように覆いかぶさっている子どもであった。蚊帳ごしに伜を眺める心持ちは今でも続いていて、面と向き合っても相手が何を考えているのか、まるで見えてこない。

「いっそのこと、旦那様が隠居するとでも仰ってみたらどうでしょう。自分がしっかりしなくてはと、瞬次郎さんも了見なさるのではないかしら」

「おいおい、それは聞き捨てならんな。若い頃がむしゃらに働いて財を成したら、隠居して悠々自適に暮らすという考えに異を唱えるつもりはないがね。己れが手塩にかけてきたものを、ある日を境にすっぱり手放せるとも思えないんだよ」

「旦那様……」

「うちの隣に、わたしと同い年で、とうに隠居した男がいる。身を粉《こ》にして働いていた頃は、早いとこ隠居して庭仕事に精を出したいなどと意気込んどったが、じっさいそうなってみると勝手が違うんだそうだ。何をやっても手応えがないんだと」

「……」

「仕事に追いまくられているからこそ、まぶしく見えるものがあるんだよ。わたしはもうひと踏ん張りして、商いを広げなくちゃならん。そうあっさり隠居しろなどと、口にしないでほしいものだね」

「堪忍してください。旦那様が隠居なされば、時を気にすることなく一緒にいられると、お孝が身を縮める。その素直さも、笠兵衛にとっては微笑ましい。

「べつに、気を悪くしたわけじゃないよ」

笠兵衛はお孝に足を絡め、いまいっそう強く抱き締めた。それにしても、人肌というのはどうしてこうも心地よいのだろう。腕の中にある肌身のぬくもりが、この世でなにより確かなものだ。

お孝の言う通り隠居すれば、ここで誰に気兼ねすることなくぬくもりを味わうことができる。いや、隠居などせずとも、お孝を後添いに直せばいいのだ。

お孝を見初《みそ》めたのは、おすまを亡くした翌年、芝神明の境内に出ている水茶屋へ立ち寄った折であった。水茶屋につとめる娘どもは、客に尻を撫でられたくらいで動じたりしないものだが、お孝は笠兵衛が茶代を払うついでにちょっと手を握っただけで真っ赤になった。

訊けば、つとめ始めてひと月にもならないという。病で床に臥《ふ》している母親のために働きに出たのだった。このけなげな娘から物堅さを剝《は》いだらどんな顔がのぞくのか、男心がそそられた。

だが、女房の一周忌がすんでもいないのに、親子ほど年の差がある女を後妻に迎えるとなると、世間体が気になった。それで、お孝を赤坂のこの家に住まわせることにしたのである。

あのとき体裁などかまわずお孝を粂屋に入れておけばよかったと、思わないでもなかった。けれど、食べるのは風待ち小路の一膳飯屋でこと足りるし、汚れ物なども下帯はともかく、やはり町内にある洗濯屋に出せばすむ。円満堂の女中たちも何かと気にかけてくれ、暮らしに不自由はない。気の向いたときに女の顔を見にいく気楽さに慣れて、ずるずると月日を送ってしまった。

かといって、いまの粂屋にはお孝とさほど年の違わぬ瞬次郎がいる。ここで笠兵衛がお孝を迎えると、三人が三人とも窮屈な思いをすることになるだろう。

何かきっかけがあれば話は別だが、よいではないか、このままで。

「さて」と笠兵衛は半身を起こす。

日ごろはそれにならって床を抜け、壁に掛けてある着物を着せかけてくれるお孝が、横になったまま胸許を押さえていた。

「おい、どうした」

「すみません、すぐにお帰りの支度をしますから」

お孝はそろりと起き上がったが、顔色がこころなしか青ざめている。

「お前、どこか具合が悪いんじゃないのかえ。さっきだって一緒に食べようと誘ったのに、胃がもたれていると断ったじゃないか」

「そんな青い顔をして、平気なことがあるものか。帰り支度なぞは自分でできるから、しばらく横になっていなさい」

「いいえ、平気です」

「ほんとうに、何でもないのです」

これまで聞いたことのない険《けわ》しい声音《こわね》に、笠兵衛は驚いた。

開いた窓から吹き込んでくる風が、いつのまにかひんやりしている。

膝に手を重ね、背筋をすっと伸ばしたお孝が口を開いた。

「わたし、赤子ができたみたいなのです」

「……」

「ちょっとばかり胸がむかむかしますけど、病ではありませんし……」

お孝は紙のように白い顔色のまま、はにかむように己れの腹へ眼をやった。

「そ、そうか」

笠兵衛は狼狽《ろうばい》した。三十幾つで瞬次郎のおたふく風邪をもらい、二人して寝込んだことがある。そのとき、医者に告げられたのだ。大人になってからのおたふくは、子種を失くす例があると。

お孝と睦み合っても子は出来ぬと思い込んでいたし、子が欲しいとも思わなかった。笠兵衛はお孝のぬくもりに、ただ浸っていたかっただけなのだ。

「旦那様、あの……」

ぼうっとなっている笠兵衛に、お孝が小首をかしげている。

「あ、ああ。ちょっとびっくりしたのでな。そうか、子か。医者に診てもらって、身体を大事にしなくては」

「……」

お米が買い物から帰ってきたのか、勝手口のほうで物音がする。

「おい、婆さん。お孝の加減がよくなったら、何か精のつくものを食わせてやってくれ」

笠兵衛は台所に向かって声を飛ばした。

四

妾宅から糸屋までは、歩いて四半刻《しはんとき》ほど。溜池沿いの趣深い往来も、愛宕下《あたごした》にさしかかると俄然《がぜん》いかめしい通りとなる。大名屋敷の表長屋が整然と続く一帯を抜け、風待ち小路に近づくにつれ、赤子のことでいっぱいになっていた笠兵衛の頭は、絵草紙屋のあるじのそれへと切り替わっていった。

日が暮れるまではまだ間があるのに、風待ち小路の人通りはいつになく寂しかった。

そういえば、このところ粂屋に立ち寄る客の数も減ってきている。

風待ち小路を行き交う人々は、おおざっぱにいって三通りに分けられる。まず、このあたりに住まっている人たち。商い店の面々や、その裏手にある長屋の住人連中だ。次に、諸国からの旅人や勤番の武士たち。大通りの人混みに気おくれする手合いが、脇筋へ入ってくるのである。あと一つが、市中からやってきた参詣客。こちらは繁華な通りに飽きていて、物珍しいものはないかと冷やかしにくるのだった。

笠兵衛の目に映っているのは、空になったざるを天秤棒《てんびんぼう》で担ぎ、軽い足取りで裏長屋へ帰っていく振り売りの男や、町内にある天ぷら屋であつらえてもらった持ち帰り用の皿を抱えている洗濯屋の女主人であった。

いつも見知った顔が行き来しているから、気がつかなかった。町の外から風待ち小路を訪れる者が、前とくらべて少なくなっている。

十日ほど前に和泉屋の手代が言っていたことが、耳によみがえった。日の出横丁とかいう響きのめでたい通りに、客足が流れているのではなかろうか。そうであれば、何か手を打たねばならない。

では、どうやって。歩きながら考えをめぐらせていた笠兵衛は、粂屋の手前にくると思案を切り上げて足を止めた。

出掛けには端のほうに吊られていたはずの風景画が、平台に積まれているのだ。瞬次郎の不手際に相違ない。すぐにでも駆け寄って並べ替えたいのを、奥歯をかみしめて我慢した。

平台の前に、女客が立っているのである。こちらからは背中しか見えぬが、あれこれ指を差して瞬次郎に訊ねている。

そうだ、瞬次郎、お客を取り逃がすなよ。ほれ、その三枚揃いをお薦めしろ。

渾身《こんしん》の念が通じたか、平台に視線を落としていた瞬次郎が、ひょいと顔を上げてこちらを見た。客もゆっくりと振り返る。

おっと思うような美人であった。


「お待たせして相すみませんでした」

女客に詫《わ》びつつ行燈《あんどん》に灯を入れると、笠兵衛は長火鉢で湯気を上げている鉄瓶をとって茶を淹《い》れた。

店座敷と襖一枚へだてた八畳間は茶の間でもあり、笠兵衛の寝間でもあった。長火鉢のわきに文机《ふづくえ》が置かれ、壁際には箪笥《たんす》が設《しつら》えられている。

「こちらこそ突然に伺いまして、ご迷惑ではございませんでしたか。わたくしはちせと申しまして、京橋の北詰、竹河岸で商いを営んでおります」

長火鉢を挟んで腰を下ろしたおちせは茶の礼を言って、湯呑みに手を伸ばした。橡《つるばみ》色をした無地の着物に、濃紫《こむらさき》の帯を合わせているのが、全体をきりりと引き締めている。お孝と似たような年頃だろうが、たたずまいからは女あるじの気概が漂ってくる。

「ご用向きは、引札をこしらえたいということでしたな」

引札というのは、商い店が新たに店を構えたり、安売りを仕掛けたりする折、客へそのことを広く告げるために配る摺り物である。天和の昔に駿河《するが》町の三井越後屋が現金安売り掛け値なしの引札を出してのちこれを真似る店が増え、当今は裏通りの小店までがこぞって配りたがる。

笠兵衛は粂屋を営むかたわら、この引札づくりを請け負っていた。といっても、笠兵衛のは道楽にすぎない。注文主も風待ち小路の小商人《こあきんど》や、源助町の表側、すなわち大通り側の幾軒かがせいぜいだ。粂屋では絵草紙を買う客に手製のしおりを配っているので、小さな紙切れ程度の彫りと摺りなら腕に覚えがあった。

「それで、おちせさんはどのような商いを」

「半襟屋でして、おじの代から続いております。ですが、この春に店が焼けてしまいまして……」

三月の夜更けに起きた火事を、笠兵衛は憶えていた。半鐘に眼を覚まして通りに出てみると、北の空があかあかと染まっている。風向きからして火がこちらへ飛んでくる心配はなさそうだったが、燃えている方角をみて、奉公先だった呉服屋を案じた瞬次郎が一散に駆け出していったのだ。

一刻《いっとき》ばかりして帰ってきた瞬次郎がいうには、火の手は竹河岸あたりで上がり、風にあおられて東へ広がったようだ。八丁堀が近いとあって、たいそうな騒ぎになったらしい。呉服屋は火が逸れたので、何事もなくてすんだ。

竹河岸は、名のとおり京橋川沿いに竹問屋がひしめいている。乾燥させるために幾重にも立て掛けられた竹材に火がついたのでは、ひとたまりもなかったろう。

「あの火事で店ばかりか、おじ夫婦と亭主を亡くしてしまいました。わたくしは子を連れて逃げ出すのが精一杯で……」

そう言って、おちせは二重がくっきりと刻まれた眼を湯呑みに伏せた。

「それは辛うございましたな」

笠兵衛は顔をしかめる。

おちせはしばらくのあいだ湯呑みを見つめていたが、やがて顔を上げた。

「いっときは悲嘆に暮れましたが、泣いてばかりもいられません。親戚筋や存じよりの方たちに支えていただいたおかげで、店を建て替える運びとなりました」

まだ普請中で、中の造作が出来上がるには、いましばらくかかるという。

「では、装いを新たにした店の披露目に配る引札なのですな。でしたら、素人が片手間にやっているような手前どもでないほうがよろしい。だいたい、こうした誂《あつら》えは大きな版元に頼むものです。戯作の先生に口上を書いてもらい、れきとした職人衆に彫り摺りも任せたほうが、受け取る人の心に響きます。神明前の和泉屋をご存知でしょう。あすこには顔が利きます、お取り次ぎいたしますよ」

笠兵衛は引札づくりを請け負うにあたり、それが注文主の進退を賭けた一枚だと見極めると、引札の定石を知り抜いている和泉屋を薦めることにしている。こちらはあくまで余技ゆえ、客をもっていかれても障りはない。

おちせは芯の強そうな眼を大きく見開いて、かぶりを振った。

「わたくし、これまでに幾枚も引札を見てきております。版元さんでこしらえたものは、どれも似たり寄ったりでした。ああしたものは、決まりきった文言に、売り出す品や店の名を組み替えるきりで、箔《はく》付けに戯作の先生の名を入れるのではございませんか」

「……よくご存知でいらっしゃる」

引札は配る側も受け取る側も、内容うんぬんではなしに有名どころの署名が入っていれば、それだけでなんとなく値打ちがあるような気がしてしまうのだ。

「こちらさまは、手間隙《てまひま》かけて実意《じつ》のこもった仕事をなさる。そう耳にして参ったのです。どうか引札をこしらえていただけませんか」

美人に頭を下げられては、引き受けぬわけにもいくまい。

「あまり買いかぶられても困りますがねえ。まず、お店に置いてある半襟のことをお聞かせいただきましょうか」

笠兵衛が文机に載っている硯箱《すずりばこ》の蓋《ふた》を開けて墨を磨《す》り始めると、おちせが口許をほころばせた。

「小波庵《こなみあん》」は、かつてはおちせの亭主が生地に図柄を描き、そこへおちせが刺繡《ししゅう》をほどこした半襟を店先に並べていた。絵柄は折々の草花がもっぱらで、着物の柄を邪魔せぬよう控えめになっている。型染めのようにいっぺんに幾枚も仕上げられないのが難だが、人とは違うものを身に着けたいという女たちが買い求めにきた。

火事で亭主を失ったものの、おちせはこれまで通り、手描きの絵に刺繡を組み合わせた半襟をこしらえたいと望んだ。しかし、絵を描くとなるとからきしである。

おちせは知る辺の絵師に頼み込み、絵筆の持ち様《よう》から手ほどきしてもらった。さいわい、筋がよかったらしい。亭主のような繊細な筆捌きには到底かなわぬものの、半年あまりで簡素な文様くらいならこなせるようになった。

「いま着けている半襟が、そうなんです」

おちせは行燈のほうへ身体をひねり、胸をわずかに反らせた。白地の半襟へ、帯と同じ色合いで麻の葉文様が描かれているのが、灯あかりに浮かび上がる。ところどころに、細かな縫い取りがほどこされていた。

「ほう、これは手が込んでいる」

笠兵衛が感心すると、おちせは恐縮したように手を左右に振った。

「思い通りのものが描けるようになるまでは、まだ時がかかりますし……。当座のあいだは、こうした文様入りの半襟を店に出そうと考えておりまして。どうぞよろしくお願いいたします」

おちせが店先の瞬次郎と二言、三言かわして表へ出ていったのと入れ替わりに、瞬次郎が茶の間へ入ってきた。手に大福帳《だいふくちょう》を提げている。

「お父っつぁん、目を通してもらえますか」

「どれ、よこしてみなさい」

笠兵衛は大福帳を受け取った。

先刻おちせが坐っていたところに、瞬次郎が腰を下ろした。相変わらず、あいまいな微笑みを口許に浮かべている。

国貞と英泉の絵が、目算どおり飛び抜けて売れていた。笠兵衛の言い付けに従い、瞬次郎は揃い物をしっかり薦めたようだ。ほかには、先ごろ芝神明の勧進相撲で初日から取り結びまで勝ち星を重ねた力士の絵に人気があった。

「ふむ、お前もこの商いにいくらか慣れたとみえる。けれど、平台に風景画を並べていただろう。あれはいかん」

大福帳を膝にのせて笠兵衛が腕を組むと、瞬次郎はわずかに首をかしげた。何を言われたのか計りかねているような眼をしている。

「平台は売れ筋を並べるところだ。同じことを何べん言わせたらわかるんだ、お前は」

「……」

瞬次郎は押し黙ったきりである。

腹立たしいやら情けないやらで、笠兵衛は胃がきゅうっと縮み上がる気がした。

円満堂の忠右衛門がうらやましい、とふと思った。忠右衛門には、瞬次郎より少し年嵩の倅がいる。これが当代のあるじなわけだが、女房がいるというのに品川宿の女郎に入れあげている、とんだ道楽息子だった。だが、代々のあるじのみに奥義が伝えられる仙喜丸《せんきがん》という薬だけは、せっせと調合している。

仙喜丸のように、先々の柱となる品がある店は強い。しかし、絵草紙屋は時流を読み、商い物の売りとなる点をめいっぱい引き出して客に差し出す才覚がなくては立ち行かないのだ。

行燈の油がじゅっと音を立て、あかりが揺らいだ。

「あのう……」

瞬次郎がもごもごと口を動かしていた。

「ん、どうした」

「売れているのです。その、風景画が」

瞬次郎は腰を上げて店の間へ行き、一枚の絵を手にして戻ってくると、笠兵衛の前に置いた。

大川を下る舟の上に視点がある。舟は今しも両国橋にさしかかろうというところ、ぐっと見上げた橋桁《はしげた》が、横に用いた大判美濃紙の手前いっぱいに描かれていた。橋桁の向こうには、幕府の御船蔵が軒を連ねる深川の町並みが、画面に奥行きを与えながら広がっている。薄い雲のかかる空、ぽっかりと浮かんだ大きな月。

笠兵衛は、その絵が先だっての仕入れで、和泉屋の手代に持ち帰ってもらったものだと気がついた。

「これが売れているのかね」

笠兵衛は大福帳を繰り、目を走らせる。見落としていたが、昼からだけで五枚も出ている。

「お父っつぁんが出掛けたあと、今朝の仕入れで頼んだ追加の品を、手代さんが届けてくれたのです。その中に、どういうわけかこの絵が紛れておりまして。あらためて見てみると、大川の水の匂いがふわっと寄せてくるようでした」

「匂い……」

「お父っつぁんが仰っていたではありませんか。絵は見るだけではないと。そのことがよくわかりました」

「……」

「ともかく平台に置いてみたところ、売れ始めたのです」

瞬次郎が言うのを上の空で聞きながら、笠兵衛は絵を拾い上げた。

一幽斎《いちゆうさい》広重というその画工の絵は、これまでも目にしたことがある。美人画や役者絵よりも風景画を得手にしているようだが、笠兵衛はいずれの絵にも陰気なものを感じていた。

目の前にある大川の風景からも、風はそよとも吹いてはこない。先年、当たりをとった北斎《ほくさい》の富嶽《ふがく》のほうが勢いがあった。いったいこの絵の何が、瞬次郎の――そして客の心を惹き付けたのか。

だがそれを訊ねるには、己れの内の何かが歯止めをかけている。

笠兵衛は瞬次郎の顔が視界に入らぬよう絵を掲げ、穴が開くほどそれを眺め続けた。

五

それからおよそひと月半を、笠兵衛はあわただしく過ごした。引札づくりに掛かりきりとなったからだ。小波庵は年明け早々に披露目をおこなう目途がつき、なんとしても暮れのうちに引札を支度しておきたいと、おちせが言ってよこしたのだった。

大判錦絵の半分の大きさ、中判の紙を横に用いることにして、笠兵衛が示したのはこうだ。半襟に描く文様を紙全体に淡い色合いで摺り、そこへ口上を重ねる。「女房に宿れり亭主の絵ごころ」という惹句《じゃっく》を大きめに配し、火事からこっちの経緯《いきさつ》を戯作調の文章で綴《つづ》るのだ。

「いかがですかな」

粂屋の茶の間で、笠兵衛は己れの思案をおちせに聞かせた。

「悪くはないのですが、何かこう、いまひとつ物足りない気がして……」

おちせは黙りこんで思案顔になったかと思うと、ひとり頷いて店の間へ出て行った。しばしのあいだ瞬次郎とやりとりする声がして、茶の間へ戻ってきたときには、商い物の千代紙を手にしていた。

紙の右半分に口上を記し、左半分は半襟の文様を摺り込んだだけの引札にしてはどうか、とおちせは言った。

「引札の半分を切り取れば、千代紙として使うことができます。受け取った方にも喜んでいただけるのではないかと思いまして」

「なるほど、そいつはいい考えだ。だったら、千代紙の部分は幾通りか文様を違えたものをこしらえましょう。なに、板木をちょいと入れ替えるだけです、手間ではありませんよ」

「新柄の披露目にもなりますわ。お気に召した図柄の千代紙を持って、小波庵を訪ねてくださるお客様がいらっしゃるかもしれません」

笠兵衛はうなずきながら、おちせの思いつきに感心していた。こうした、商いのキレとでもいうものが、うちの伜にもあればいいのだが。

おちせは先だって身につけていた、麻の葉文様のような簡易な図柄のほかに、草花の下絵も描いてきた。年明けにさっそく使えそうな福寿草と、夏が待ち遠しくなりそうな芍薬の花だ。筆運びにぎこちなさは残るものの、描かれた花には女子ならではのたおやかさがにじみ出ている。

笠兵衛は引札づくりに没頭した。余技にすぎぬとわきまえていながら、板木を彫り始めると、気持ちがどんどんのめっていった。引札を頼まれるといつもこうだ。たいした手間賃を受け取るわけでもないのに、手を抜くことなど考えられなくなってしまう。寝る間も惜しんで仕上げた柄違いの引札を、おちせはいたく気に入ったふうだった。

「配ってしまうのがもったいないくらい結構な出来ばえですこと。半襟の文様も、ほら、このように細かいところまで気を遣ってくだすって」

「いやなに、いちばんのお手柄はおちせさん、あんたですよ。半襟の文様を千代紙にするなど、なかなか閃《ひらめ》くもんじゃない」

笠兵衛に手放しで褒められ、おちせはちょっと困ったような顔になったが、摺られているる花の絵柄をそっと撫でると、畳に手をついて頭を低くした。

「こちらさまにお願いして、ほんにようございました。ありがとうございます」

引札づくりを請け負った笠兵衛がもっともほっとし、何にも替えがたい充足を感じるひとときである。

いつもなら引札の話をすませるとすぐに腰を上げるおちせが、笠兵衛が茶のおかわりをすすめたのへ素直にうなずいた。新装の段取りがついて、安心したのだろう。

熱い茶をゆっくりと飲みながら、おちせはおじ夫婦や亭主の思い出話をひとしきり語り、みんなきっとあの世で喜んでいることと思います、と言い添えた。

「こちらの店先で錦絵を見るのも浮き浮きしました。参りますたびに、何かしらちょっとずつ違っているんですもの」

「ほう、お気づきでしたかな」

「気づくといっても、役者絵きりですけど。芝居が好きで、たまに小屋へ行くこともあるんですよ。それで、あの、ひとつ思ったことがございまして」

おちせが湯呑みを盆に戻し、上目遣いになった。

「何ですかな」

「そのう、旦那様は、大和屋の五代目にそっくりでいらっしゃいますのね。もちろん、瞬次郎さんもですけど……」

瞬次郎もというのが癪《しゃく》にさわるが、それを帳消しにするくらいの深い眸がこちらを見つめている。

まるで吸い込まれてしまいそうだ。そう思った刹那《せつな》、自分でもびっくりするような甘い声が口をついていた。

「大和屋なんかより、おちせさんのほうがずっときれいですよ。どうかね、わたしと女の花道を歩いてみたいと思いませんか」

「………」

おちせは両手でぱっと顔を覆うなり俯いた。肩が小刻みに震えている。

どこかで百舌鳥《もず》がひと啼きした。

やがて、そろそろと顔を上げたおちせは——顔を皺《しわ》だらけにして笑み崩れていた。

「あら、ごめんなさい。あんまりお上手なものですから」

「………」

「それと、たいそう褒めてくださるので言い出せなかったのですけど、半襟の文様を千代紙にする知恵は、瞬次郎さんから拝借したんですよ」

そう言いながら身をよじり、目尻に滲《にじ》んだ涙を指で拭っている。

笠兵衛は身体がかっと熱くなり、そして、お孝のぬくもりが無性に恋しくなった。

六

しかし、笠兵衛を迎えてくれるはずのお孝はいなかった。

家じゅうの雨戸が閉《た》てられ、表の戸を引いてもびくともしない。笠兵衛が茫然《ぼうぜん》と立ち尽くしているところへ、お米がやってきた。

「どうしたことだ、一体」

お米は応えず、戸口をがたがたやって平然と入っていく。

真っ暗だった部屋は、お米が一枚ずつ雨戸を繰るにつれ、少しずつ様相をあらわにしていった。茶の間の箪笥も蠅帳《はえちょう》も、いつもの通りだ。笠兵衛の綿入れ半纏《ばんてん》が壁に掛かっているのも、見慣れた光景であった。

笠兵衛は提げてきた風呂敷包みを下に置き、箪笥の引き出しを開けてみた。お孝のものはひとつもなく、あるのは笠兵衛の着物や下着きりだった。

「どうしたことだ」

空っぽになった引き出しを見つめたまま、笠兵衛は同じ言葉を繰り返した。

風呂敷包みには、おちせに頼んで誂えてもらった半襟が入っていた。お孝に贈り、後添いになってくれと切り出すつもりだった。先だって赤子のことを聞かされたときは仰天してうろたえるばかりだったが、これが己れの気持ちに踏ん切りをつけるきっかけなのかもしれないと、あとになって思い直したのだ。

「旦那様に申し訳がたたないと幾度も言ってましたよ、お孝さんは」

襷掛《たすきが》けではたきを手にしたお米が言った。お孝は、金杉橋の漁師、政吉《まさきち》と一緒にいるのだという。

「あ、あの時期はずれの浅蜊か」

「魚の入った盤台をのぞいて話すうちに、政さんがお孝さんに想いを寄せるようになったんでございます。なんたって、大名屋敷に届けるような、その日いちばんの魚をここにまわしてくれるんでございますから。そんなに親切にされちまったら、お孝さんでなくたってぐらつきますよう」

お米は気の毒そうな声で応えながらも、てきぱきとはたきをかけていく。

「赤子はよもやそいつの……」

「まさか。旦那がいないところへ政さんを引っ張り込むなんて、お孝さんに限ってあるもんですか。それに、赤子なんぞ出来てやしません。妾の月の障りくらい、覚えておくものでございますよ」

笠兵衛は指を折って数えてみる。己れのうかつさを呪った。だが、それにしても腑に落ちない。

「なんで謀《たばか》るような真似をするんだ」

お米が手を止め、笠兵衛に向き直った。

「旦那は独り身だってのに、いつまでたっても女房にしてくださらない。跡継ぎがちゃんとおありなのに、隠居してここで一緒に暮らす素振りもない。片や、実意《じつ》を尽くしてくれる男が口説いてくる。天秤にかけたくもなりまさあね」

「……」

「まあ、だからってお孝さんがあんな嘘をつくとは思いもよりませんでしたけどねえ」

「お前、盗み聞きしていたな」

低く唸る笠兵衛に、「人聞きの悪いことを仰らないでくださいましよ。たまたま耳に入ってきただけでございますからね」とお米はうそぶいて言葉を継いだ。

「お孝さんには、あれが精いっぱい。だのに、旦那ときたらどうですよ。長いことほったらかしにして」

訪ねて来なかったのは、悪かったと思っている。だが、引札づくりで忙しいことは知らせてあったし、そうしたことはこれまでになかった話ではない。

「その、政さんとやらは、どんな男《やつ》なんだ」

「ですから、漁師で……」

「そうじゃない。男ぶりだ、どんな面《つら》をしているのかね」

笠兵衛が訊ねると、お米は顔の前ではたきを左右に振った。

「そりゃがたいは立派なものですがね、真っ黒に日灼けした顔へちょこんと眼がついていて、その眼をしばたたかせながらお孝さんに魚をあれこれ薦めてくるんでございますよ。三十にもなる男が額に大汗かいて、まあ。この年寄りが見ていても、くすぐったくなりましたよう」

簞笥の前に置かれたきりになっている風呂敷包みを、笠兵衛はそっと引き寄せる。お孝は居所を明かして姿を消したのだ。こちらから訪ねていっても、逃げ隠れはしないだろう。

けれど、笠兵衛はそうまでしてお孝を引き戻そうとは思わなかった。

「お孝さんは、旦那にひとかたならぬ恩義を感じてましたよ」

お米はにわかにしんみりした口調になった。

「婆さんに何がわかる」

笠兵衛は溜息をつき、宙を見上げる。住む人がいなくなった家の天井は、心なしか煤《すす》けて見えた。

溜池から吹き寄せる風は冷たかった。だが、浅蜊を食べた折には八ツ下がりでほとんど影になっていた庭も、冬至をすぎてわずかずつながら陽だまりが広くなってきている。

芍薬が植わっている場所にも陽が当たり、リキが気持ちよさそうに寝そべっていた。地表は何もなさそうに見えて、土の中にある芍薬は花の時季に向けゆっくりと、それでいて着実に支度を進めている。

お孝は誠実な政吉のもとで、どんな花を咲かせるのだろうか。

そして、瞬次郎もいつかは親を越えて羽ばたく時がくるのだろうか。

「若い者は若いなりに、考えがあって励んでいるのかもしれんな」

のほほんと目をつむっているリキに、笠兵衛は語りかける。

縁の下で、何か動くものの気配があった。ごそごそと音がしてあらわれたのは犬で、あとを追って仔犬が五匹も這い出てきた。仔犬はよちよち歩きを始めたばかりらしく、転がるようにして母犬に続いていく。

母犬がリキに鼻を寄せ、そのままぴったり寄り添って横になった。その胸許に、仔犬たちが群がって顔を埋める。

「リキ、お前の子か」

眼を丸くした笠兵衛を、リキは片目でちらりと見やり、さも眠そうにあくびをした。

春はそこまで

一

つめたい木枯らしが、風待ち小路を吹き抜けていく。

師走《しわす》半ばの昼下がり、生薬屋「円満堂」の店土間に、女が小さな男の子を連れて立っていた。

「風邪薬と頭痛の薬、そうそう、お腹の薬もいただいておかなくちゃ」

「はい、かしこまりました。ちょっとお待ちくださいね」

店先には、効能ごとに分けられた薬袋の盆が、幾つも並んでいる。おたよは頼まれた品を、一つずつ確かめながら揃えていった。

女は木挽《こびき》町にある筆屋の女房で、二十三歳のおたよと同じ年頃である。例年、芝神明の門前で注連《しめ》飾りを買う慣わしなのだといい、この時期になると円満堂に顔をのぞかせるのだった。

「この子がね、ここの腹薬じゃないと飲まないんですよ」

そう言って、女は男の子の肩に手をのせた。すんなりと伸びた指先に、おたよの眼がつい引き寄せられる。丸まるとした自分の手とは大違いだ。

「手前どもの腹薬は、子どもさんにも苦くないように調合してございますから。本当は、お腹が痛くならないのが一番いいんだけれど、ねえ」

おたよが男の子に話しかけると、男の子ははにかんで母親の後ろへ隠れてしまった。

おたよは女房と眼を見合わせて微笑み、頼まれた薬とは別に、小さな薬包を付けて紙に包んだ。

「こちら、ほんの心ばかりですけど、よろしかったらどうぞ」

円満堂では、師走の十日から客に屠蘇散《とそさん》を配るのが恒例となっている。

「あら、それじゃ遠慮なくいただきます。神明様で買い物をして、ここの屠蘇散をいただくと、年の暮れだなと思いますよ」

女房はしみじみと言って薬の包みを受け取ると、急にそわそわと店の奥のほうを気にしはじめた。

その事由《わけ》を、おたよはちゃんと心得ている。

「ご亭主のご用向きも、もうじき済むでしょうから、ゆっくりお待ちになってくださいな。さ、どうぞこちらへ」

よっこらせ。ふくよかな我が身に、掛け声をかけて腰を上げる。長火鉢の置かれた端のほうへ女房をうながすと、そこで番をしている小僧に、お客様に薬湯をふるまうよう言いつけた。

間口五間の円満堂は、二十軒あまりの商い店がひしめきあう風待ち小路では、わりあい大きな方であった。おたよのいる店座敷は二十畳ほどで、客の応対にあたっている手代が生薬の納まる百味簞笥《ひゃくみだんす》とのあいだを行ったり来たりし、帳場格子の内側では番頭が帳面を書き付けている。長火鉢の脇では、小僧が鉄瓶から湯呑みに薬湯を注いでいた。

座敷の中ほどには衝立《ついたて》が置かれ、その後ろで、別の手代が薬研《やげん》で生薬を粉にしている。衝立には家伝の名薬の名が書かれているが、円満堂のそれは、風邪薬でも子どもも受けのよい腹薬でもなかった。

仙喜丸。今ひとつ勢いの足りぬ男のものに活を与える、閨房《けいぼう》の秘薬である。

似たような薬を売る薬種屋は江戸に何軒もあるが、仙喜丸は効き目が長く続き、身体への負担がおだやかなことで、その名を諸国に知られていた。旅人の江戸土産としても、根強い人気がある。

しかし、秘密めいたこの薬を、女子供も出入りする店先で買うのはどうも具合が悪い。そうした客の気持ちを慮《おもんぱか》って、仙喜丸は奥の小部屋で商っているのだった。店の者が裏座敷と呼ぶ小部屋へは、店座敷をまわり込むかたちで土間が通じており、その入り口に丈長の内暖簾《のれん》が掛かっている。

裏座敷は六畳一間で、日の光があまり入らぬようにしてあり、昼間でも薄暗い。客に応じるのは、おたよの亭主、亀之助《かめのすけ》であった。

筆屋の女房が薬湯を飲み終わるころ、内暖簾が割れて中年の男が姿をあらわした。筆屋のあるじだ。

亭主が片手を軽くあげたのを見て、女房は腰を浮かせた。男の子の手を引き、いそいそと近寄っていく。男の子が、空いているほうの手で父親と手をつないだ。

おたよは親子を見送るために店の外へ出た。

「どうもありがとうございました」

「こちらこそ、薬湯をごちそうさまでした。子どもには砂糖湯までいただいて……。ほら、ごちそうさまは？」

母親にのぞき込まれると、男の子は「ごちとうたまでした」とちょこんと頭を下げた。

「まあ、おりこうさんだこと。来年も、よい年になりますように」

年の瀬が近いせいか、風待ち小路はけっこうな数の人が行き交っている。男の子を真ん中にしてつながった三人の姿は、じきに人混みへ紛れていった。

暮六ツに店の戸を下ろし、盆の上の薬袋をきれいに並べ直していると、

「お内儀さん、少しばかりお話ししてよろしゅうございますか」

番頭の宇平《うへい》が声を掛けてきた。四十がらみの宇平は、おたよの舅《しゅうと》、忠右衛門が当主であった時分からの古い奉公人で、店のことは何から何まで心得ている。

「構いませんよ。ちょうど区切りがついたところです」

おたよは宇平に従《つ》いて、店座敷の奥まった場所にある帳場へ行った。

結界の内に腰を下ろすと、宇平は机に載せられた大福帳を手に取った。

「屠蘇散の減り具合が、いささか気になりますので」

「配りはじめて、十日になりますね。用意した数が、もう足りなくなったのですか」

「いえ、どうもお客様の出足がよくないようでして……」

宇平は渋い顔で大福帳を繰り、おたよの前に差し出した。屠蘇散を配った数が、一日ごとに正の字で示され、その横に、昨年の同じ日の数が記してある。二つ三つずつ程度のことだが、当年はいずれの日も、前の年をまだ上回っていなかった。

「何も思い当たらないけれど……」

おたよは首をかしげた。

円満堂に嫁いで、じき三年になる。嫁入ったとき、姑《しゅうとめ》はすでに亡くなっていたが、家付き娘であったその人は元来明るい性格で、若い頃から客の応対にあたっていたらし

い。それでおたよも当たり前のように、店に出ることを望まれたのだった。

実家は具足《ぐそく》町にあり、父は町医者をしている。おたよも娘時分は、訪ねてくる患者を取り次ぐくらいの手伝いはしたけれど、もとは内気で人見知りをする性分である。はっきりいって、客あしらいには向いていない。客の前に出ると胸がどきどきして、身体が浮くように感じられるのだ。昼下がりに筆屋の女房を応対したときだって、亭主が裏座敷から出てくるまでのあいだをお喋りでつなぐ手もあったのに、そそくさと薬湯をすすめてしまった。

せめて足手まといにならぬようにと、おたよなりに励んではいる。しかし、番頭に客が減っていると聞かされても、その因《わけ》がどこにあるのか見当すらつかないのでは、我ながら情けなくなる。

「もしかしたら、日の出横丁へ人が流れていっているのかもしれません」

腕組みをした宇平が、眉間《みけん》に皺を寄せたまま言った。

「日の出横丁？」

「はい、金杉橋の北詰に、先の冬くらいから小商いの店が建ち並びはじめたそうで」

「流行っているのかしら」

「幾つか並んでいる食い物屋が、揃って美味い物を出すのだとか。そもそも漁師町ですから、魚は新鮮でございましょうね」

「そう……」

人の流れを余所《よそ》にもっていかれるのは困りものだ。

生薬屋は、通りをひやかしながらぶらりと立ち寄るたぐいの店ではないが、行き交う人が多ければ、なかには急に動悸《どうき》がしたり、頭が痛くなったりする者もいる。町内の天ぷら屋で腹ごしらえした旅人が、「あそこの腹薬があれば安心だと教えてもらった」といって円満堂を訪ねてくることもある。人通りが少なくなれば、持ちつ持たれつで成り立っている風待ち小路ぜんたいが立ち行かなくなるのだ。

「手前が一度、日の出横丁をのぞいて参りましょうか」

「そうね、お願いします」

「では、いずれまた。ところで、店売りにひきかえ、といってはなんですが、飛脚売りの注文は、まずまず上向いてきておりますよ」

宇平はそう言って腕組みをほどき、別の大福帳に手を伸ばした。眉間に刻まれていた縦皺が、薄くなっている。

円満堂では一年半ほど前から、飛脚売りを始めた。住まいが江戸から遠く、風待ち小路に来ることが容易でない客に、為替手形と飛脚をもちいて品を売るのが飛脚売りだ。それまでも望む声はあがっていたのだが、手間のわりにさしたる実入りが見込めないと、二の足を踏んでいたのだった。

飛脚売りに踏み出そうと言い出したのは、おたよであった。店の商いは宇平がしっかりしているし、奥のほうも女中たちに任せておけば案ずることは何もない。気は楽だが、はなからあてにされていないようで寂しくもあった。店にいても、奥へ引っ込んでも、宙ぶらりんなところに身を置いているという気持ちがつきまとう。子どもでもいれば気が紛れるのかもしれないが、亀之助と連れ添って三年が経とうというのに、子宝に恵まれる気配はない。

どうしたら、客あしらいの不得手な自分でも、円満堂の役に立てるだろう。思案の末にたどり着いたのが、飛脚売りだったのである。

おたよはまず、亀之助に持ちかけてみた。

「そんなお前、顔の見えない相手と手紙《ふみ》や手形だけでやりとりするなんて、行き違いがあったらどうするんだい」

亀之助は反対したものの、

「でもお前さま、わたしにとっては商いを学ぶいい機会になると思うんです。どんな些《さ》細《さい》なこともお前さまや番頭さんに相談して、きっと迷惑をかけないようにしますから」

おたよが食い下がると、しぶしぶながら首を縦に振った。

飛脚売りを始めるにあたっての約束事を取り決め、両替商や飛脚屋へ足を運んで話をつけた。むろん、表向きはおたよが先頭に立っていたけれど、実のところ、宇平がいなければ事はすんなりと運ばなかっただろう。

当座のあいだは、これまで幾度か円満堂で買い物をしているお得意だけを相手にすることにした。行き違いを避けるため、扱う品も仙喜丸ひとつに絞っている。

初めのうちは、荷の中身に雨が沁《し》み込むといった失敗もあったが、今では油紙を二重にして荷ごしらえするのも、お手の物であった。


「仙喜丸のような品を買うのは、なかなか気恥ずかしいものです。案外、飛脚売りが向いているのかもしれませんな。こうした商いを心待ちにしているお客様は、思いのほかいらっしゃるようです」

宇平から大福帳を受け取って、おたよも目を通してみた。前回の注文からさほど日をおかず、追加を頼んでくる客が一《ひぃ》、二《ふぅ》、三《み》、ざっと見たところでも結構いる。

「お得意様が窓口になって、ほかの方に薦めてくだすってるみたい。送り賃や口銭《こうせん》が上乗せされても、江戸と往復することを考えたら安上がりなのでしょう」

「このぶんなら、来年はいま少し手を広げてもよさそうです」

宇平はそう言うと、ぼんのくぼに手をやって言葉を続けた。

「正直なところ、飛脚売りなぞ無理な話だと決めてかかっておりました。お内儀さんに新しい風を吹かせてもらって、ようございましたよ」

「新しい風だなんて、そんな……」

嬉しいのと照れくさいのとで、おたよの身体に汗が噴き出した。懐から手拭いを取り出し、額の汗をおさえる。このごろは、今みたいに気持ちが揺らいだり、ちょっと身体を動かすだけで、わっと汗をかいて困惑することがある。

大福帳を宇平に戻していると、裏座敷へ通じる内暖簾から、亀之助が出てくるのが目に入った。

亀之助は店土間を掃いている小僧に、二言三言、話しかけている。おたよはそちらへ近寄りながら、亭主の着物が昼間とは違っているのに気がついた。

「どちらかお出掛けですか」

框《かまち》ぎわに膝をつき、亀之助の背に声をかける。

「ああ、つくしへ行ってくる」

亀之助はおたよに背中を向けたまま、風待ち小路にある縄暖簾の名をあげた。

「どなたかとご一緒で？」

詮索めいて聞こえぬよう、さらりと訊く。

肩をわずかに上下させて、亀之助が振り返った。

「錦栄堂《きんえいどう》の金吾《きんご》に条屋の瞬次郎。いつもの顔ぶれだよ」

亀之助はにこやかな笑みを浮かべ、淀《よど》むことなく応えた。太い眉、大きく張った眼、まっすぐ伸びた鼻筋に血色のよい唇。男くさい顔つきで上背もあるので、一見いかつい感じだが、笑うとなんともいえぬ愛敬がこぼれ出る。

二十五といえば立派な男盛りだが、おたよはその笑みに初々しさを垣間見る気がして、女心をくすぐられるのだった。それゆえ、言いたいことの半分も口にできなくなる。

「何だい、浮かない顔をして。おれはちょいとそこで飲むにも、一緒にいる連中のことまで女房に断っておかなくちゃいけないのかい」

「いえ、そういうわけでは……」

おたよが曖昧に言葉を濁すのを見越していたように、亀之助は話を切り上げにかかる。

「遅くなったら裏の戸から入るから、表は戸締りして構わないよ。いや、見送りはいい。お前も片づけがあるだろうし」

腰を浮かしかけるおたよを片手で制して、店のくぐり戸を出て行った。

おたよは着物の膝頭をきつく摑んだ。

つくしで飲むだなんて、実のところは品川宿の女郎屋へ行くくせに。店の者だって、みんな知ってるんですよ。商いを放って遊んでるわけじゃないし、仙喜丸はあるじのお前さまにしか調合できないから、見て見ぬふりをしてくれてるだけ。お前さまの金遣いがこうも荒くては、飛脚売りでちょっとばかし売上げても、話にならないじゃないの。

口にできなかった言葉が、胸でいっせいにせめぎだす。

亀之助の女道楽は、今に始まったことではなかった。品川宿の梅乃《うめの》とは、おたよが感づいてからでも、二年は馴染んでいる。

女郎屋通いをいさめることができないのは、笑顔に心をくすぐられたせいだけではなかった。悋気《りんき》はみっともないし、奉公人たちの手前、おたよにだって意地がある。

おたよはくぐり戸のあたりを、じっと見つめる。店座敷には行燈が灯されているが、おたよの視線の先に、あかりは届いてこなかった。

二

あと五日で年が明けるという日の昼どき、おたよは天ぷら屋「天花《てんはな》」の二階座敷にいた。

天花は円満堂から北へ三軒いったところにある。一階は入れ込みの土間で、二階は八畳の二間続きになっている。

二間を仕切る襖は引き開けられて、おたよたち十人ほどの貸切となっていた。腰を落ち着けているのは、いずれも風待ち小路の面々である。

寄合いはのっけから酒が出され、四半刻も経つころには、皆いい塩梅に出来上がっていた。もっとも、おたよには酒は苦いきりで、初めにほんの少し舐《な》めただけだ。

「さて、そろそろ地口《じぐち》の披露といこうじゃないか」

部屋の奥に坐っている岩蔵《いわぞう》が声をかけた。古着屋の隠居で、六十がらみの四角い顔がほんのり赤く染まっている。

年が明けてひと月もすれば、初午《はつうま》の祭がめぐってくる。風待ち小路の隣町、芝口三丁目にある日比谷稲荷でも、例年、神輿《みこし》の渡しが出る。

初午祭には、地口行燈がつきものであった。地口というのは諺《ことわざ》や和歌などを下敷きに、文句をもじったり作りかえたりする言葉遊びで、そこに絵を添えて行燈に仕立てたのが地口行燈だ。氏子の集まる日蔭町通りには、祭の幾日も前から、通りの両脇に地口行燈が立てられる。

通りを訪れる人たちに楽しんでもらえるよう、どの町内も工夫を凝らしている。なかでも、切れ味のよい地口とそれを引き立てる達者な絵で評判なのが、源助町、すなわち風待ち小路の地口行燈なのだった。

風待ち小路では、心得ある者たちが自作の地口を持ち寄った中から、優れたものを選り抜いている。

おたよは部屋の出入り口にいちばん近い席についていた。隣には、舅の忠右衛門が坐っている。

忠右衛門は膳の小鉢を肴に黙々と酒を飲んでいたが、おもむろに猪口《ちょこ》を置いて口をひらいた。

「小耳に挟んだ話だと、芝口二丁目も先月から地口をひねってるらしいぞ」

「忠さん、そりゃ本当かい。あすこは行燈の仕掛けに熱心なんじゃなかったかね。ほら、吹流しをつけたり、行燈の形に凝ってみたり」

声を返したのは、忠右衛門の真向かいに坐る乾物屋の多五郎《たごろう》だ。七十を越した色白の肌が干からびて、干瓢《かんぴょう》みたようになっている爺さんだった。

「店のお得意になじられたってんだ。お前さんとこの行燈は見栄えはするが、肝心の地口がつまらないってね。それで、このたびは何をおいても地口に力を入れようってことになったんだとか」

「むむ、こりゃ負けてられねえな」

多五郎の横で、菓子舗の長三郎《ちょうざぶろう》が腕組みをし、

「おうよ、望むところだ」

長三郎の向かい側で、木賃宿の惣八《そうはち》が声をあげる。

いいぞ、惣八っつぁん、と誰かが囃《はや》して、手を打つ音がぱらぱらと起こった。

子どもみたように威勢のいいことを言い合っているけれど、居並んだ顔ぶれは一人前の大人たちである。それもおたよを除けば、目許口許に深い皺が刻まれ、ある者の頭に

は白いものが混じり、またある者の頭は白いものさえまばらになっているという、年配の者ばかりだった。

風待ち小路で初午祭に向けて張り切っているのは、とうに隠居した者や、店を任せられる伜がいるような老主人しかいない。若い連中は地口を年寄りの言葉遊びと軽んじる向きがあって、初午祭などよりずっと人出が多く華やかな、芝神明の祭礼に重きをおいているのだった。

と、おたよの向かいに、一人だけ若いのがいた。若いといっても、おたより五つばかり年上だから中年増《ちゅうどしま》か。女子でこの場に顔を出しているのは、おたよと洗濯屋のお栄《えい》、二人きりだ。

お栄は地口に身を入れているのではなく、昼間から飲む酒を目当てにしているようだった。隣に坐る多五郎に時折、相づちを打ってみせながら、手酌でひっきりなしに盃を重ねている。それでいて、酔いがちっとも顔に出ない。

お栄も肉付きのよい体格をしているが、おたよがそれを隠そうとして着物をきっかりと着付けるのに比べ、襟許などかなりざっくりと打ち合わせていた。女子のおたよが見ても、なんともいえぬ色香が漂っている。

座敷では、親父連中による地口の披露が始まっていた。

「烏賊《いか》に小盆。まずはこいつでどうかのう」

と多五郎。

「猫に小判のもじりか。なんかこう、ぱっとしねえなあ」

切り捨てたのは長三郎だ。

お栄が肩をすくめ、おたよに話しかけてくる。

「ねえ、おたよさん。天ぷら、まだかしら」

膳に載っているのはお浸しや酢の物といった小鉢だけで、天ぷらはおいおい揚がってくることになっている。

「わたし、ちょっと下へいって見てきます」

おたよがそう返したとき、折よく障子が開き、店の女中が顔を出した。

「お待たせして相すみません、天ぷらが揚がりました。お酒もいま少しお持ちいたしましょうか」

女中は抱えてきた盆をおたよにゆだねると、梯子《はしご》段《だん》を引き返していった。

天花は板前のあるじが板場を仕切り、女房と通いの女中たちで客をさばいている。普段、二階に客を上げるのは夜だけで、夕時からは女中も増える。入れ込みの客がいっぱいになる昼どきに、二階の酌取りまでは手が回らなかった。

天ぷらは、竹で編まれた小籠に、一人前ずつ盛り込んである。おたよはめいめいの膳に、小籠を載せてまわった。そのついでに、空になった銚子を下げていく。

おたよは給仕役として寄合いに連れてこられたようなものだった。それは気乗りのしないものではなく、むしろ肩の力が抜けるひとときだった。日ごろ客前で気を張り詰めているおたよを見かねて、忠右衛門が連れ出してくれたのかもしれない。

「じゃあ、板木《はんぎ》は根気、ってのはどうだい」

「ふむ、短気は損気、をひねったか。彫り職人が板木に向かってる絵を添えて……。なんか地味だなあ、おい」

たあいのない地口を耳にしながら給仕をするのも、捨てたものではなかった。

「世話をかけちまってすまないね、おたよさん」

膳をまわっていると、長三郎が小声で話しかけてきた。この初老の菓子職人がこしらえる豆大福は絶品で、品のよい餡《あん》の甘さが、味わう者の気持ちを豊かにさせる。

「いいえ。地口もひねらないのに、のこのこと顔を出したりして。何かお役に立ちませんと」

「その心掛けが、てえしたもんだ。忠右衛門さんとこは、いい嫁をもらいなすった。あんたに妹さんでもいれば、伜の嫁にきてもらいてえくらいだよ」

「そんな……、恐れ入ります」

「いつも嬶《かかあ》と話してるんだよ。円満堂の伜にはもったいねえ嫁さんだって。まったく、亀之助の野郎ときたら、とんでもねえ女道楽だからな」

おたよが思わずうつむくと、たしなめるような声が割って入ってきた。

「おい、長三郎さん。あんたちょいと飲みすぎじゃないのかね」

声の主は絵草紙屋糸屋のあるじ、笠兵衛であった。円満堂とは店が隣り合わせで、日ごろから何かと行き来がある。

「あ、いや、笠さん。おれはこの人を褒めるつもりだったんだ。おたよさん、すまねえな」

長三郎が決まり悪そうに、白髪混じりの頭のうしろへ手をやった。

「いいえ、気にしてませんから、どうぞお構いなく……」

さっぱりとした性分の長三郎にもとより悪気などないのは、おたよも心得ている。

笠兵衛が小さくうなずき、白い歯をのぞかせた。

「さ、おたよさん。揚げたての天ぷらが冷めないうちに配ってくださいよ」

爽やかな口ぶりだった。舅と同い年というが、ぜい肉がなく背筋の伸びた笠兵衛は、ずんぐりした背を丸めている忠右衛門より五つは若く見える。目許が芝居役者の何某《なにがし》に生写しなのだとか、円満堂の女中たちがきゃいきゃいと騒ぎたてるのを、おたよは耳にしたことがある。当人も背負《しょ》っているらしく、伊達《だて》を気取っているのが少しばかり鼻につくが、それをのぞけば親しみのもてる相手だった。

おたよは笠兵衛に軽く頭を下げ、残りの膳を回っていった。

天ぷらを配り終えるころには、それぞれが思案してきた地口も出揃った。

忠右衛門は、「下手の横好き」を下敷きにした「下手な蒲焼き」という自信作を披露したものの、思ったほど受けはよくなかった。ほかの面々も似たり寄ったりで、目のつけどころは鋭いのに地口が安直すぎたり、形は整っていても独りよがりだったりする。結局、年明けにまた新たな案を持ち寄ることとなり、寄合いはいつしか年忘れの宴へとすりかわっていった。

しばらくすると、昼時の客が一段落ついたとみえ、女中がひとり二階へ上がってきた。それでも、おたよは空いた皿を下げてまわったり、酒を階下に取りにいったりで、膳についている暇はない。

お栄は顔色ひとつ変えず、猪口を口許へ運び続けていた。地口を披露していないにもかかわらず、周りと一緒になってうなずいたり首をひねったりして、その場にしっくり溶け込んでいる。飲みっぷりがあんまり堂に入っているので、おたよは割に合わない腹立たしさを通りすぎて、あっぱれなものだと感心した。

「なあ、おたよさん。忠右衛門さんから聞いたが、このごろは上方の客に、薬を飛脚が届けるそうじゃの」

酌をしていると、乾物屋の多五郎が話しかけてきた。

「はい。手紙《ふみ》で注文をいただいて、為替手形と飛脚でやりとりするんです」

「へえ、考えたのう。客はどうやって集めるんじゃ」

「これまでは、手前どもに一度でもお見えになったことのあるお客様に限っていたのですが、向後は商いの間口を広げたいと思っておりまして……」

まず手始めに、草双紙の奥付に広告を出すのだ、とおたよは応えた。草双紙なら、貸本屋を通して裏長屋から武家屋敷まで出入りし、数多《あまた》の人たちの目に触れる。

「つい先だって、条屋さんへ相談にうかがったんですよ。おかげさまで、神明前の版元に取り次いでいただきました」

おたよは笠兵衛のほうへ目をやった。いつのまにか忠右衛門が席を移ってきていて、笠兵衛と何やら話し込んでいる。

「その飛脚売りってのの言いだしっぺはあんたなんだってな。てえしたもんだ、やっぱり亀之助の野郎にはもったいねえ」

長三郎が口を挟んできた。茹《ゆ》で上がった蛸《たこ》のように顔を赤くして、先ほど笠兵衛にいさめられたことなど、すっかりどこかへ飛んでしまったようである。

「亀之助か。あの青二才め、こないだ巴《ともえ》屋ですれ違ったとき、にやにや笑うきりで会釈すらよこさなんだ」

多五郎が、おたよの注いでやった酒をくいっとあおった。巴屋というのが、亀之助が通っている品川宿の女郎屋だ。

「なんでえ、多五郎さん。お前さんその齢《とし》で、ずいぶんとお盛んだねえ」

「そりゃ、長三郎さん。こっちには仙喜丸てえ後ろ盾があるからの」

「そうか、こいつぁうっかりしてた。仙喜丸があれば心強えや」

二人はひとしきり笑い声をあげたのち、好色めいた眼をおたよに向けた。

「そういや、本家本元の円満堂になかなか子が授からんのは、どういうわけかの」

「あんたが大人しすぎるんじゃないのかね、ほら、閨房《ねや》で」

「なんなら、わしが指南してやろうかの。いやなに、仙喜丸はお守りみたようなもんだ。肝心なところはもう役に立たんから安心じゃぞ」

おたよが黙り込んだのをよいことに、二人とも下卑た笑いに口許をゆがめている。

長三郎さんも多五郎さんも、わたしのお父っつぁんやお祖父《じい》さんといってもいいような齢なのに……。おたよは膝においた銚子に目を落とし、具足町に暮らす父親のことを思った。

町医者の父は、物静かな口調と誠実な診立《みた》てで、患者たちに慕われている。おたよの肉付きのよさは、この父親ゆずりであった。

母親はおたよが幼い時分、腹に出来物ができて亡くなったので、父娘は長いこと二人で暮らしてきた。

おたよには、どういうわけか二十歳をすぎても縁談がなかった。当人は、身体にむちむちと肉がつきすぎているせいでもらい手がないのだと決め込んでいたのだが、父は父で、家に女手のある便利さに男親が甘え、娘をいつまでも手許に置いているから嫁《い》き遅れるのだと考えていたらしい。

「わたし、お嫁になんていかなくたっていいわ。お父っつぁんの仕事を手伝って、ずっとここで暮らすもの」

それが口癖になってしまったおたよに、

「お前のよさをわかってくれる男が、世間にはきっといる。諦めることはないよ。頼りになる相手と所帯をもって、お父っつぁんを安心させておくれ」

と父は応えたものだ。

それゆえ、往診の途中で生薬をきらし、たまたま立ち寄った円満堂で、父のお供についていたおたよを亀之助が見初め、とんとん拍子に縁談がまとまったのを、父はとても喜んだ。

あいだに立った人の話では、亀之助の父親はずいぶん前に亡くなっており、当主の忠右衛門は継父であるとのことだった。先年、母親も亡くし、父子ふたりで店を切り盛りしている。

降って湧いたような縁談だが、亀之助の境遇を聞かされ、おたよの内に近しい情が芽生えた。おたよが円満堂に嫁ぐと、じきに忠右衛門は隠居し、亀之助が身代を継いだ。

しかし、祝言を挙げて三月《みつき》とたたず、亀之助は夜になると家を空けるようになった。店の者は口を閉ざしているものの、どうやら、以前からたびたび女郎屋に上がっているらしかった。

父には余計な心配をかけまいと黙っていたのに、こういうことはどこからか漏れるのだろう。浮気は男の甲斐性とはいえ、娘が人知れず涙をこぼしているとなれば、放っておけないのが親心だ。

子を授かれば亀之助の女遊びも止《や》むに相違ないと考えた父は、おたよに薬を処方してくれた。身体の冷えを取り去り、生命を育《はぐく》みやすくする薬で、おたよは月に一度、それを受け取りに実家へ出向く。円満堂で調合できぬこともないのだが、娘が嫁ぎ先で無用な気遣いをしなくてもよいように、父はそうしたところにも配慮してくれたのであった。

先だっても、月の初めに具足町を訪れた。父は亀之助の放蕩《ほうとう》ぶりがおさまる気配がないと聞くと、

「あまり辛いようなら、実家《ここ》へ戻ってきなさい。お前は読み書きができるのだし、近所の子を集めて手習い師匠でもすればいいさ」

薬の包みを手渡しながら、温かな眼差しをおたよに向けた。

父の言うことが昔と変わってしまったのが、おたよにはやるせない。それでいて、ど

うにも辛抱できなくなったときには、ここへ帰ってきてよいのだと思うと、ふっと肩の力が抜けるのだった。

「あんな道楽亭主なんざ放っといて、あんたも羽を伸ばしゃいいんだよ」

「そうすりゃ、あいつもちっとは慌てて、嬶ひとすじに励むかもしれねえぞ」

目の前にいる酔っ払いたちは、延々と勝手なことをほざいている。

先ほど助け舟をよこしてくれた笠兵衛も、忠右衛門と話すのに夢中になっていて、おたよが往生しているのに気づきそうになかった。

「あ、思いついた」

その時まで天ぷらを黙然と食べていたお栄が、誰にともなくつぶやいた。ぽってりした唇が、揚げ油でぬめっている。

ひょいと目をくれた多五郎が、その唇に釘付けになった。

「ねえ、多五郎さん。ちょいと向こうをむいてくれません?」

多五郎は言われるがままに背を向けた。すかさず、お栄がぽんと打《ぶ》つ。

「あら、大きなお背中《せな》!」

酔いが吹き飛ぶような大声で言い、「どうかしら、あたしの地口」と小首をかしげた。

「おおきな、おせな……」

いや、どうも、こりゃ……と、多五郎はお栄とおたよの顔をかわるがわるに見やった。長三郎も首をすくめている。

酔っ払いたちの話題がほかへ移ったのを見計らって、おたよはお栄の猪口に酒を注いだ。

「すみません、おかげで助かりました」

「いいよ、そんなこと。あんたもさ、嫌なら嫌だって言わなくちゃ。どっちつかずは駄目。遠慮してたら、相手には何にも伝わりゃしないんだからね」

すぱりと言い切ると、お栄は豊かな胸許をのけぞらせて猪口を干した。

三

有明《ありあけ》行燈のあかりが、夫婦の寝間をほんのりと浮かび上がらせている。

おたよは、閨房で大人しいということはないのだった。今だって、亀之助の汗のにおいを嗅ぎながら、甘やかな気怠《けだる》さに包まれている。亭主の汗には、仙喜丸に調合される生薬の、わずかに苦味のきいた匂いが混じっていた。

亀之助は夫婦になった初めから、女の身体の扱いに慣れていた。已れの身体のどこにこれほどの泉が隠されていたのかとおたよ自身も呆れるくらい、亀之助は鮮やかな手つきでそれを探り当て、あふれさせた。うちの亭主《ひと》は一体いつ、こんなことを覚えたのだろう。いぶかしむゆとりもないまま、おたよは溺れた。

胸許で、亀之助が寝息をたてている。乳房にうずまっている亀之助の頭を、おたよが抱くような格好で、ふたりは横になっていた。

ほかの男がどういうものか、むろんおたよは知らないけれど、自分の亭主は女をより責めさいなむ癖《へき》に傾いているように思う。女をねちっこく嬲《なぶ》りながら、相手がどの程度までそれを受け容れるのか、測っているようなふしがあるのだ。

眠っている亀之助のうなじを、そっと撫でると、亀之助は心地よさそうな吐息をもらした。組み伏せられているときは男の力に到底かなわないのに、こうしていると、まるで幼い子をあやしているような気持ちになる。

亭主の女郎屋通いを、何がなんでも許せないわけではなかった。しかし時折、考えずにいられなくなる。巴屋の梅乃が亀之助の子を身ごもったら、浮気は浮ついたものでなくなるのではなかろうか、と。

亀之助の汗の匂いとは別に、蜜のような香りが胸許から立ちのぼってくる。その蜜のありかを知っているのは、亀之助よりほかにはいない。女としてこれより上の仕合せはないと思う一方、これほど悲しいことはないとも思った。

ふいに亀之助が、うなじに添えられているおたよの手を払いのけた。当人は夢の中らしく、我とはなしに手が動いたふうだった。かすかな寝息が、途切れることなく続いている。

絞られた灯あかりが、小さくまたたいた。

行き場をなくした指の先から、夜の冷たさが染み入ってきた。

四

新しい年が明けた。

円満堂は二日に店を開け、おたよは奉公人たちと通りに立って、芝神明へ初詣でに訪れる人々に屠蘇酒をふるまった。

松の内も穏やかにすぎ、朝から日本橋の両替商へ出向いていた宇平が、午《ひる》ちかくになって店に帰ってきた。

「番頭さん、ご苦労様です。どうでした、加納《かのう》屋さんのこと」

「こいつがどうも、厄介なことになりました」

宇平は冴えない表情で首を振った。

おたよは宇平を、奥の茶の間へ伴った。

加納屋は、大坂の小間物屋だ。前々から、商いで江戸に出向いてきたあるじが円満堂に立ち寄り、仙喜丸を買っていた。飛脚売りを始めると、真っ先に注文してよこした。

加納屋は、自分の店で小間物と一緒に仙喜丸を扱いたい、といってきた。注文を記した書き付けに、一両の手形が添えられていた。

そうしたやりとりが三月に一度の割であり、一年ほど続いたところで、こんどは知り合いの店でも仙喜丸を置きたいというので、まとまった数を送ってほしいと持ちかけてきた。注文は加納屋のも合わせて五両分、ただし、さしあたり都合のつく二両を手付けとし、残りは追って支払うとのことだった。

顔を見知っている相手であるし、飛脚売りの取引きで揉めたためしもない。おたよは加納屋を信用し、五両分の仙喜丸を大坂へ送った。

ところが、ひと月経ち、ふた月が経っても、残金の手形が送られてこない。おたよは三月めに塩梅を訊ねる手紙《ふみ》を出してみたが、やはり返事はなかった。

そうしたわけで、両替商に事のゆくたてを話し、大坂の支店に問い合わせてもらったのだった。

「加納屋は、先の秋の終わりに夜逃げしたそうでして。五両の注文をよこした折には、左前になっていたんじゃないでしょうか」

大坂でも、ずいぶんな数の掛け取りが泣き寝入りしたようだと、宇平は低い声で語った。おたよが淹れた茶も、手つかずのままだ。

「じゃあ、三両まるまる取りはぐれってこと……」

「手前としたことが、迂闊《うかつ》でした」

宇平は悔しそうに唇を嚙むが、加納屋の申し出を受けると決めたのは、おたよである。その顔が、よほど気落ちして見えたのだろう。宇平は一口、茶を飲むと、気を取り直すように口を開いた。

「まあ、こういっては何ですが、三両ですんでようございました。商い全体からすれば、さほどの額ではありませんし、不幸中の幸いというやつです」

「……」

おたよは膝に置いた手に視線を落とした。宇平が面と向かって責めないぶん、心苦しさでいっぱいだった。

自分が飛脚売りなど言い出さなければ、こうした損を出すこともなかったのだ。町医者の娘に、商いは向いていないのかもしれない。円満堂のお荷物にはなりたくないと意気込んでいただけに、にわかに気持ちがしぼんでいくようだった。

五

加納屋の話を聞くと、亀之助はおたよにねちねちと嫌味を浴びせた。

「ほらみろ、おれが案じたとおりだろう。客の顔を見ずに商いをするからだ。まったく、女のくせにしゃしゃり出た真似をして」

亀之助はそのくせ、飛脚売りをやめろとは言わなかった。

おたよは宇平と相談し、取引きの約束事を見直した。取引きには一回ごとの上限をもうける。また、初めての相手とは、両替商のほかにも保証人をおき、身許をきちんと確かめることにする。

こうして、飛脚売りは続けていくことになったのだが、小正月を迎えても、おたよの気塞ぎは晴れなかった。ここが正念場だと己れに言い聞かせても、いっこうに気持ちが上向いてこない。始終、胸がつかえている感じで、膳に向かっても箸がすすまなかった。

その晩も、ろくに食欲もわかぬまま夕餉《ゆうげ》をすませると、おたよは茶の間で一服つけている忠右衛門に茶を淹れた。

長火鉢の猫板に置かれた湯呑みに手を伸ばしながら、忠右衛門が訊いてきた。

「亀之助は、また出掛けているのかね」

「ええ……」

おたよの返事に、眉をひそめる。

長火鉢にかけられた鉄瓶が、湯気をさかんに立てていた。先ほど炭が足されたばかりで、部屋は暑いくらいになっている。

「ちょっと障子を開けましょうか」

茶の間は、二坪ばかりの庭に面している。障子を引くと、降りそそぐ月明かりに、庭に植わっている梅の木が浮かび上がっていた。

「そうだ、これに目を通してくれんかね」

忠右衛門が懐から帳面を取り出して、おたよによこした。それは、日ごろ忠右衛門が地口を書き溜めているものであった。

「そろそろ、二度目の寄合いでしたっけ」

「明後日だぞ。こんどこそ冴えた地口を持っていかんとな」

帳面に書かれた地口を、おたよは目でなぞっていった。

じきに、頁を繰る手が止まる。

「弁慶の勘定帳」という地口に、山伏姿の弁慶が帳面と首っ引きでそろばんをはじいている絵が添えられていた。思わずくすりとなる。

ほかの地口も捻《ひね》りがきいていて、知らず知らず頰が弛《ゆる》んでいた。

「おたよさん、あんたようやく笑ったな」

眼を上げると、安堵《あんど》したような忠右衛門の顔があった。

「商いというのは、種を蒔《ま》いてすぐに実がなるものじゃない。嵐に遭《お》うたからといって、たちどころに枯れてしまうものでもない。まあ、ぼちぼちやっていけばいいさ」

「お義父《とう》さん……」

忠右衛門は、二、三度、小さくうなずいてみせたが、

「それにしても、亀之助には困ったものだ」

そう言って、顔をくもらせた。

湯の沸く音が、部屋に切れ目なく続いている。立ちのぼる湯気を目で追っていた忠右衛門が、遠くを見る表情になった。

「亀之助に弟がいるのは、あんたも知っておるな」

「ええ、お義父さんの親戚筋へ養子に出なさったとかいう……」

亀之助と忠右衛門が実の親子でないことは、もともと知っているし、松次郎《まつじろう》という弟がいることは、嫁いだあとに亀之助から聞かされている。

亀之助の実の父親は、亀之助が七つのときに病で亡くなった。七つの子を次のあるじに据えるわけにもいかず、店の行く末を案じた母親は一周忌をすませると、番頭であった忠右衛門と再縁したのだった。翌年に生まれたのが、松次郎である。

「松次郎が七つになったころ……といえば、亀之助は十五だったか」

これはその時分のことだ、と忠右衛門は前置きして話し始める。

あるとき、円満堂の勝手口に、一匹の猫がおぼつかない足取りで入ってきた。風待ち小路を縄張りにしている猫で、円満堂でも女中たちが出し殻になった煮干をやったりし

て顔馴染みになっていた。それがよろよろと倒れ込んできたものだから、夕餉の支度をしていた台所はちょっとした騒ぎになった。

猫は苦しそうにあえいでいる。女中のある者は湯呑みに水を汲み、ある者は土間へじかに寝かせるのは可哀相だからと、納屋へござを取りに走った。

湯呑みを猫の口許へもっていった女中が、荒い息に酒の匂いが混じっているのに気がついた。ふと勝手口に視線をやると、にやにやと笑いながら台所をのぞいている松次郎と眼が合ったのであった。

「いたずらにしては、悪ふざけがすぎる。わしは松次郎を呼んで叱りつけた」

朝に供えたお神酒《みき》が空になっていると、女中が知らせにきた。

「そのときよく考えればよかったんだが、神棚は高いところにあって、踏み台に乗っても松次郎には手が届かん」

いたずらを思い立ち、お神酒を下ろしたのが亀之助で、松次郎はそそのかされて猫に酒を飲ませたに相違ない、と忠右衛門は言った。二人して台所の様子をうかがっていたものの、事が露《あらわ》れると察した亀之助ひとりが、いち早く逃げ出したのだろう。

忠右衛門がそれと思い当たったときには、すでに幾日も経っていた。お目玉をくらった松次郎が、兄のことなどおくびにも出さず神妙に頭《こうべ》を垂れていたのも、実際のところを見えなくする一因となった。

「思い返せば、亀之助のふるまいが目に余るようになったのは、その頃からでの。初めは家じゅうの物という物に当たっておったが、そのうちに盛り場へ出入りしはじめた」

「……」

「わしはな、おたよさん。死んだ旦那様と幼い亀之助坊ちゃんとのあいだをつなぐ橋渡し役。己れの役どころを、そうわきまえておった。松次郎が生まれても、二人の子には分け隔てなく接してきた」

そこでいったん言葉を切って、忠右衛門はゆるゆると首を振った。

「だが、亀之助にしてみれば、番頭とその倅に、おっ母さんを盗られたように思ったのかもしれん」

「……」

新しく父となった忠右衛門が、血のつながった松次郎を跡継ぎにするのではないかと、案じる気持ちもあっただろう。亀之助の心許なさが、おたよには少しわかる気がした。

「例のいたずらで弟にかばわれたのも、気にくわなかったに違いない。兄弟が仲違《なかたが》いするのを避けとうて、わしは松次郎を養子に出すことにした。もとよりその心積もりだったし、ちっと時期が早まっただけだ」

しかし、亀之助の素行は改まらぬまま、いまに至っているのだった。

外は風が出てきたようだった。障子窓の向こうで、梅の枝がかすかに揺れている。肌を刺すような鋭さこそないものの、夜気はまだ冬のつめたさを引きずっていて、梅は身をふるわせているようでもある。

具足町の父が倒れたと使いが報せてきたのは、まだ夜が明けきらぬ時分であった。

六

取るものもとりあえずおたよが駆けつけたとき、すでに父は息を引き取っていた。

「このところ体調もよく、昨日も往診に出掛けられたのです。夜半に手水《ちょうず》に立たれたあと、胸やけがするといって、手前を起こしに来られました。それからにわかに気を失われて、そのまま……」

家に住み込んで父の薬籠《やくろう》持ちをつとめている仙吉《せんきち》が、痛みをこらえるように顔をしかめた。

横たえられている父の枕許に、おたよはへなへなと坐り込んだ。父はただ眠っているだけのように見える。

師走のあたまに訪ねた折、父はいつもと変わらぬ笑顔で迎えてくれた。だが、もともとたっぷりと肉のついていた頬が、いくらかほっそりしたようだった。

そのことをおたよが口にすると、

「齢をとると、肥《こ》えていたのでは立ち居が難儀になるのでな。食べる量を加減しているんだ」

と苦笑してみせた。

そのときはさほど気にしなかったが、いま、父の頬はげっそりとこけ、眼のくぼみにくっきりとした影がさしている。

「父は、どのくらい前から患っていたのですか」

おたよが訊くのへ、三十男の仙吉は小さな溜息をついた。

「ご自分でお気づきになったのは何時《いつ》だったのか……。もう手遅れだと、諦めておられました。腹の中に、出来物ができたのです」

おたよの母をあの世へ連れていったのと、同じ病であった。

「おたよさんには決して言わぬよう、かたく口止めされました。人の苦痛を癒《いや》す薬を商う者が、案じ事を抱えて浮かぬ顔をしていてはいけないと仰いまして」

「……」

「自分の生命が尽きた折には、おたよさんにこれを渡すようにと……」

仙吉は言葉を途切れさせ、懐から紙片を取り出した。

そこには、おたよが父から受け取っていた薬の処方が書き付けてあった。

「お父っつぁん」

おたよは父に呼びかけるが、そのまぶたが開くことは二度とない。

「あまり辛いようなら、実家《ここ》へ戻ってきなさい。お前は読み書きができるのだし、近所の子を集めて手習い師匠でもすればいいさ」

あたたかな眼差しが、脳裏をよぎる。

これで、わたしは一人ぼっちだ。

唐突に、そう思った。

あまりの心細さに、めまいがした。咽喉《のど》の奥が痛くなり、同時に、胸の底のほうからむかむかしたものがこみ上げてくる。

おたよは戻したもので、わずかにむせた。

七

月が替わって、風待ち小路の両脇には、地口行燈が立てられた。日比谷稲荷の社《やしろ》前にも幟がはためいている。

初午を二日後に控え、祭を心待ちにする子どもたちが、通りにあらわれた太鼓売りから、太鼓を親に買ってもらっていた。

父の弔いは、おたよが出した。父が診ていた長屋の人たちが線香や花を供えにきてくれて、質素ながらもあたたかく見送ることができた。

太鼓を手にした子どもが、おたよを駆け足で追い抜いていく。遠ざかる子どもの背と、子の名を呼びながら追いかける親の姿に、おたよはしばし眺め入った。具足町の大家に、長年世話になった礼を言いにいった帰りである。

円満堂の前にも、「弁慶の勘定帳」の地口行燈が立っていた。もう半刻《はんとき》もすると灯が入り、通りにあかりがゆらめきはじめる。

「ただいま戻りました」

「お帰りなさいまし。お内儀さん宛てに、京から手紙が届いております」

「京から……、どなたかしら」

おたよは宇平から手紙を受け取ると、着替えるために茶の間へ引っ込んだ。

手紙の差出人は、播磨屋源兵衛《げんべえ》の女房みちとなっている。そこには流れるような女文字で、仙喜丸を飛脚売りで手に入れたことへの礼がつづられていた。

夫婦は連れ添って五年になるが、源兵衛に男としての自信がなく、おみちはたびたび同衾《どうきん》を拒まれてきた。京にも閨房の薬はあるものの、心ノ臓に持病がある源兵衛が服用すると頭が痛くなったり動悸がしたりで、こわくて二度と用いる気がしない。知人に薦められた仙喜丸を試したところ障りもなく、これなら続けて飲めそうである。亭主が前よりやさしくなり、夫婦でいることのあたたかみを肌で感じられるようになったのが、なにより嬉しい。江戸にはなかなか行けないので、これからも飛脚売りを続けてほしいと願っている。女子がこのような手紙を出すことに迷いはあるが、ひとことお礼を伝えたくてしたためたのだ、とある。

春はそこまで近づいてきています、という文言で手紙は結ばれていた。

おたよは部屋の障子を引き開けた。陽に蒸された土の匂いが、庭いっぱいに満ちていた。梅の枝がつけたつぼみが、いくつかほころび始めている。

着替えをすませて店座敷に出ていくと、小僧が行燈に灯を入れてまわっていた。仕舞いの客が帰っていくのと入れ替わりに、裏座敷から亀之助があらわれた。手に巾《きん》着《ちゃく》を提げている。

「お前さま、お出掛けですか」

鬢の形を気にするふうに撫でつけていた亀之助が手を止め、おたよを振り返った。

「そろそろ地口行燈がともる頃合いだろう。今年の出来はどんなものかと思ってね」

亀之助はにこやかな笑みを向ける。

まるで型どおりにこしらえたような、薄っぺらい笑顔だと、おたよは思った。

「そんなに興味がおありなら、お前さまも寄合いに顔をお出しになればよかったのに」

「……」

「品川へおいでになるのではありませんか」

おたよがずばりと切り出しても、亀之助の笑顔はみじんも揺るがなかった。

「わかっているなら、黙って送り出してくれればいいだろう」

悪びれるふうもなく、しれっとしている。

おたよはひるまず言い返す。

「黙っているわけには参りません。女郎遊びもほどほどにしてくださいな。あるじの金遣いが荒くては、奉公人たちにも示しがつきませんよ」

「なんだ、いまさら悋気を起こしたってのかい。今までだって、これでやってきたんだ。野暮《やぼ》をいうなよ」

亀之助が口許をひくつかせた。いつもと勝手が違って、苛立《いらだ》っているようだ。

「お前さまは、子どもが駄々をこねているのとおんなじです。いつまで、甘え続けるおつもりですか」

「なにっ」

亀之助の眼が吊りあがり、両の手に拳《こぶし》が握られた。

頭を下げる気など、おたよにはなかった。亀之助は弟といたずらを仕組んだときから、何ひとつ成長していない。己れをどれだけ受け容れてもらえるか、試すように他人を困らせておいて、その実《じつ》どこまでいっても満足できないのだ。

「おとなしい女と思って一緒になったが、ふてぶてしいやつだな」

亀之助が低く唸《うな》るように言った。

おたよは腹にぐっと力をこめ、亀之助を真っ向から見返した。

「おっ母さんになるんですもの、ふてぶてしくもなりますとも」

「……」

亀之助の眼が、一瞬、たじろいだ。

父の枕辺に駆けつけたあの日、嘔吐《えず》いたおたよを見て、薬籠持ちの仙吉が思い当たったのだ。診立てによると、冬の初めには赤子を抱けそうだ。

この子を生み、育てながら、円満堂で生きていく。父の死顔に、かたく誓った。

さあ、お前さまも、肚《はら》を決めてくださいませ。

うろうろと泳いでいる亀之助の眼を、おたよはひたと見つめ続ける。

胸を張れ

一

トトン、トントン。お稲荷さんの御勧化《おかんげ》、御十二銅おーあげっ。

軽やかな太鼓の音と、子どもたちの張りあげ声が、風待ち小路いっぱいに響いている。

「おや、佑《ゆう》坊。お前さんは、御十二銅おーあげってのをやらないのかい」

絵草紙屋「粂屋」の店番をしている爺さんが、こんにちはと言ったきりの佑太《ゆうた》に、目を丸くした。爺さんの目は普段からくっきりと切れ上がっているが、こうして大きく見開くと、芝居小屋の役者が見得を切っているみたいだ。

「うん……、おいらは、よしとくよ。それより、双六を見てえんだ」

そう応えた佑太を、爺さんはなおもしげしげと見つめている。初午といえば、子どもたちが町内にある家々の戸口に立ち、声を張りあげては一文、二文と小遣い銭をせしめるものだ。それを要らないだなんて、ずいぶん風変わりな子だといぶかしんでいるに違いない。

「双六なら、ちょいと面白いのが入ってきているよ。見てみるかい」

爺さんの隣にいる若い兄《あん》ちゃんが、見得を切ったままの爺さんに替わって声を掛けてきた。爺さんの伜である。

二人はそっくりの目鼻立ちをしていた。爺さんの顔に火熨斗《ひのし》を当てて皺を伸ばしたら、兄ちゃんのように仕上がるのではなかろうか。佑太の家は風待ち小路の南端で、洗濯屋「楓屋《かえで》」を営んでいる。火熨斗の扱いには、佑太もいくらか心得がある。

兄ちゃんが出してくれたのは、コマの一つ一つが「とり」に因《ちな》んだ双六であった。鼠とり、草履とり、掛けとり、と「とり」尽くしで、たとえば鼠とりのコマだと、石見《いわみ》銀山鼠取りの絵に、売り口上が添えられている。漢字には仮名も振られており、これなら八つの佑太でも読めそうだ。

だが、「嫁とりだの婿とりだの、子どもにはちっと早かないかね」と、爺さんが横槍を入れてきた。

「佑坊、ちょいと待ちな。お前さんには、このほうが面白いだろう」

爺さんは身体を後ろへひねって簞笥の引き出しを開けると、紙の束を取り出した。さまざまな双六が、ひとまとめになっている。爺さんは一枚を引き抜いて、佑太の前へ差し出した。

猿蟹合戦の双六である。猿に欺《あざむ》かれて命を落とした親蟹の仇《かたき》を子蟹が討つという話の筋にそって、コマが振り分けられている。絵も親しみやすく、物語の流れに乗って楽しく遊べるつくりになっていた。

けれど、猿蟹合戦の筋立てなら、佑太はおよそ諳んじることができる。新しい何かを知るときの心が跳ねるような感じは、残念ながら味わえそうにない。

しかし、爺さんは己れの目利きに揺るがぬ自信を持っているふうだった。

「そら、佑坊。好きなほうを選んでみろ」

そう言いながら、猿蟹合戦の双六を指先でついと押し出す。佑太がとり尽くしを選ぼうものなら、ぷいっとむくれて、二度とこの店で買い物をさせてくれないかもしれない。

「さあ、どっちだい。遠慮することはないんだよ」

兄ちゃんがとり尽くしの双六を、さりげない手つきで猿蟹合戦の横に並べた。物言いは柔らかいものの、微笑んだ弓形の眼が何ともいえない力で迫ってくる。

とり尽くしか、猿蟹合戦か。

通りのどこかで、御十二銅おーあげっと屈託のない声がこだましている。

さまよわせた視線の先に、さっき爺さんが脇に置いた双六の束があった。

「おいら、これにするよ」

佑太は束の一番上にあるのを指差した。妖怪で埋め尽くされている双六だった。

ただならぬ剣呑《けんのん》さが漂う店先を逃れてほっとしたのも束の間、通りに出たとたん厄介なやつに出くわした。初午につきものの白狐の面を着けているが、面の脇からみっともなくはみ出した頰の肉で、ひと目でわかる。分吉《ぶんきち》だ。

分吉は、佑太と同い年のいとこである。近所の子を二人、連れていた。

「おっ、佑太じゃねえか。おめえも一緒に町内をまわろうぜ」

絵草紙屋の店先に聞かせるような、わざとらしい声を投げておいて、分吉は佑太の肩にがっしりした腕をまわしてきた。あとの二人が、首に提げた太鼓をてんでに打って囃したてる。

はた目には、仲のよい友達同士が肩を組んでいると映るのだろうか。縄暖簾「つくし」の隣にある空き地へと歩かされながら、佑太の心は萎んでいった。胸に抱えた双六の紙袋が、指先の汗でじんわりと湿っていく。

お天道様が高いところにあるうちは春らしい陽気に包まれていても、陽が翳《かげ》ってくるにつれ、風はひんやりした匂いを帯びてくる。空き地には、枯れ姿をさらしている尾花が、かさかさと乾いた音を立てていた。

「おめえ、いいもの持ってんなあ」

分吉が肩に腕をまわしたまま、佑太の胸許をのぞき込む。

指先に、いちだんと汗がにじんだ。

「初午で集めた銭で買ったのか？」

低く囁きかけてくる声に、佑太はゆるゆるとかぶりを振る。

「おっ母さんが、小遣いをくれたんだ」

「ふうん、おっ母さんがねえ」

分吉の鼻で笑う息が、耳に吹きかかる。取り巻きどもは、いずれも口許をだらしなく弛めてこちらを眺めている。

分吉の家は、風待ち小路の北側で古着を商っていた。あるじの徳七《とくしち》は、佑太のおっ母さんの兄でもあった。

洗濯屋も古着屋も間口二間のこぢんまりした店構えで、佑太が着ているのはこの正月に分吉のところで買った古着だし、分吉の着物も店の商い物に継ぎを当てたものだ。だが、佑太の母は、分吉の父親にたびたび金を無心しているのだった。

「じゃあ、これ、おれがもらっても構わねえよな」

分吉が肩にまわしたのとは逆の手を、双六の紙袋にかけてきた。佑太が母にもらった小遣いの出どころは、自分の父親だとほのめかしているのだろう。

分吉が振りかざす道理は、悔しいけれど、もっともな気がする。とはいえ、それをわきまえているからこそ、佑太は余所《よそ》の人に小遣いをせびってまわるのを我慢したのである。分吉だって、今日はそれなりの銭が懐に入ったはずだ。こんな日くらい、見逃してくれたっていいじゃないか。

言い返したいことは胸に渦巻いているのに、咽喉の奥がふさがって言葉が出てこない。出てくるのは、どういうわけか涙ばかりだ。

佑太がうつむいて洟《はな》をすると、肩にのしかかっていた重みがふっと軽くなった。

「見ろよ、妖怪の双六だぜ」

「すげえ」

「いっぺん、こいつで遊んでみたかったんだ」

分吉たちははしゃいだ声をあげると、佑太のことなど見向きもせず、空き地を出て行った。

しんなりした紙袋の感触だけが、いつまでも指先に残った。

二

涙が乾くのを待って家に帰ると、男が勝手口から出ていくところだった。

「よう、佑坊。初午は楽しかったかい」

浅黒く日焼けした男が、佑太に目をとめて白い歯をのぞかせた。臙脂《えんじ》の天鵝絨《ビロード》地にこうもりの文様を縫い取りした煙草入れが、腰許で揺れている。

男は愛宕山の西のふもと、葺手町《ふきでちょう》に住む納豆売りで、ふた月ほど前から母を訪ねてくるようになった。つくしで母と席が隣り合い、話がはずんだのが縁で付き合うようになったらしい。

母は「駒《こま》さん」と呼んでいるが、佑太にしてみればただの「小父さん」でしかなかった。ちゃんとした名を教えてもらってもいないし、二十九の母よりいくらか若く見えるものの、実際の齢を聞いてもいない。

小父さんが家に来たから、佑太は表へ出されたのだ。表へ出なければ、双六を取り上げられることもなかった。呑気《のんき》に笑いかけてくる小父さんが恨めしくて、佑太は「まあね」とぶっきらぼうに応えた。

「何だい、可愛げのない子だね」

小父さんを見送りに戸口に立っていた母が、指先で佑太の額を突つく。かすかな酒の匂いがした。

「お栄さん、まあ、いいってことよ。佑坊だって男の子だ、やたらと愛想笑いができるもんかってえ気持ちになるときはあるもんさ」

「駒さん……」

困ったような笑顔を小父さんに向けておいて、母は佑太を怪訝《けげん》そうに見た。

じゃないか」

「そういやお前、手ぶらだね。双六が欲しいって言ってただろ、小遣いを渡してやった

「ええと、やっぱり飴玉が食いたくなったんだ」

佑太が言い逃れを口にすると、こんどは小父さんの眉がわずかに動いた。今日は小父さんが飴細工を買ってきてくれたことを、佑太はそのときになって思い出した。

遠い天竺《てんじく》に棲《す》むという孔雀が羽を広げたところをかたどったもので、瑠璃《るり》玉をちりばめたような彩色が目を引いた。どこで売っているのか、日比谷稲荷の屋台店で見かける飴細工といったら鳩や鶏がせいぜいで、佑太はきらびやかな孔雀を目にした途端、わあっと声をあげた。なのに、うっかり忘れてしまったのだ。

苦々しい笑みを浮かべている小父さんに、何と言い訳していいかわからなかった。佑太は小父さんと母のあいだをすり抜け、流しと竈《かまど》が並んでいる狭い土間に草履を脱ぎ捨てると、二階へ通じる段梯子をひと息に駆け上がった。

楓屋の二階には部屋はなく、四畳半ほどの物干し場がもうけられている。そこに立って仰ぐ空は、あざやかな茜《あかね》色から薄青い闇へと移ろいかけていた。手すり越しに見下ろせる風待ち小路では、木戸番屋の番人が初午の地口行燈にあかりを灯してまわっている。

勝手口で佑太を呼ぶ母の声がしていたが、じきに聞こえなくなった。小父さんが帰っ

たのだろう。家に来るときは何かしら佑太に買ってきて、気安く話しかけてくれる小父さんだけれど、言葉にできない打ち解けにくさがある。

納豆売りは、夜明けに木戸口が開くと、真っ先に路地へ入ってくる商いだ。朝は早いものの、昼ごろには売り切れる。経木《きょうぎ》に包んだ納豆を荷箱に詰め、天秤棒の両側に吊り下げて売り歩くのだが、釣り合いをとるのにコツが要るそうで、小父さんは右肩を前下がりにして立つ癖があった。佑太にはそれが、なんとなく崩れた感じに思えてしまう。男のくせに見てくれにこだわり、派手な小物で身の回りを飾ったりするのも気障《きざ》ったらしい。

物干し場には三本の竿竹《さおだけ》が渡され、幾枚もの下帯や手甲《てっこう》などが夕暮れの風になびいていた。東海道の裏通りということもあり、日蔭町通りには幾軒かおきに宿屋がある。たいていは飯も風呂もつかない木賃宿で、泊まり客は宿の洗い場を借りて汚れ物を洗っている。だが、在所から出てきた旅人たちは、商いに江戸見物にとなかなかに忙しい。下着を洗うひまさえ惜しくて、楓屋のような洗濯屋にゆだねるのだ。

楓屋の客には、けっこうな割合で武士もいた。風待ち小路の西側は俗に大名小路と称されており、諸大名の屋敷が甍を連ねている。殿様に従《つ》いて江戸へ出府してきた家士たちは、敷地内の勤番長屋を割り当てられ、そこで寝起きする。洗濯など身の回りのことも自分でこなさねばならないのだが、手間を厭《いと》うものぐさな侍も、中にはいるのだった。

楓屋ではこうした手合いに通《かよ》い帳を渡し、洗濯物を一点あずかるごとに一つ、楓の葉をあしらった判を押している。判を二十個あつめると、次の洗濯物が無賃《ただ》となる寸法だ。日蔭町通りに何軒かある洗濯屋のなかで、楓屋に客をつなぎとめておくための知恵であった。

佑太は先が二股に分かれた棒で竿を受け、洗濯物を竿の端へと寄せた。竿の重みを片手で支えながら、もう片方の手で洗濯物を取り込むのは、結構な力仕事だ。二本目を取り込むときには、洗濯物が絡まってしまった。三本目にかかるころには、竿を受けるほうの腕がぷるぷると震えてきた。

お父っつぁんがいてくれたら、と思うのはこういうときである。

父は洗濯物をあっというまに取り込むと、天気を読むために空を見上げたものだ。

「いいか、佑太。雲の形をよく見るんだ。魚のうろこみてえな雲が空いっぱいに広がっていたら天気は下り坂、空の低いところに饅頭《まんじゅう》みてえな雲があるときは、雨を心配することはねえ」

するとあくる日は、父が見込んだとおりの空模様になる。夕焼け空を眺める父の、たすき掛けした広い背中が、佑太のまぶたに焼きついている。

父が家を出ていって、十月《とつき》ほどになる。両親の実のところなど子どもには見当もつかないけれど、前々から佑太には、父と母の向いている方向がずれているふうに感じられることがあった。

たとえば、母の酒の飲み方である。夕餉の膳に徳利をつけるのが両親の常だったが、母は飲みだすときりがなくなる。盃を重ねるごとに目が据わり、顔色が青ざめていく。母の身体を案じて飲むのを止めさせようとする父と、いつも言い争いになるのだった。

その晩も、おまんまを食べ終わった佑太は、しばらくすると眠くなった。両親の険しい声音《こわね》で眼が覚めたときには、床の中にいた。

二言、三言、やりあったあと、唐突に父が怒鳴った。

「母親のおめえがそうやってだらしねえから、いつまでたっても佑太の寝小便がなおらねえんだ」

言い返す母の声はなかった。

夜具をかぶった佑太の脇を、父が大股に通り過ぎていく。荒々しい振動が、畳から伝わってくる。

勝手口の戸がぴしゃんと閉まると、部屋はしんと静まり返った。父とは、それきりだ。洗濯物を取り込み終えた物干し場は、がらんとしていた。佑太は父のように空を見上げてみたが、雲は宵闇に溶け込んで、流れを読むことはかなわなかった。

三

初午の祭から、二十日ばかりが経った。

「ほら、おめえの番だぜ」

分吉が、佑太の手にさいころを載せてよこした。

分吉の家の茶の間にいる。障子で仕切られた店の間からは、古着を買いにきた客と世間話をする伯母さんの声が聞こえてくる。

分吉と佑太、それと初午で分吉と連れ立っていた二人が、双六で遊んでいるのだった。むろん、佑太から取り上げた妖怪の双六だ。

佑太が振ったさいころの目数は、五と出た。豆腐小僧のところにある駒を進めようと手を伸ばすと、

「おいらが動かしてやるよ」

分吉が駒をさらっていった。

ひい、ふう、みい……。分吉は数をかぞえながら、すぐ隣にある小豆洗《あずきあら》いの場所で四回、駒を足踏みさせた。つまるところ、佑太は一つ進んだきりだ。しかも小豆洗いは「いったん休み」である。

うんざりした心持ちで、分吉の取り巻きがさいころを振るのを眺めた。目数は四と出て、まともに四つ進んでいる。

こんなやつらと遊ばなければいいのだが、家には小父さんが来ていて、ほかに行くところがないのだ。もとはといえば自分が買った双六なのに、他人に独り占めされるのは癪でもある。

佑太は縁側のほうへ目をやった。

茶の間には、いま一組、腰を落ち着けている連中がいる。佑太と分吉の祖父・岩蔵と、生薬屋「円満堂」の隠居、それに条屋の爺さんだ。三人は猫の額ほどの庭に面した縁側に陣取り、岩蔵が丹精している盆栽を眺めながら茶を飲んでいる。

盆栽棚の脇には、一枚の蒲団が干してあった。寸法からして、分吉のだろう。

「そういや笠兵衛さん、あんたふた月前だったたか、店の売り物を盗まれたといっていただろう。あれはどうなったのかね」

条屋の爺さんに、円満堂の隠居が訊ねた。

「それがね、忠右衛門さん。あの日は芝居絵の売り出し日で、ちょいと店先が混みあってたんだよ。端のほうに三枚組の名所絵を並べて、買うか買うまいか悩んでる客がいるのには気づいてたんだが、まさか三枚ともふところに入れて姿を消すとは思わなんだ」

店が傾くわけではなし、お上に届けるのはよした、と笠兵衛は応えた。その後もそれとなく気をつけているが、盗みが続く様子はないという。

「あのときはたしか、小間物屋もやられたんじゃなかったかね。なにもこんな年寄りの店から盗っていかなくたってと、店番の婆さんがいきり立っとったな」

忠右衛門が苦い顔をする。

「二軒ぐれえですんだからいいようなものの、盗みは盗みだ。放っておいて、とんでもねえことにならなきゃいいがなあ」

岩蔵が腕組みになった。いかにも頑固そうな、四角張った顔をしている。

佑太は茶をすすっている三人を眺めて、年を取るにも段階というものがあるんだな、と思った。粂屋の店先にいたときの笠兵衛はじつに爺むさかったのに、こうして三人揃ってみると、背がしゃんと伸びているのは笠兵衛きりで、うんと若々しく見える。年寄りに番付があるとしたら、笠兵衛はまだ前頭くらいで、背を丸めている忠右衛門が小結、頭の薄くなっている岩蔵が、堂々の大関だ。

笠兵衛が湯呑みを口へ持っていきがてら、茶の間のほうへ視線を向けた。己れの店で商っている双六に、子どもたちが仲良く興じているのを受け取ったのだろう。満足そうな笑みで、佑太にうなずきかけてくる。

本当のことをぶちまけるわけにもいかず、佑太は笑い返そうとしたが、口許がひきつってうまくいかなかった。

「おい、ぼやぼやすんなよ」

分吉に小突かれて振り向くと、また、自分の番が回ってきていた。あきらめにも似た気持ちで、さいころを振る。

結局、順当に駒を進めた分吉が、最初にあがりへたどり着いた。取り巻きたちがそれに続き、佑太はどん尻だった。

分吉が立ち上がり、茶簞笥から紙袋を出してきた。さっき伯母さんが、「時分どきになったら、みんなでおあがり」といっていたおかきの袋だ。

「あがった順ね」

分吉は袋に手を突っ込み、おかきをわしづかみにした。あとの二人がそれぞれ分け前を手にしたのち、佑太に袋を渡してよこす。

佑太が袋を逆さまにしてみると、砕けたおかきの粉がぱらぱらとこぼれてくるばかりだった。

何が可笑《おか》しくて、分吉たちは笑い声をたてているのだろう。佑太は空っぽの袋に視線を落とした。

「佑太、これ佑太」

呼ばれているのに気づいて顔を上げると、縁側にいる岩蔵が手招きしていた。

くる。

「ねえ、祖父ちゃん、どこに行くの」

佑太は、己れの手を引いている岩蔵に訊ねた。笠兵衛と忠右衛門も、後ろからついてくる。

古着屋をあとにして、天ぷら屋「天花」の角を折れ、大通りに出た。この通町筋《とおりちょうすじ》は筋違橋《すじかいばし》御門から日本橋、京橋、新橋を経て金杉橋あたりまで貫いている目抜き通りで、日本橋から南側は東海道筋にも重なっている。道幅は風待ち小路のおよそ六倍、十二間もあって、あまたの人たちが行き交っていた。

昼下がりの今時分は、早めに宿へ入ろうという旅人姿が目につきはじめる頃で、今朝がた仕入れた品を売り切り、空になったざるを担いでいく振り売りたちも見受けられる。通りの底から騒々しさが湧いてくるようで、佑太は腹に力を入れて声を出さねばならなかった。

「祖父ちゃんの手を離すなよ」と岩蔵は言ったきり、大通りを東側へと横切っていく。祖父の手はぶ厚くてごつごつしていて、お世辞にも触り心地がよいとはいえなかった。だが、茶の間での居心地の悪さから救ってくれた手は、このうえなく温かい。

祖父は佑太が分吉たちとしっくりいっていないことに、感付いているに違いない。けれど、子どもには子どもなりの領分があり、大人がむやみに踏み込んではいけないとわきまえていて、さりげなく佑太を連れ出してくれたのだ。

風待ち小路で禁じられている荷車が、大通りでは右から左からやってくるし、それをよけたとたん、先を急ぐ旅人に突き当たりそうになる。佑太はつないだ手に力をこめ、必死で祖父についていく。

佑太を優しく気遣ってくれる祖父だが、佑太の母とはあまりうまくいっていないようだった。当人たちからじかに聞いてはいないけれど、町内の大人たちが折にふれ話しているこことをまとめると、祖父と母のあいだにくすぶっているものの根っこがどこらへんにあるのか、佑太にもなんとなくうかがえた。

お栄が娘だった時分、岩蔵はお栄を日本橋の質屋へ嫁がせようと、当人の気持ちをたしかめもせず縁談を進めたことがあった。内証《ないしょう》の豊かなお店《たな》へ縁付くのが娘の仕合せと考えたのだが、そのときお栄には、すでに想いを寄せ合う相手がいた。同じ町内で洗濯屋をしていた佑太の父である。

岩蔵もお栄も、容易に己れを曲げることのできない、一本気な性分だ。お栄は家を飛び出し、押しかけ同然で佑太の父と所帯を持った。

翌年、女の子が生まれ、若い夫婦はおようと名付けた。その三年後、こんどは男の子を授かった。佑太には姉がいたのだ。

頑《かたく》なだった岩蔵の態度も、孫ができて柔らかくなりつつあった。だが、佑太が生まれて間もなく、おようが風邪をこじらせてあの世へいってしまった。

幼い子を死なせた責めは、母親であるお栄にある。そうしたわだかまりを、岩蔵はずっと抱き続けているのだった。


大通りを渡りきった岩蔵は、裏通りに入ったところで足を止め、ふうっと息を吐いた。

「まったく、ごちゃついて人酔いがしそうだよ」

忠右衛門も同感するようにうなずいたが、笠兵衛はこれしきの人混みなぞわけもない、とでもいいたそうに苦笑した。

そこからは笠兵衛と忠右衛門が先に立ち、通りを南へ歩いていった。

佑太が大通りを向こうへ渡ったのは初めてだった。風待ち小路から通り一本へだてただけなのに、潮の香がぐっときつくなる。見知らぬ町に足を踏み入れると思うと、胸がわくわくした。

だが、歩き始めてすぐ、この通りが日蔭町通りとさして代わり映えしないことに気がついた。幅の狭い道の左手には武家屋敷の塀が延々と続いていて、お天道様の光は佑太たちの足許まで届いてこない。

右手には商い店が並んでいるが、いずれも八百屋や豆腐屋といった、暮らしの品を扱う小店ばかりだった。八百屋の軒先に長屋のおかみさんが二人ほど立っているほかは、佑太くらいの年頃の子どもが五人ばかり、地面に棒切れで何やら描いているきりだ。日蔭町通りと変わらぬどころか、ずいぶん閑散としている。

　子どもたちの横を通りすぎながら、佑太はだんだん心細くなってきた。どこへ行くつもりなのか、いま一度、祖父に訊ねようとしたとき、行く手がぱあっと明るくなった。武家屋敷の塀が途切れたのだ。

「三年ほど前までは、どこもかしこも網干し場だったはずなのに」

「話に聞いてはいたが、これほど人出があるとはなぁ」

　佑太たちの一行は、横丁にある汁粉屋に腰を落ち着けた。年寄り三人は甘酒を、佑太は好物の汁粉を注文した。

　入れ込みの土間に四人掛けの飯台が四つ並べてあり、腰掛けに使われている醤油の空き樽が、すべて客で埋まっている。客はほとんど、芝神明や増上寺へお参りにきた町人たちだった。

「こっちのほうが神明前に近えし、参詣客を引き込みやすいってわけだ」

「こいつは風待ち小路も、何か手を打たんとな」

　岩蔵と忠右衛門は目の前に甘酒が置かれたのにも気づかず、今しがたひと回りして来た横丁の様子がまだ信じられないという口ぶりで話し込んでいる。笠兵衛にいたっては、店に入ったときからむっつりと口を閉ざしたままだ。

新網南町と芝湊町が隣り合う幅二間ほどの通りには、食い物屋や商い店がひしめいていた。町としてはさほど大きくないが、ひとつところに活気がぎゅっと詰まっている。町のすぐそばは芝浦と呼ばれる江戸前の海で、岩蔵によれば、ひと昔前のこのあたりは漁師小屋や網干し場だらけであったそうだ。今でも町の裏手は以前と変わらぬが、一昨年の冬あたりから通り沿いに店が建ちはじめた。水平線からのぼるお天道様を、毎朝いの一番に拝めるとあって、日の出横丁と呼ばれるようになったのだという。

しばらく待っていると、佑太の汁粉が運ばれてきた。椀からほんわりと立ちのぼる湯気に、鼻と心がくすぐられる。小豆の滋味が溶け込んだ甘い汁をすすったら、分吉に分けてもらえなかったおかきのことなど、どうでもよくなった。

佑太たちは、入り口に近い席に腰掛けていた。入り口の横には小さな出窓が設けられていて、千代紙でこしらえた雛飾りがあしらわれている。あと十日もすれば桃の節句だ。出窓は細い格子で通りに面していて、表からも雛飾りを見ることができる。店先にお雛様を飾っているのはこの店に限ったことではなく、佑太はここへ来るまでに、幾つもの雛飾りを目にしていた。

はまぐりの貝殻に絵付けしてお内裏《だいり》様に見立てたものや、色とりどりの端布《はぎれ》を取り合わせてこしらえたものなど、店ごとに工夫が凝らされていた。日の出横丁ぜんたいが佑太の訪れを喜んでくれているようで、佑太はこの通りがいっぺんで気に入った。

しかし、岩蔵と忠右衛門は深刻な顔をして、ひそひそ話に夢中になっている。さっきからため息をついては首をひねっている笠兵衛が、入り口のほうへ目をやって、いま一度ため息を漏らした。

通りを挟んだ向かいは、絵草紙屋であった。汁粉屋へ入る前に、佑太たちが立ち寄った店である。あるじは笠兵衛がむかし奉公していたお店の仲間だそうだ。新しい木の香がにおい立つ店先で、笠兵衛が開店の祝儀を渡していた。

絵草紙屋には午後の陽がたっぷりと差し込み、あざやかに浮きあがった錦絵の豊かな彩りが、道行く人たちの足を引き止めている。この汁粉屋にあるのとよく似たお内裏様が、鴨居へ渡した荒縄に竹ばさみで吊り下げられていた。

笠兵衛は湯呑みを両手に包んだものの、いつまでたっても口をつけずにいる。もしかすると、向かいにある絵草紙屋を、風待ち小路の粂屋と引き比べているのかもしれない。陽射しの降りそそぐ絵草紙屋は、間口にしろ店座敷にしろ、粂屋よりひと回り広い。白粉や鬢付け油なども置かれていて、ちょっとした土産物なら間に合うようになっていた。

佑太は空になった汁粉の椀を飯台に置いた。

「あのお店には、『一押し』とか『本日売り出し』の幟がなかったね。おすすめがわからないから、おいら、どの絵もおんなじに見えちまったよ」

絵草紙屋の店先で感じた正味のところを口にした。粂屋のほうが錦絵の並べ方にめりはりが利いているし、きれいな千代紙を集めた棚が目につくところに置いてあったりして、見ていて飽きることがない。

「おお、佑坊、そうかそうか。どうだ、もう一杯おかわりするかね」

笠兵衛の目尻が垂れ下がり、鼻のわきに皺が寄って、半泣きのような顔つきになった。

「よしとくれよ、笠さん。間食《あいだぐ》いで腹いっぱいにしちまうと夕のまんまが食えなくなって、こいつのおっ母ぁがぶうたれやがる。手前《てめえ》の子がご馳走になりましたのひと言もありゃしねえんだ、まったくよう」

岩蔵がお栄へ向けて悪態をつき、さっと手を伸ばして佑太の椀に蓋をした。笠兵衛と忠右衛門が、やれやれという表情で顔を見合わせる。

勘定をすませて汁粉屋を出た。通りの人出は、いっこうに衰えていない。

「どうした、佑太」

佑太が足を止めたので、岩蔵が怪訝そうに振り返った。

蕎麦《そば》屋と饅頭屋のあいだにある小さなお稲荷さんの入り口に、飴屋が屋台を出していた。そこに、羽を広げた孔雀の飴細工が並んでいるのだ。

この垢抜《あかぬ》けた横丁ならば、手の込んだ孔雀の飴細工を売っているのもうなずける。つい三日ほど前も、いかした絵付けの独楽《こま》を小父さんにもらったが、あれもこの横丁で買ったのだろうか。己れを喜ばせようと、こんなところまで足を伸ばしている小父さんが、佑太はなんだかいじましくなった。

「なんだ、飴細工が欲しいのか。祖父ちゃんが買ってやろうか」

「ううん、またこんどにするよ」

のぞき込んでいる祖父に応えて、佑太は空へ目をやった。お天道様がだいぶ西へ傾いている。

帰って、洗濯物を取り込まねえと。そう思って視線を戻した人通りの中を、見覚えのある人影が横切っていった。

お父っつぁん！

佑太は声を掛けようとしたが、それより一寸《ちょっと》早く、笠兵衛が調子はずれな声をあげた。

「お孝。これ、待ちなさい、お孝」

父が紛れていった人混みの手前で、女の人が立ちすくんでいた。

「あのさ、駒さんが新しいお父っつぁんになるとしたら、お前はどう思う？」

夕餉の膳で母に訊ねられたとき、佑太は昼間に見かけた人影のことで頭がいっぱいで、何を訊かれているのか、すぐには飲み込めなかった。

あれはたしかに父だった。佑太たちから少しばかり離れていたのと、人混みにたちまち紛れてしまったので、岩蔵は気づかなかったようだ。

父のかわりに立ちすくんだ女の人は、笠兵衛の知り合いらしかった。継ぎのあたった木綿物を着て、豆腐の入ったどんぶりを抱えていた。女の人を呼び止めておきながら、笠兵衛はどうしたらいいのかわからないといった態《てい》でおたおたしていた。岩蔵と忠右衛門が互いに目配せし、「先に帰るぞ」といって引き上げてきたのだ。

「佑太、ねえったら。ちゃんと聞いてるの」

膳の向こうで、母が頰をふくらませていた。すねたふうな目許は、けれど、かすかに笑っている。母の膳には、二合入りの徳利が置かれていた。

酔っ払ったあげく絡んでくる母には辟易《へきえき》するが、その笑顔を見ると、佑太は心がほっとする。

父が家を出ていって、母は沈んだ表情をしていることが増えた。酒を飲むにも、物憂げな手つきで猪口を口へ運び、こちらのほうが滅入りそうなため息をつく。そうかと思うと、佑太が洗濯物の取り込みにいくらか手間取っただけで、大仰《おおぎょう》に目くじらを立てたりした。

それが、先の暮れあたりから少しずつ治まって、やっと今みたいな和らいだ表情を見せるようになったのだ。母が笑顔を取り戻したのは、小父さんにめぐりあったからなのだろうか。

佑太は里芋の煮っころがしを半分のこして、いったん箸を置いた。祖父たちと食べた汁粉が胸にへばりついているようで、芋の味がしなかった。

「おっ母さんは、小父さんと、その、夫婦約束《めおと》ってのをしたのかい」

口の中がかわいて、夫婦約束というところで舌がもつれそうになる。

母は徳利の酒を猪口に注ぎ足して、ゆっくりと口へ持っていった。はっきりと決めたわけじゃないんだけど、と羞じらうように目を伏せ、

「でも、佑太の気持ちも聞いておかなきゃと思って」

そう言って、にいっと笑う。

母の眼を、佑太はどういうわけか、まっすぐに見ることができなかった。

佑太は祖父のことも好きだが、母のことはもっと好きだ。祖父にはすまないけれど、母の手はふんわりと柔らかく、撫でてもらうだけで、腹が痛いのなんかどこかへ飛んでいってしまう。それに、ぎゅっと抱きしめてくれるときの、あの甘酸っぱい匂い。どこか樟脳《しょうのう》っぽい匂いが染み付いている祖父とはえらい違いだ。

父のことも、母に劣らず好きだった。竈の灰を水に浸して漉《こ》す洗濯液のこしらえ方も、火熨斗のあて方も、父に手ほどきしてもらった。佑太が寝小便で濡らした蒲団を陽に当ててくれるのも、いつも父だった。

佑太は三人とも大好きなのに、大人どうしの気持ちはなにゆえすれ違ってしまうのだ

ろう。いがみ合う姿を見るにつけ、胸が痛む。そして、母が想いを寄せている相手をどうしても好きになれない己れを思うと、心はいっそう苦しくなるのだった。

「ね、お前の気持ちを聞かせておくれよ」

「おいら、おいら……」

佑太は言いかけて口ごもった。腋《わき》の下に汗がじんわりと滲《にじ》んでくる。

「おいら、わかんねえや」

四

桃の節句が終わると、日の出横丁のそこ此処《ここ》にあしらわれていた雛飾りは、いっせいに桜の造り物へと取り替えられていた。

佑太が一人で横丁を訪れるのは、今日で三度目になる。母が小父さんとどうなるにせよ、父の気持ちを聞いておかねばと思ったのだ。

父らしき姿を見かけてから、半月が経っていた。毎日でも通いたいのはやまやまだったが、母に気取《けど》られぬように大通りを渡るとなると、小父さんが訪ねてきた折をうかがうよりない。だが、待っているときに限って小父さんは顔を見せず、佑太は今日も昼餉のあとで分吉のところへ遊びにいくと偽って、家を抜けてきたのだった。

父を捜すといっても、これといった手掛かりがあるわけではなかった。まずは洗濯屋をあたってみようと思いついたが、町がまだ新しいせいか、そうした店はなさそうだ。佑太にできることといえば、一軒ずつ店先に立って、奥をのぞき見るくらいのものだった。裏口へまわって訊ねる手もあるけれど、まったく知らない大人に話しかけるなんて、気恥ずかしくて出来っこない。

日の出横丁は、先だって祖父に連れられてきたときと同じくらい、たいそうな人が行き交っていた。旅姿でも参詣客でもなさそうな、長屋のおかみさんふうが二、三人連れになって歩いているのが、中でもけっこう目につく。めかしこんでいないから、近くに住んでいるのだろう。造り物の桜で手軽に花見を楽しもうと、通りを冷やかしているに違いない。

汁粉屋でこのあいだ、年寄りたちが交わしていたやり取りが思い出された。神明前から日蔭町通り、ひいては風待ち小路へと流れてくる客が減ってしまうのではないか、と祖父は案じていた。あのとき佑太は何の気なしに聞いていたけれど、じっさいに一人で日の出横丁を歩いてみて、年寄りたちの心持ちが少しばかり察せられる気がした。

いまのところ日の出横丁に目立つのは、一膳飯屋や蕎麦屋、煮売り屋といった食い物屋だ。裏手へまわれば昔からの住人たちが暮らしているというから、人々の身の回りを支える荒物屋や八百屋なども、そのうちに商いを始めるだろう。そうした店々がこぞって季節のあしらいを店先に飾り、訪れる客を出迎える。佑太が今しがた見たような、これといった用もなくそぞろ歩きにきたおかみさん連中が、ついでに買い物でもしていこうという気になれば、通りはさらに活気づく。

洗濯屋が店を出すのも、そう遠い話ではなさそうだ。木賃宿が二軒、軒を並べているのを見たし、町の北側には大名屋敷もある。勤番の侍を相手に、新規の洗濯屋が楓屋の通い帳よりもお得な心尽くしを打ち出したりしたら、どう太刀打《たちう》ちすればよいのだろうか。江戸詰めの侍たちは、非番になると市中に出掛け、名所だの名物だのと銭を遣うくせに、暮らしのこととなると存外な吝《しわ》ん坊で、一文、二文の費《つい》えを浮かせられるなら通りの向こう側へひと歩きするぐらいは平気なのだ。

それにしても、父はこの町のどこにいるのだろう。造り物の桜の先に広がる空を見上げたとき、佑太はふと思い当たった。

「どうした、汁粉はおめえの好物だったろ」

父はそう言って、佑太に汁粉を食えとすすめた。先に岩蔵たちと立ち寄った汁粉屋である。およそ十一月《とおひとつき》ぶりに向き合う父は、少しばかり頰の肉が落ちて、そのぶん顔つきが引き締まったようだ。

横丁の南の突き当たり、古川が芝浦の海へ注ぎ込むあたりに、二軒の木賃宿があった。

洗濯屋がない町の木賃宿なら、洗い物を受け持つ人手が雇われていてもおかしくない。そう踏んで宿の裏庭へまわってみると、佑太のまぶたに焼きついて離れぬ広い背中が、額に手びさしをかざして空を仰いでいた。

「お父っつぁん」と呼びかけたあとは胸がいっぱいになってしまい、佑太は手を引かれるまま、この店へ連れてこられたのだった。咽喉の奥がつかえた感じは尾を引いていて、湯気をあげている汁粉に口をつけることができずにいる。

そんな佑太を、父は弱ったような目で見て、小さく息を漏らした。

「おっ母さんは達者にしてるか」

「うん」

佑太はいったんうなずいたが、身体に毒なほど酒を飲む母が尋常とはいえない気がして、かぶりを振る。

「なんだい、そりゃ。どっちなんだよ」

父が肩をゆすって噴き出した。佑太の咽喉許にしこっていたものが、いくらか溶けていった。

父が家を出ていって、母はしばらくのあいだ塞《ふさ》ぎこんでいたこと、それでも三月ばかり前から小父さんが訪ねてくるようになって笑顔が増えてきたこと、酒は相変わらず飲んでいることなどを、佑太は思いつくままに話した。いちど喋りだすと、次から次へと言葉があふれ出してくる。

話をひとしきり聞き終わると、父はいま一度、汁粉を食いな、と佑太をうながした。

佑太が箸に手をつけると、穏やかな口調で訊ねてきた。

「その、駒さんてえ小父さんは、おめえによくしてくれるのかい」

「そうだね、いつも飴細工とか独楽とか、おいらに持ってきてくれるよ」

「ふうん、ずいぶんと気が利くじゃねえか」

「うん、でも……」

「でも、なんだ」

「もしかすると、おっ母さんは小父さんと一緒になるつもりかもしれねえんだ」

佑太がそう言うと、父は二、三度、まばたきをした。

「そうか……」

「小父さんは気が利くかもしれねえけど、おいら、お父っつぁんは、お父っつぁんだけがいいんだ」

こちらに視線を注ぐ父に、佑太は言葉を続けた。

「ねえ、お父っつぁん、うちに帰ってきておくれよ」

だが、父は顔をこわばらせたきりだ。

佑太の咽喉の奥が、再びきゅうっと絞られた。

「お父っつぁんは、おっ母さんのことが金輪際《こんりんざい》いやになっちまったのかい」

「……」

「それとも、おいらが寝小便するのに嫌気がさしたのかい。でもおいら、床に入る前に水を飲むの、よしたんだ。このごろはちっとも蒲団を濡らしちゃいないよ」

佑太はずっと気に掛かっていたことを口にした。父は家を出て行くとき、寝小便うんぬんと言い捨てて飛び出していったのだ。

飯台の向こうから伸びてきた手が、佑太の頭をやさしく揺さぶった。

「おめえの寝小便なんて、おれはただの一度も嫌だと思ったこたぁねえよ」

父は笑っていたが、弛んでいるのは口許だけで、目は寂しそうに佑太を見つめている。

佑太の咽喉許のしこりは、こんどは溶けていかなかった。

「佑太、おめえ、さいころは知ってるよな」

湿っぽく微笑んだ父が、訊ねてくる。

「知ってるよ。双六で順繰りに振るやつだ」

「そう、それだ。世の中にはな、さいころをよくねえ遊びに使う大人がいるんだよ」

お父っつぁんもそうだった、と父は遠くを見る目になった。

愛宕下には大名屋敷が建ち並んでいるが、とある藩の中屋敷では、時折、丁半博打《ばくち》が開かれていた。中屋敷というのは、日ごろ殿様が起居している上屋敷が火事で焼けたりした際の、避難所のようなものだ。隠居した藩主やお世継ぎが住まうこともあるが、殿様が姿をみせるのはたまさかで、詰めている家士の数もしれている。夜になると賭場に様変わりする中間《ちゆうげん》部屋にまで、監視の目は行き届かなかった。

日蔭町通りにある湯屋には、武家屋敷に奉公する中間たちもやってくる。佑太の父はそこで中間の一人と顔見知りとなり、賭場に出入りするようになったのだった。

初めて足を踏み入れたのは、お栄が佑太を身ごもった時分のことだった。初手のうちは、手持ちで間に合う程度に賭けていた。だが、じきに負けが込みはじめると、銭を借りて賭けるようになった。佑太が生まれる頃には、たいていのことでは返せぬほど、借金が膨らんでしまっていた。

佑太が生まれてひと月した頃、姉のおようが風邪をひいて熱を出した。医者に診せて薬を飲ませたものの、三日しても熱は下がらない。三日目の晩、おようを寝かせたかたわらで、佑太に乳を含ませながらお栄が言った。

「おようが苦しそうな呼吸《いき》をして、夕どきからおかしいんだ。夜分になっちまったけど、いま一度お医者に診てもらったほうがよかないかねえ。お前さん、ちょいと先生を呼んできておくれよ」

だが、利息の払いが明日に迫っている父は、それどころではなかった。

「赤ん坊の祝儀があっただろ。そう、風待ち小路が祝いにくれた金包みだ。あれでなんとかなるかもしれねえ」

金の算段で頭に血がのぼっている父を、お栄は見抜くことができなかった。佑太はことに夜泣きのひどい赤ん坊で、四六時中ぐずっている。そこへおようの看病が重なってろくに横にもなれず、くたくたに疲れ果てていたのである。

「そうだね、あれを持っていって頭を下げれば、夜中だってすぐに診てくれるだろうよ。そこの、上の引き出しに入ってるんだ。頼んだよ、お前さん」

父は医者を呼びにいくどころか、賭場へまっすぐに繰り込んだ。利息分を工面できたところで切り上げるつもりだったが、その晩はおそろしいほどツキがまわってきて、腰を上げたのは、しらじらと夜が明け始めた時分であった。

「おい、おように卵を買ってきてやったぞ。愛宕山の向こうまでひとっ走りして、百姓家を叩き起こしたんだ」

得意になって包みを掲げる父がほの白い光の底に見たのは、赤ん坊に乳をやったまま身体をくの字に折って眠りこけるお栄と、夜具の中で息絶えているおようの姿であった。

「銭のことは後からどうとでもなるが、命にかかわることは取り返しがつかねえ。おれはそんとき、ぱっと目が覚めたんだ。あんときは佑太、おめえがいたおかげで、おれたちは夫婦別れをせずにすんだ。おっ母さんは博打から足を洗ったおれをかばって、事の次第を誰にも明かさなかったのさ」

父はどこか痛みをこらえるように顔をしかめ、言葉をつなぐ。

「でも、おっ母さんは心の底では、ずっとおれのことを許しちゃいねえんだ」

母が深酒するようになったのは、それからだという。

佑太が初めて耳にする話だった。夕立がきそうだといって、しゃかりきで洗濯物を取り込んだり、冬場の水の冷たさをものともせず、大盥《おおだらい》に足を入れて踏み洗いしたり、佑太は身を粉にして働く父よりほかを知らない。まるで、父がゆうべ見た夢の話を聞かされているようだ。

汁粉屋の外には、うららかな陽射しが降りそそいでいた。

向かいの絵草紙屋は、先に劣らぬ数の客を集めている。軒先は造り物の桜で染まり、麻縄に吊り下げられた錦絵の彩りとあいまって、うつつとは思えぬ美しさだ。

店先には、笠兵衛の存じよりだというあるじの姿があった。新たに若い娘を売り子に雇い入れたとみえ、「入ってきたばかりの役者絵はいかがですか」と声を張っている。澄んだ声音に引き寄せられるのか、人垣には男の客が目立つ。

このあいだ、笠兵衛が祖父たちの話に加わらず、どこか上の空だったのは、思ってもみなかった光景を目の当たりにして、にわかには受け入れることができなかったからなのかもしれない。

「小父さんと一緒になるかどうかは、おっ母さんが決めることだ。おれがとやかく言える道理はねえ」

沈んだ声が、佑太を我に返らせた。

父のほうへ向き直りかけたが、佑太はいま一度、絵草紙屋に目を戻した。視界の隅に、気になるものがあった。

人だかりがしている店先の、左の端っこ。右肩がえらく下がった、あの後ろ姿。やはり、小父さんだ。

佑太への土産を見繕っているのかと思ったが、小父さんは錦絵を品定めしているふうでもない。周りをちらちらと見たりして、なんとなく落ち着かない様子だった。家では母が、小父さんの訪ねてくるのを今か今かと待っているというのに、こんなところで何をしているのか。

やがて、小父さんは何も買わぬまま、すっと店先を離れていった。

佑太があっと口を開いたとき、絵草紙屋であるじの大声があがった。

「掻《か》っ払《ぱら》いだッ。誰か、そいつを捕まえてくれッ」

五

桜の花もすっかり散った。

「伯母さん、分吉はいるかい」

古着屋の店先に立った佑太は、伯母さんが客の相手に一区切りついたのを見計らって声をかけた。

「ああ、いつもの子たちと遊んでるよ」

茶の間のほうを目で指した伯母さんは、視線を佑太へ戻してにっこり笑った。

「佑ちゃん、あんた、お手柄だったんだって？　たいしたもんだよ」

日の出横丁で目にした小父さんのことを、佑太は一緒にいた父に話しただけである。

その後の詳しい経緯《いきさつ》は定かではないけれど、あとで父に聞いたところでは、絵草紙屋の掻っ払いは人混みに紛れてしまったが、じきに素性が知れて捕まったという。

番屋へしょっ引いてみると、葺手町に住む駒七《こましち》は、芝界隈《かいわい》で小さな盗みを繰り返していた。納豆売りの商いはまじめにつとめているのだが、身の丈をじっさいより高めに見せようとする向きがあり、背伸びしたぶんを盗みで埋めていたのだ。駒七が狙うのは小商いの店ばかりで、煙草入れにしろ手拭いにしろ、ありきたりの品でありながらどこか小技がきいていて、少しばかり値が張るものに限られた。

盗られた店では、ささいな盗みくらいでお役人に出入りされても厄介なので、お上に届け出るのを見合わせていた。そうしたわけで、駒七は長らく捕まらずにいたのである。

調べの中で、四月《よつき》ほど前に風待ち小路でおきた盗みも、駒七によるものだと明らかになった。つい先だって、佑太は粂屋の笠兵衛から「佑坊の手掛かりがあったおかげで、盗っ人が捕まったんだ。ありがとうよ」と礼を言われた。笠兵衛は佑太の手柄を、岩蔵にも話したに相違ない。それで、伯母さんにも伝わったのだろう。

三日前、佑太はふたたび日の出横丁に父を訪ねた。横丁に飾られていた桜の造り物は、藤の花に替わっていた。

手にした風呂敷包みには、小父さんにもらった独楽や、口に入れるのがもったいなくてそのままになっている孔雀の飴細工が入っていた。盗まれたのかもしれない物を捨てていいのか迷ったし、捨てるにしても母の目につくとまずいと思ったのだ。

後始末を請け合ってくれた父に、佑太はいま一度、訊ねてみた。

「お父っつぁんは、やっぱり、帰ってくる気はねえのかい」

父は寂しそうに微笑み、だが、きっぱりと言い切った。

「おれの顔が目の前にある限り、おっ母さんは昔のことを忘れられねえ。何年もかかって、ようやくそれがわかったんだ」

佑太は提げている風呂敷包みを、きつく摑んだ。

「おいらこれからも、事由《わけ》がなくてもお父っつぁんに会いにきていいかい」

小父さんにもらった土産の後始末など、父に会うための方便にすぎなかった。

父はあたたかな眼差しを佑太に向け、大きくうなずいた。

「事由なんていられねえさ。お父っつぁんは、ずっとおめえのお父っつぁんだもの」

「……」

「おっ母さんにとって、おめえは何より心強い支えだ。どうかこの先も、おっ母さんを助《す》けてやってくんな」

「お父っつぁん……」

佑太の肩に、父が手をおいた。

「そうしょげるなよ。佑太、胸を張れ」


茶の間では、分吉と取り巻き二人が妖怪の双六を囲んでいた。

佑太は部屋に上がると、双六の輪にずんずんと近づいていった。

「おい、分吉」

わずかに声がかすれた。

さいころを振っていた分吉は、駒を進めたあとで、ゆっくりと顔を上げた。

「何だよ、おめえがいきなり呼びかけるから、手許が狂って二つきり進めなかったじゃねえか」

そう言って、口をとがらせる。

佑太はごくりと唾を飲み込んだ。

「その双六は、おっ母さんにもらった小遣いで、おいらが買ったんだ。返してくれよ」

分吉の両脇をかためている取り巻きどもの目が、にわかに険しくなる。

分吉の口許が、いやらしく歪んだ。

「そんな大層な口をきいていいのかよ。おめえのおっ母さんが誰に金を借りてるか、知ってるんだぜ」

佑太は腹に力をこめて言い返した。

「それとこれとは、話が別だろ。双六で遊びてえなら、自分の小遣いで買えばいいじゃねえか」

「こいつ、ちょっと手柄をあげたからって生意気だぞ」

分吉が立ち上がって拳を振りかぶり、続いて取り巻きたちも身構える。

睨みかけてくる目をぐっと見返したあと、佑太は視線をちらりと庭のほうへやった。

暖かな日和で、部屋の障子は開け放たれている。

分吉にすっと近寄り、低く耳打ちした。

「寝小便のこと、そいつらに露《ば》らしてもいいのかい」

盆栽棚のかたわらで、今日も分吉の蒲団だけが、お天道様の陽射しをいっぱいに吸い込んでいる。

「むう……」

分吉の目がうろうろとし、拳が力なく下ろされた。うしろに控えた取り巻きたちが、狐につままれたような顔を見交わしている。

六

古着屋からの帰りがけ、小間物屋の婆さんとつくしの女将《おかみ》が、立ち話しているのが目に入った。つくしの隣は空き地になっており、店の壁に向かって喋っている二人の背中が、通りからもよく見える。肩を寄せ合い、あたりをはばかっているふうだが、耳の遠い婆さんが幾度も聞き返し、応じる女将の声もだんだん大きくなるので、ずいぶん手前にいる佑太の耳にも話し声が届いてきた。

「おたくの品を盗った掻っ払いのことですけどね」

「そいつはつい先だって捕まったたって、さっき話しただろ」

「だからね、その掻っ払い、うちの店にも来てたんですよ」

「はあ?」

小間物屋の婆さんが、耳に手を添えて突き出した。腰の曲がった婆さんの年寄りぶりは、祖父の岩蔵より年季が入っている。

佑太の足の運びが、しぜんと遅くなった。

つ、く、し、に、酒を飲みに来てたの、と、女将が婆さんの耳許で怒鳴った。つくしは、風待ち小路の商い店が戸を下ろす頃に、店の明かりが灯る。母と同い年だという女将は、仕込み中の今時分、すっぴんに二の腕もあらわな襷《たすき》掛けで、年相応の小母さんに見えた。けれど、店が開く頃には「あの子だけまるで若返る」のだそうで、いつも母がうらやましがっている。

「つくしで飲み食いしてたって、まさか食い逃げされたってんじゃないだろうね」

「いいえ、払いは連れの人が」

二人の声がそこで低くなった。肝心なところは、ひそひそ声でも通じるらしい。

「じゃあ、捕まったのはあの男だってのかい。こざっぱりした男ぶりの」

「ええ、そうなんですよ」

女将が大仰にうなずいてみせる。

「へえ、お役人から駒七てえ名は聞かされたが、それがあの男だとは思ってもみなかったよ。ふうん、そうかい、お栄さんのねえ」

「……」

「お栄さんも男運がないやねえ。亭主には出て行かれるわ、新しい男はしょっ引かれるわ。佑坊だって、まだ頼りになるってわけじゃないしさ」

「……」

まくしたてていた婆さんが、合いの手をよこさなくなった女将をいぶかしそうに見上げたのち、そろそろと後ろを振り返った。

「ゆ、佑坊。いつからそこに」

「ええと、佑ちゃん、あのね……」

婆さんと女将は、鯉《こい》のように口をぱくつかせている。

佑太は奥歯を噛み締めて、まっすぐに二人を見つめ返した。

七

勝手口の戸を引いた佑太を見て、お栄はあからさまに肩を落とした。夫婦約束を交わそうとしていた男がふっつり姿を見せなくなったのだから、無理もない。

「ただいま」

少しばかり気の毒に思いながら、佑太は部屋に上がった。小父さんがもうここに来ることがない事由《わけ》を、母には話していなかった。尾ひれのついた噂話で知るのはよくないに決まっているが、今はまだ、己れの口から伝える気にはなれない。

「お前も帰ってきたことだし、そろそろ洗い張りの板を軒先に移すとしようかね」

母は自分に言い聞かせるように言って、重そうに腰を上げる。

着物の縫い目をすべて解き、ばらして洗う洗い張りは、衣替えのこの時期に頼まれる数がぐんと増える。楓屋で預かるのは伸子《しんし》張りの絹物よりも、張り板に張って乾かす木綿物が多かった。

「わかったよ、ちょっと待ってて」

壁際の茶簞笥には、佑太がお気に入りをしまっている小ぶりの行李《こうり》が載っている。先まで独楽や飴細工の袋が入っていたが、今は空っぽになっていた。

佑太は取り返した双六を懐から抜き出し、丁寧にしわを伸ばして行李に納めた。

楓屋の張り板は、町内にある木賃宿が建て替えをした折に譲ってもらった雨戸を使っている。裏庭の垣根に立てかけてある二枚の張り板には、糊をきかせた袖や身頃が張りつけられていて、夕暮れどきの光で蜜柑《みかん》色に染まっていた。

佑太と母は張り板の端と端を持ち、軒下へと運んでいった。二枚目の板を運ぶ途中で母が石につまずき、尻餅をついた。

「大丈夫かい、おっ母さん」

佑太は張り板を抱えたままで声を掛けた。洗濯物は、さいわいに汚れてはいない。

「……………」

母はへたり込んで、返事をしなかった。肩が小刻みに震えている。泣いているのだ。

ねぐらへ帰るからすの群れが、佑太の上を渡っていった。

母はなかなか泣き止まなかった。控えめにすすり泣いていたのが、だんだんとしゃくり上げるようになっていく。

佑太は、母が地べたに打ちつけた尻の痛みで泣いているのではないのをわかっていた。さめざめと涙を流している母を見ると、こっちまで泣きたくなってくる。けれど——。

佑太、胸を張れ。

父の声が、耳によみがえった。

夕焼けの広がる空に、からすたちが小さな点になっている。

佑太は抱えている張り板を、地面にそっと下ろした。父は戻って来ず、小父さんも姿を消して、母はまた気が塞いで深酒に溺れるかもしれない。

それでも、佑太は胸いっぱいに息を吸い込んで涙をこらえると、母に手を貸すために前へ踏み出した。

しぐれ比丘尼《びくに》橋

一

「なあ、日の出横丁って知ってるか」

亀之助に訊ねられて、手にしている猪口の酒が、どくんとさざなみ立った。

「それなら、金杉橋の北詰で、近ごろ人を集めている通りでしょう。知ってますよ、先だって行ったたばかりですからね」

何気ない調子で、瞬次郎は応える。

左隣で小鉢のうどをつついている亀之助が、瞬次郎の手許がぶれたのに気づいた様子はなかった。右隣にいる金吾は二人より遅れて店に入ってきたばかりで、壁に貼られた品書きに目を走らせている。

猪口の縁をかすめたさざなみは、揺らぎを繰り返しながらしだいに鎮まっていった。

縄暖簾「つくし」は、風待ち小路の若い跡取り連中が、行きつけにしている店である。

間口は二間半、板場と客席のあいだを作りつけの飯台が鉤《かぎ》の手に隔てている、奥に細長い店構えで、客が八人も入れば一杯になる。飯台に沿って空の四斗樽が並べられており、出入り口に近いところから、金吾、瞬次郎、亀之助の順に腰掛けていた。六ツ半をまわった店には三人のほかにも、小路の裏店に住む左官職人が一人で酒を飲んでいるが、そちらは女将を相手に話をはずませていた。

「へえ、何しに行ったんだよ」

うどを口へ運んだ亀之助が、意表を突かれたふうな顔を向けた。そうした表情になると、男くさい面構《つらがま》えがいささか子どもっぽく見える。

瞬次郎は常日ごろ亀之助に、おまえは弛みのないやつだ、と軽口を叩かれている。生真面目で人間がぎちぎちしている、という意味らしい。二十一で世慣れるわけにもいくまいが、瞬次郎としては先々それなりの経験を積んで、熟《こな》れていけたらいいと思っている。とはいえ、宿場女郎に入れあげて女房を泣かせている亀之助に憧れる気持ちは、これっぽちもなかった。

絵草紙屋「粂屋」と生薬屋「円満堂」は隣り合わせでもあり、五つ年上の亀之助とは瞬次郎が七つで風待ち小路へ越してきた時分からの付き合いだ。近所の友だちと遊ぶときも、亀之助が実の兄のように面倒を見てくれた。その後、瞬次郎が南伝馬町の呉服屋へ奉公に出されたので、しぜんに遠ざかったが、昨年二月に奉公をおえて戻ってくると、さっそくつくしに誘ってくれた。十年ぶりに会う亀之助は、放蕩の限りを尽くしてきた者のような、何ともいえない崩れを身にまとっていて瞬次郎をたじろがせたが、心根のやさしさに変わりがないことは、話してみてすぐにわかった。

亀之助からすれば、堅物の瞬次郎がこのごろ流行りはじめた場所に出入りしているというのが、よほど意外だったに相違ない。

「それはその、親父の古い知り合いが絵草紙屋を出したんで、挨拶にうかがったんです」

「へ、なあんだ」

亀之助はつまらなさそうに言って、口の中のものを飲み込んだ。

「日の出横丁か。おいらは知らねえな。で、その通りがどうかしたのかい」

ひじきの炊《た》いたのを女将に頼んだ金吾が、話に入ってきた。瞬次郎はひとまず、金吾に酒を注いでやる。

金吾の家は菓子舗「錦栄堂」を営んでいる。父親の長三郎と金吾がこしらえる菓子を、母親が店先で売っていた。看板の品は、塩と甘みの加減が絶妙な豆大福だ。もっとも、二十三の金吾は、このごろやっと餡を餅生地で包む作業をまかせてもらえるようになったばかりだった。

錦栄堂は瞬次郎が奉公へいっているあいだにできた店で、金吾とはつくしに通いだしてから知り合った。裏表がなく人懐っこい金吾には少々剽軽《ひょうきん》なところがあって、瞬次郎は旧知の友のような親しみを抱いている。

「増上寺や神明様へお詣《まい》りにきた客が、日の出横丁にどんどん流れていってるんだとさ。うちの内儀さんに聞いたんだ」

亀之助が、渋い面持ちで口にする。

「金杉橋っていやあ、神明前からは目抜き通りを横切らねえといけねえだろ。あんな往来のはげしい通りを、なんだってわざわざ渡ろうってのかね」

金吾が首をひねった。

金吾は亀之助を、道楽の達人とあがめている。下がり気味の眉をことさら力ませてみたり、口許を不機嫌にこしらえてみたりと、達人を真似るのに余念がない。しかしじっさいは、大福づくりの名人である親父が目を光らせていて女遊びどころではなく、亀之助の武勇伝を耳にして妄想ばかりを逞《たくま》しくしているのだった。

「日の出横丁には、人の心を惹きつけてやまない何かがあるってことだよ。おれも見てきたが、食い物屋の外に行列ができてるんだ。それも一軒や二軒の話じゃない」

「そいつはちょっと大袈裟《おおげさ》なんじゃねえのかい。うちの豆大福だって、店の外に人が並んだためしはねえのに」

亀之助と金吾のやりとりを、瞬次郎は黙って聞いていた。

亀之助の話は、あながち大袈裟とも言えなかった。芝浦の漁場がすぐそばにある日の出横丁には、新鮮な魚を出す食事処が揃っている。煮魚や焼き魚といった、ごくあたりまえの皿を食べさせるのだが、板場で腕をふるう元漁師たちが、魚の持ち味をうまく引き出していた。市場を通さず魚を仕入れるので余所《よそ》よりも懐にやさしく、多少待たされても苦にしない連中が押しかける。

さほど広い町ではないけれど、横丁ぜんたいを通した華やかな飾りつけが、物足りなさを補っている。瞬次郎が訪れた折は、店々の軒先が造り物の桜で彩られていて、花見をしているような心持ちになった。

行列に並ぶ気のなかった瞬次郎は、ちょうど目にとまった蕎麦屋へ入った。味はなかなかのもので、勘定をすると福引券がついてきた。三日間にかぎり、日の出横丁にある店で銭を遣うと一枚くれるのだという。二枚あつめなければ籤《くじ》は引けぬと聞き、小間物屋で手拭いを一本買った。

福引きは空籤だったが、はずれた者にも根付《ねつけ》がもらえた。かわいらしい木彫りのうさぎに、青い紐がついている。はずれ一回につき一つのところ、福引所の世話人が瞬次郎のうしろにいる連れをみて、もう一つおまけしてくれた。赤い紐のついたうさぎだった。

瞬次郎は、父の知り合いが出した絵草紙屋へ顔をのぞかせに行ったわけではないのである。だが、女と一緒に日の出横丁を歩いたなどと言ったら、二人が黙っているはずがない。

「どうした、瞬次郎。おめえさっきから、だんまりしたまんまだぜ」

金吾が訊ねつつ、瞬次郎の猪口に酒を注ぐ。

「いや、お詣りにきた客を日の出横丁に取られると厄介だな、と思案していたんです」

さりげなく話に戻った。

「瞬次郎のいうとおりだ。風待ち小路は神明前から流れてくる客で保《も》ってるんだからな。近ごろ円満堂《うち》も、売上げが少し鈍ってるんだ」

「亀之助さんのところもですか。子ども時分とくらべて、なんとなく通りが寂しくなっていますよね」

「二人とも、景気の悪い話はよしてくれよ。酒がまずくなっちまうじゃねえか」

金吾が眉をひそめ、三人そろって重苦しい溜息をつく。

「うまく客を呼び込む手はねえもんかな。ねえ、亀之助さん」

「金吾、お前知ってるだろ。おれは薬を調合するのは得手だが、商いとなるとからきしなんだ。その手のことは内儀さんにまかせっきりさ」

亀之助がしかめっつらになる。

瞬次郎は腕組みをした。

「風待ち小路は、それぞれに知恵を絞っているんですがねえ」

条屋では絵草紙を買う客に、手製のしおりを添えている。瞬次郎の父親、笠兵衛が手先の器用さを生かしてこしらえているのだ。円満堂は店先での薬湯ぶるまいや飛脚売り、洗濯屋「楓屋」はお得な心尽くしが受けられる通い帳を客に渡していた。

「店ごとの工夫でお仕舞いにしているから、風待ち小路として横につながっていかないんです」

各々の店で摑んだ客をつなぎとめることはできても、通りぜんたいに客がめぐることにはならない。

「そうか。日の出横丁は何かってえと、足並みを揃えてるもんな」

亀之助が深くうなずいている。

「得意客を引きつけておくのも大切ですが、それだけでは新しい客を取り込めません」

「うんうん。瞬次郎、お前はやっぱり、きっちり考えてるねえ」

「そんな、大袈裟に感心されるほどのことでもありませんよ。あれ、金吾さん、腹でも痛いんですか」

ふだんは陽気な金吾が、深刻な顔をしてうつむいていた。

「二人のとこは、しおりを添えたり薬湯をふるまったりしてるのに、うちはお客の得になるもんが何もねえ」

「錦栄堂のお内儀さんの笑顔くらい、お客の心をあったかくさせるものはありませんよ。

豆大福みたいにふんわりしていて、また買いに来たくなります」

瞬次郎はそう言って、空になっている猪口を酒で満たした。

その酒を、金吾がぐいと干す。

「よし、神明前の客を引っ張ってこれるよう、おいらたちで策を練ろうじゃねえか」

落ち込んでも、すぐに立ち直れるのが金吾のいいところだ。

「おれたち若い連中の出番だな。今年は地口行燈も、いまひとつパッとしなかったし」

亀之助が応じた。

日比谷稲荷の初午祭に奉納する地口行燈には、毎年、日蔭町通りが一丸となって臨んでいる。ただ、風待ち小路で地口に熱意をかたむけているのは、親父連中と決まっていた。ここにいる三人の父親たちも、日ごろから力作を帳面に書き溜めている。

町内ごとに趣向を凝らした地口行燈が、通りの両脇にずらりと並ぶ。寒さもぬるみはじめた春先の夕暮れ時、あちらのは傑作だった、いや、こちらも甲乙つけがたい、などと冷やかしながらそぞろ歩くのも、見物人の楽しみである。

風待ち小路の地口行燈は年寄りたちが力を入れているおかげで、例年、通りを訪れる人たちの受けもよい。面白い地口を目にしたので、と買い物していく客もある。しかし、今年はよその町内が負けじと冴えた地口をひねってきたため、風待ち小路は思ったほど客を引き寄せることができなかったのだ。

金吾が口を開いた。

「神明様のお祭には、風待ち小路の商い店がこぞって売り出しをするだろ。今年は売り出しだけじゃなくて、跡取り連中で見世物をやるってのはどうかな」

芝神明宮の祭礼は、九月十六日を中心に前後十日にわたって執り行われる。その期間の長さを指してだらだら祭とか、境内に立つ生姜《しょうが》市にちなんで生姜祭などと呼ばれていた。祭のあいだは、常にも増して参詣客が押しかける。

源助町、すなわち風待ち小路も芝神明の氏子町だ。町内では店の軒先に祭礼提灯《ちょうちん》を吊り下げたり幟を立てたりするほか、奉仕品を店先で売り出す慣《なら》いであった。

「いい思いつきですね、金吾さん。派手な催しにはかなりの人数《ひとかず》が集まりますよ。風待ち小路ぐるみのお得な趣向を祭までに支度しておけば、見物人にそれを売り込むこともできます」

「ってことは、瞬次郎。祭のあとも大勢の人が風待ち小路にきてくれるって寸法か」

「その通りです」

二人のやりとりを聞いていた亀之助が、口を挿《はさ》んできた。

「ちょっと待ってくれよ。お前ら見世物って簡単に口にするけど、綱渡りや手妻《てづま》なんて、ちっとやそっと稽古したぐらいで出来るほど甘くはねえぞ」

「………」

しばらくのあいだ三人で首をひねっていたが、やがて金吾が、

「あのよ、みんなで芝居をするってのはどうかな。綱渡りより易《やさ》しそうだし」

瞬次郎と亀之助は、その手があったか、と顔を見合わせた。

風待ち小路をあげてのお得な趣向についてはおいおい思案するとして、三人は芝居についての策を練りはじめた。まずは演じる場所だが、町内でまとまった人数が入れるところとなると、天ぷら屋「天花」の二階座敷が挙げられる。しかし、控えの間を足しても二十畳ほどで、舞台をこしらえると客がいくらも坐れない。木賃宿の座敷の襖をすべて取っ払う手もあるけれど、泊まり客を締め出すことになりかねず、宿の許しを得るのが難しそうだ。

「ここの隣の空き地はどうだい。舞台を組むのがちょっと手間だが、見物人も百人くらいは入るんじゃないか」

と亀之助が言う。

風待ち小路の連中が空き地と呼んでいる一画は、もともと会所地《かいしょち》だったところである。会所地というのは町割りにさいしてできた空閑地のことで、以前は住人たちの塵芥《ごみ》捨て場や排水の場になっていたが、参詣客があまた行き来する日蔭町通りでは臭いや見た目などの憂いもあって、いつしか火除け地のようになった。十間四方の原っぱは、ふだんは近所の子どもたちの遊び場になっている。

「よし、舞台は空き地に組むとして、次は演目だな」

そういって、金吾が女将に酒をもう一本、注文した。

「どうせなら、台詞も衣裳もぱっと華やかなのにしようぜ。助六なんてどうよ」

亀之助が腕を突き出し、見得を切ってみせる。

「それならいま、市村座で掛かってますよ。連日の大入りで、このまま来月の興行も決まったとか」

絵草紙屋で売り出す役者絵は、芝居興行の宣伝《ひろめ》を担っていた。前月に演目と配役が定まったところで摺り立て、幕が開くと絵描きがじっさいに小屋へ足を運び、舞台を観て新たな絵柄を描き下ろす。客の受けがそこそこよければ、版元は次々に異なる版を売り出した。そうして興行の当たりをあおり、さらなる客を呼び入れるのだ。

当月十二日から市村座の二番狂言として掛かった「助六由縁江戸桜《ゆかりのえどざくら》」は、市川海老蔵《えびぞう》の助六と岩井半四郎の揚巻が絶品で、吉原や深川から綺麗どころが見物に押しかけているという。粂屋に入ってくる絵も、このところは海老蔵と半四郎の取り合わせばかりで、背景や衣裳を違えたものが、店先に並べるはしから売れていく。

「市村座で掛かってるなら、ちょうどいい。お前らいっぺん、小屋へ行ってこいよ」

亀之助が、瞬次郎と金吾をのぞき込む。

「え、金吾さんとですか」

「亀之助さんがいなくちゃ、ああいうところはどうも心許ねえ」

二人とも、渋い顔をした。

市村座のある葺屋《ふきや》町と、中村座のある堺町は隣り合わせで、ひっくるめて芝居町と呼ばれている。両座とも櫓《やぐら》を挙げることをお上に許された、いわゆる大芝居で、芝居茶屋を通じて桟敷《さじき》におさまる客には大名家の留守居役や大店《おおだな》の旦那衆も少なくない。芝居がはねると宴席に呼ばれた芸者が通りを行き交い、両国広小路や浅草寺《せんそうじ》奥山などの盛り場とは、また異なった華やぎがある。

瞬次郎は呉服屋に奉公していたとき、芝居狂いの番頭に連れられて、幾度か小屋に足を運んだが、金吾は例の親父が睨みをきかせているから、芝居にはとんと縁がない。

「すまないが、おれは行けねえんだ。内儀さんがコレなもんでよ」

亀之助が腹に手をやり、膨らませる仕草をしてみせた。ぶっきらぼうな口ぶりだった。

瞬次郎は思わず亀之助の腹を見つめた。

日ごろ、亀之助は外の女のことはよく喋るくせに、女房のこととなると途端に口が重くなる。それがさっきから、内儀さん、内儀さん、と何べんも口にするので、何となくいつもと違う気がしてはいたのだが、おたよとのあいだに赤子を授かったとは思いつかなかった。そのくらい、所帯じみるのを厭《いや》がっているふうに見えるのだ。

だがそういわれてみると、前は瞬次郎たちと酒を飲むといっては家を抜け出し、品川宿の女郎屋へ繰り込んでいたのに、このところ律儀につくしへ顔を見せるようになったのも得心がいく。

「そういうわけで、遠慮させてもらうよ」

照れ臭さを隠そうとしているのか、亀之助の表情は怒っているようでもある。

「といってもなあ、おいらが芝居町に行くなんて言ったら、親父に大目玉をくらうに決まってる。だいたいさ、うちの親父は厳しすぎるんだよ。一人前の職人になるまで遊びはいらねえだなんてよう」

金吾がぼやきかけたとき、

「なあに、芝居ですって」

女将のおつなが、口を挟んできた。左官職人が今しがた帰っていき、店の客は瞬次郎たちだけになっている。

おつなはそろそろ三十に手が届く頃合いだが、色の白いもち肌で、湯気の立ちのぼる板場でほんのりと頰が上気したさまは、娘のような初々しさであった。それでいて、仕事帰りの連中を気持ちよく酔わせるこまやかな気働きや、年相応の落ち着きも備えている。いまも肉付きのよい身体をくねらせ、燗のついた銚子を板場からよこすしぐさなどは、なんともなまめかしい。

「市村座の弥生狂言で、助六がたいそう評判になってるって話をしてたんだ」

亀之助が銚子を受け取りながら、おつなに応えた。

「へえ、助六を出してるんだ。揚巻の衣裳なんて、見事なもんでしょうねえ」

おつなは手を胸にあて、うっとりと宙を見つめる。

「この三人で小屋に突っかけたいところだが、おれは都合がつかなくってね」

「それは残念ね。じゃあ、あたしが亀之助さんの代わりに行こうかしら」

金吾がすかさず身を乗り出した。

「おつなさん。お、おいらと二人で行かねえかい」

さっきまで尻込みしていたのが、どこかへ飛んでいったような意気込みぶりである。

「金吾さんと一緒に？」

「あ、ああ。おつなさんが、よければだが……」

「ふうん、そうねえ」

おつなは左から顔をめぐらせて、右へかしげた。

「あたしは、瞬次郎さんがいいけどな」

隣で金吾が身を堅くしたのが伝わってきた。

おつなの笑みが、こちらへまっすぐに向けられている。おつなは瞬次郎が初めてつくしの暖簾をくぐった日から、それとなく流し目をよこしてくるのだった。

瞬次郎は酒で舌を湿らせた。

「あいにくですが、わたしはほかにあてがありまして」

目の前のあでやかな笑みとは別に、うさぎの根付を手に載せてつつましやかに微笑んだ女の面影が、脳裏に浮かんでいる。

おつなが頬を膨らませた。

「おいおい、こいつはお安くねえな」

亀之助がやけにはしゃいだ声をあげた。

二

親父橋《おやじ》を渡ると、そこから先はまっすぐに歩けないほどの人混みであった。瞬次郎も人馬でごった返す通町筋には慣れているが、おのおのが行き先を目指して流れていく大通りと違って、芝居町は人の群れを飲み込んだきり吐き出さない。歌舞伎芝居の市村座と中村座、人形芝居の結城座《ゆうき》と薩摩座が相向かいに並びあう表通りは、絵看板を指差しあっている商家の隠居風の一行や、舞台が見えるはずもないのに木戸をのぞき込もうとする勤番侍の二人連れ、瓦葺《かわらぶ》きの二階屋根に挙げられた櫓を見上げるばかりの旅人たちなどで膨れあがって、にっちもさっちもいかなかった。

「ひどい混みようだ、大丈夫ですか」

振り返った瞬次郎に、

「本当に、すごい人だこと。でも、小屋はもうそこですから」

おちせが苦笑しながらうなずいた。二人とも、我知らず声を張りあげている。

おちせは、竹河岸で半襟を商う「小波庵」の女主人である。前年の冬、瞬次郎が店番をしている糸屋を訪ねてきた。火事で焼けてしまった小波庵を新装するので、それを周知する引札の誂えを、父の笠兵衛に頼みにきたのだった。

涼やかな二重の眼を伏せ気味にして、おちせが店先に入ってきたとき、瞬次郎の胸はかすかにざわめいた。

打ち合わせで父を訪ねてくるおちせと、瞬次郎は言葉を交わすようになった。はじめは二言、三言、あいさつ程度であったのが、父との用談をすませたおちせが帰りしなに店先の品をのぞいていくようになり、売れ筋の役者絵やこれから流行りそうな絵草紙を瞬次郎が薦めたりして、しだいに打ち解けていった。

小波庵の引札は、年の暮れに仕上がった。このままではおちせと顔を合わせることもなくなってしまうが、無粋者には女を誘い出すうまい名目も浮かばない。そわそわするばかりの瞬次郎に、引札づくりで世話になった礼をしたい、とおちせが言ってきた。

引札のだいたいの案は固まったものの、あとひとひねりが足りないとおちせが考えあぐねていた折、瞬次郎が知恵を貸したのだ。その案を取り入れて摺りあがった引札は、当の瞬次郎も感心する出来映えとなった。

「増上寺のお詣りにつきあってくれませんか」と応じた瞬次郎に、「そのようなことでよろしければ」とおちせがうなずいた。一月おわりのある日、重厚な山門をくぐって本堂にお詣りしたのち、芝神明にも詣でて境内の出店を冷やかした。葭簀《よしず》張りの茶店で団子を食べているとき、「一緒にお詣りしてくれた礼をしたい」と瞬次郎が申し出た。「では、日の出横丁に連れていってくださいませんか。このごろ賑わいはじめた通りだそうで、お客様の話にもしばしば出ますの」とおちせが返し、二人で出向いたのは当月はじめの頃であった。

おちせと連れ立って出掛けるのは、今日の芝居見物で三度目になる。引札が仕上がったのちも、おちせは摺り増しを頼みに幾度か粂屋を訪ねてきているが、こうして二人きりで歩くと、瞬次郎の胸は弾んでくる。

「芝居茶屋に顔のきく知り合いがいましてね、ええ、隣の生薬屋の主人でして。口をきいてもらったんですが、東西の桟敷は残らず売り切れてしまったそうで」

「そうでしょうとも。なかなか席を取れないと、ほうぼうで耳にしますもの」

おちせが贔屓《ひいき》にしているのは半四郎だというが、日ごろは芝神明に出ている宮地《みやち》芝居に出入りするのがせいぜいらしく、市村座に誘われて、ぱっと眼を輝かせたのだった。

「平土間になりますが、芝居茶屋のほうで手をまわしてくれて、観やすい席に通してくれるそうですから」

人波からかばうとみせて、瞬次郎がさりげなく握ろうとした手を、

「構いませんよ。大芝居なんて、そうそう観られるものじゃありませんから」

おちせは戸惑うように引っ込めた。その控えめなさまが、瞬次郎の心をそそる。

出会ったはじめにおちせのほうが齢上だと見当したものの、七つも開きがあると知ったときは信じられなかった。しかし、おちせには齢上ぶった押し付けがましさなどみじんもなく、奉公先にいた年若い女中たちみたいに浮ついたところもない。

竹河岸一帯を焼いた火事で、おちせはおじ夫婦と亭主を失っていた。子の銀吉《ぎんきち》とおちせだけが、助かったのだ。小波庵を女手ひとつで立て直そうとする気丈さと、憂いを秘めた美しさに、瞬次郎は惹かれている。

菖蒲《しょうぶ》の花を連想させる凛《りん》とした容貌は、芝居町の表通りでも目を引いた。いまも、すれ違った浅葱裏《あさぎうら》が振り返ったと思ったら、隣に瞬次郎が連れ添っているのを見て、苦々しそうに溜息をついている。

「小波庵は、早仕舞いなさったのですか」

「いいえ、銀吉にまかせてきました。十三ですもの、店番くらいなら何とかなります。瞬次郎さんは？」

「若い連中の寄合いがあるといって抜けてきました。親父もちょくちょく店を空けるの

で、やかましいことは言いようがないんですよ」

とはいえ二人とも、店を一日まるまる留守にできるご身分ではなく、芝居小屋が開く明六ツに押しかけるわけにはいかない。瞬次郎は「助六」の幕があくおよその刻限に見当をつけて早めに昼をすませ、小波庵へおちせを迎えにいった。

瞬次郎が竹河岸に着いたとき、ひとりの男客が店を出ていくところだった。おちせが店の金繰りで世話になっているというその男は、四十格好で中肉中背の身体つき、着流しの腰に刀を挿していた。昨今は禄にはぐれても算盤《そろばん》の腕で世を渡る侍がいるそうだから、金貸しか何かで小金を稼ぐ浪人かもしれなかった。

市村座の前にさしかかると、瞬次郎は前もっておしえられたとおり、木戸の番をしている男に亀之助の名を告げた。相手は「へい、承ってございやす」と心得顔でうなずき、瞬次郎とおちせを招じ入れた。狭い木戸をくぐる寸の間、春の日盛りにさらされていた眼が暗く閉ざされる。頭のうしろが、少しひんやりした。

「ちょうど幕間《まくあい》でして、じきに二番目がはじまりやす。ちょいと、お足許にお気をつけくださいましよ」

木戸番にみちびかれて升席の間仕切りをまたぐ頃には眼も慣れて、瞬次郎は表とはまるきり異なる空間に身を置いていた。

平土間だけで三十間四方もの広さがある小屋の中に、桟敷も合わせると千人を超す見物人たちがひしめいている。弁当や酒の匂いが立ちこめ、そこ此処《ここ》で煙草のけむりが燻《くゆ》り、芝居談義に花を咲かせる人たちの声が、高い天井板にこだましては、また客席へ降ってくる。目に見えない生き物が、頭上にとぐろを巻いているようだ。

瞬次郎たちが収まったのは東側の升席だったが、花道のすぐそばで舞台もそう遠くない。桟敷はむろんのこと、土間のいちばん後ろにある流し込みの立見席までぎゅうぎゅうになっているから、亀之助の口利きがなかったら、小屋に入るのも容易でなかっただろう。さすがは道楽者と、瞬次郎は妙なところで感心する。

同じ升には、商用で江戸に出てきたらしい三人連れの男たちが相席していて、北国訛《なま》りで喋っている。七人詰めのところへ五人で入っているにしてはゆとりがなく、男たちと譲り合って坐ると、瞬次郎とおちせは肩をくっつけ合う具合になる。

やがて、柝《き》が入った。

所在なさそうに下を向いていたおちせだったが、禿《かむろ》や新造をしたがえた揚巻花魁《おいらん》の道中がはじまると、たちまち花道のほうへ身を乗り出した。

この演目はもともと上方の心中事件に材をとったもので、江戸で上演されるにあたって曾我狂言と結びついた。助六と揚巻という若い二人の恋物語に、仇討ちが組み合わさり、筋はわかりやすいし、思わずくすりとなる場面もふんだんに盛り込まれていて、芝居の醍醐味《だいごみ》をぞんぶんに味わえる。

江戸っ子好みの晴れやかな狂言であるとともに、こたびの興行にはもう一つ、めでたい話題があった。助六役の七世団十郎《だんじゅうろう》が十歳の長男に八世を継がせ、当人は前名の海老蔵をふたたび名乗ることになったのだ。襲名口上が助六の幕で披露され、初々しい団十郎の誕生に立ち会った見物人たちは沸きに沸いた。

満開の桜に彩られた吉原仲之町を舞台に、芝居はすすんでいく。真の芝居好きは寝言にも役者の屋号を口走ったりするそうだが、それほどでない瞬次郎でも、揚巻が次々と着替えるきらびやかな衣裳に目を奪われ、助六の颯爽とした男ぶりに唸らされ、ねちっこい意休に忌々《いまいま》しさを募らせるうち、すっかり引き込まれていった。

おちせはおちせで、役者が見得を切るたびに周りは手を打ち鳴らすのに、それすら忘れて舞台に見入っている。たいそうなのめり込みように、瞬次郎はいささか呆れるような、意外な一面に触れて嬉しいような心持ちであった。

芝居がはねて小屋を出ると、折しも日の暮れる頃合いだった。空は少しずつ暮れ色を深めているが、芝居茶屋の軒先へずらりと並んだ提灯に灯が入り、芝居町はこれからいっそう賑わいをきわめていく。

表通りに向けて簾《すだれ》を垂らしている茶屋の二階から、しっとりとした三味線の音が耳に届いてきた。

「さて、飯でも食べていきませんか」

芝居を観たあとの昂《たか》ぶりはさておき、幕のあいだじゅうぴたりとおちせに寄り添っていたせいで、左腕から太ももにかけてが熱をもったように痺《しび》れている。このまま別れるには名残り惜しい。

おちせが小さくうなずいたのを見て、瞬次郎は表通りを小路へ逸れた。芝居茶屋はどこも桟敷から流れ込む客でいっぱいだろうと踏んだのだ。楽屋新道と呼ばれる裏通りに抜ければ、大小の料理茶屋が軒を連ねていると、あらかじめ亀之助に聞いてある。

「席で団子と鮨《すし》をいただいたので、さほどお腹は空いていないのですが……」

遠慮がちに従《つ》いてくるおちせに、

「わたしも似たようなものですよ。ほら、そこに茶飯屋がある。茶飯くらいなら、腹に入るでしょう」

瞬次郎が指差したのは、間口三間ほどの二階家で、軒先に「茶めし」と書かれた掛行燈が灯っている。暖簾をくぐると、「ようこそ、おいでなさいまし」と店の者に出迎えられた。

店は間口のわりに奥行きがあって、瞬次郎たちは廊下の左手にある十畳の座敷に通された。四つの卓は衝立《ついたて》で仕切られており、そのうち二卓はいずれも男女の二人連れで埋まっている。

しばらく待たされていると、女中が膳に一式をのせて運んできた。小ぶりの七厘《しちりん》に、羽釜がしつらえてある。

「釜には一人前の米と茶が仕込んでございますので、炊きあがるまで、いましばらくお待ちくださいまし」

女中は要領を口にしながら、二人の前に薬味や汁椀を手際よく並べていく。

「へえ、町なかの茶飯屋だと、はなから茶碗によそわれた茶飯と豆腐汁が出てくるけれど、この店には趣向があるんだな」

「はい、手前どもでは、炊き立てを味わっていただきたいと存じまして」

茶碗と箸をととのえた女中は、炊きあがる頃に炭を下げに参ります、といって下がっていった。茶飯ひとつ食わせるにしても、芝居町はどこか小粋である。

「おちせさん、少し疲れましたか」

おちせはまだ湯気もあがってこない釜を、じっと見つめている。瞬次郎が女中とやりとりしているときも上の空だった。顔色も、いささか青ざめてみえる。

「あの、芝居小屋の人たちは、どこに住んでいるのでしょうか」

心ここにあらずといった顔はそのままに、おちせが口を開いた。

「はあ、芝居者の住まいですか……」

だしぬけな問いを投げかけられて、瞬次郎は面喰った。

「あまり考えてみたこともありませんが、幕があけば朝から晩まで小屋に詰めきりになるし、稽古や打ち合わせで小屋者同士がちょくちょく行き来もするでしょうから、おおかたこの近辺に住んでるんじゃありませんかね」

「……」

瞬次郎は、先刻、身を乗り出すようにして舞台に見入っていたおちせの、熱っぽい横顔を思い出した。

「そんなに知りたければ、席を融通してくれた知り合いに訊いてみましょうか。半四郎の住まいでも何でも、その筋に問い合わせてもらいますよ」

軽い嫉妬に胸をちりちりさせながら言うと、おちせがはっとした顔になった。

「ごめんなさい、わたくしったら、おかしなことを訊ねたりして……。人が大勢あつまる場所に出かけるのは滅多にないので、ぼうっとなってしまいました。すみません、今のはどうぞお忘れになってくださいまし」

「人混みに酔ったんでしょう。小屋も満杯で、舞台の上にまで見物人をあげてましたからね」

瞬次郎が苦笑いすると、おちせはようやく口許をほころばせた。

「とても華やいだ芝居で、世間で大人気なのも得心がいきます。誘ってくだすって、ありがとうございました」

想いを寄せている女に礼を言われて、瞬次郎は臍《へそ》のあたりがこそばゆくなる。

「こんど、神明様のお祭にあわせて、風待ち小路で芝居を出そうって話になりましてね。助六なら見せ場も多いし、まずは下見をしようということで」

話さなくていいことまで、べらべらと喋りたくなった。

「まあ、そういうわけでしたか」

「絵草紙屋のわたしが言うのもなんだが、海老蔵は役者絵なぞよりずっと絵になる男っぷりですね。見得もことごとく決まって、こう、胸がすっとするというか」

「ええ、わたくしもそう思います」

「それにまた、意休の憎たらしいこと。仇役ながら吉原のお大尽《だいじん》らしさも匂わせるってところが役者の技量なんだろうが、幸四郎《こうしろう》がわけもなくやってのけていて」

「ええ、ええ」

おちせはしだいにくつろいできたようだった。ほどよい相づちに乗せられて、瞬次郎の舌もなめらかになる。

「こんどは銀吉さんも連れてきてあげよう。小波庵は月に一度、休みをとるでしょう。その日なら、店のことを気に掛けずにすむ」

さりげなく誘ったつもりだったが、おちせが及び腰になる気配があった。

増上寺へお詣りした日、おちせを竹河岸へ送っていった折のことが、瞬次郎の脳裏に甦った。その日、小波庵は休みで表戸を下ろしており、瞬次郎とおちせは店の勝手口へまわった。

「火事のあと、ゆっくり景色を眺める気にもなれませんでしたけど、今日は境内の梅がつぼみをつけているのをみて、季節はめぐっているのだとしみじみ思いました」

目許を弛ませかけたおちせの背後に、「おっ母さん」とかすれた声がした。背丈が五尺七寸ほどの瞬次郎の、肩のあたりに頭がある少年だった。前髪はまだ取れていないけれども引き締まった顔つきをして、物怖《ものお》じしない澄んだ瞳と背筋の伸びた姿かたちに、声変わり中の年頃らしい初々しさを漂わせている。

「銀吉、お前、いま帰りかえ」

「はい」

返事をした銀吉は、母親のかたわらに立っている瞬次郎に視線を移した。

わずかな間があった。

おちせの逡巡《しゅんじゅん》を感じ取った瞬次郎は、みずから名乗ることにした。

「わたしは芝の日蔭町通りに絵草紙屋をかまえる者で、瞬次郎と申します。おっ母さんとは、商いを通じた知り合いでしてね」

「そうでしたか。手前は銀吉と申します」

頭を下げた銀吉が手にしている物に、瞬次郎は目を留めた。

「ほう、銀吉さんは剣術《やっとう》をなさるのですか」

木綿を縫い合わせた細長い袋の先から、竹刀《しない》の柄がのぞいている。

「ええ、その、この先の金六町《きんろくちょう》に道場があって、そこへ通わせているんです」

銀吉が応えるより先に、おちせが口を挟んできた。

町人が道場に通うのも、この節はたいして珍しくもないが、それでも、剣術なぞを習うのはよほどの物好きというのが通り相場だ。防具をつけるといっても、竹刀で打たれたり突かれたりすれば、それなりに痛かろう。瞬次郎はしげしげと銀吉を眺めまわした。

「あの、この子の父親が……。亡くなった亭主が、道場に通っていたんです。剣術の間合いや太刀捌《たちさば》きが、半襟の文様を描くときの筆運びに生かせるといって」

「なるほど、そういうわけでしたか」

おちせは小さくうなずくと、

「ほら、銀吉。ご挨拶は済んだのだから、お前は中へ入っといで」

銀吉を身振りで勝手口のほうへ追いやった。そそくさとしたその仕草が、瞬次郎には話を早く切り上げたがっているように感じられた。

銀吉と言葉を交わしたのは、後にも先にもその時きりだ。日の出横丁に出掛けた折は、店まであと数間のところでおちせが「ここでいい」というものだから、銀吉には会えずじまいだった。

ほんの少し立ち話をしただけだが、母親ゆずりの涼やかな目許が心に残っている。銀吉の目鼻立ちから母親の面影を差し引いて、瞬次郎は亡くなったおちせの亭主を想像したりする。父親を失った痛みが、銀吉をあのような大人びた顔つきにさせたのだろうか。瞬次郎は十五のときに母を卒中で亡くした。十代半ばというのは、外見はあどけなさの皮を脱いでいくのに、中身にまだ幼さが宿っていて、なにかと揺らぎがちになるものだ。瞬次郎も母の死顔を前にしながら、なかなか受け容れられなかった覚えがある。

おちせは年頃の我が子を慮《おもんぱか》って、なんともいえぬ立場の瞬次郎を、そう何度も会わせるべきではないと考えているのかもしれない。

「いや、無理にとはいいません。それにしても、きらびやかな舞台でした」

瞬次郎はさらりと芝居の話に戻る。おちせの心をみだりに煩《わずら》わせたくはなかった。

「なんといっても、派手やかさで揚巻の右に出るものはありませんね。半四郎は五十七なんだとか、あれでうちの親父より年嵩《としかさ》だとは到底おもえませんよ。花魁の衣裳なぞ、蒲団を幾重も羽織っているようなものでしょう。わたしなら立っているだけでやっとだろうに、高下駄で八文字《はちもんじ》を踏んでも毛筋ほどもぶれないし、いや、たいしたもんです」

「………」

「揚巻が舞台の上で着替えるのも見ものだったな。大仰《おおぎょう》な衣裳だから、黒衣《くろこ》ばかりか新造役も一緒になって後見をつとめていたが、息もぴったりで……」

なんとなく違和をおぼえて、瞬次郎は喋るのを止めた。

いったんは顔色がよくなったふうに見えたおちせが、胸許から取りだした懐紙で額を押さえたと思ったら、のめるように半身を折った。

「どうしたんです、おちせさん」

卓の向こうへまわり、おちせの肩を支える。

「お客様、どうなさいました」

炭を下げに顔を出した女中が、ただならぬ様子をみて飛んできた。

「連れが具合を悪くしたようだ。しばらく横になれる場所があるといいんだが」

おちせの背に手を添えて、女中に応える。

案じ顔でおちせをのぞき込んだ女中は、わずかの間に思案をめぐらせ、「承知いたしました、どうぞこちらへ」と瞬次郎の前に立った。

女中に通されたのは、二階の突き当たりにある部屋だった。

水を飲ませ、瞬次郎が背中をさすってやると、おちせはいくらもたたぬうちに顔をあげた。

「すみません、ご迷惑をおかけして。おかげで、ずいぶん楽になりました」

そういって、腰を浮かそうとする。

「いや、まだ顔が青い。いま少し休んでいったらどうです」

「遅くなると、銀吉が案じますから」

「それはそうですが……」

瞬次郎は小さく溜息をついて、おちせの背から手を離した。当人が帰るというのを、引き止める筋合いはない。

髪を押さえ、襟許をととのえていたおちせが、ふと身じろぎした。

部屋をへだてる襖がうすく開いて、敷き延べられた夜具がのぞいている。

瞬次郎の手のひらに、どっと汗が滲んだ。

おちせの具合が気懸かりで、部屋の造りにまで気が回らなかった。灯の入った行燈と、柱へ花入れが掛けられているほかに調度らしいものもない三畳間は、床の支度がしてある部屋の次の間であるようだった。

「わたくし、失礼いたします」

「いや、違うんだ。おちせさん、これは」

立ち上がったおちせは、だが、瞬次郎が伸ばした手の先でくらりとよろめいた。

くずおれる身体を、瞬次郎はとっさに抱きとめる。思いのほか骨細な肩だった。芝居小屋にいたときから下腹にくすぶり続けている痺れが、熱っぽさを増した。

「離してください」

おちせの声がかすれている。抱きすくめられた身体は堅くこわばっていた。その身をよじればよじるほど、白粉と女の匂いが襟足から立ちのぼる。

瞬次郎は、おちせの背にまわした手へ力をこめた。

「おちせさんは、自分で思っているよりも、ずっと疲れてるんだ。ご亭主を亡くして、悲しむひまもなく、働きづめだったんじゃありませんか」

「……」

小波庵は、手描きの絵と縫い取りが組み合わさった半襟を売りにしている。かつては亭主が四季折々の草花を生地に描き、おちせがそこに縫い取りをほどこしていたという。店の看板となる品を、夫婦が二人三脚でこしらえてきたのに、火事はおちせからかけがえのない伴侶を奪ったのだ。

焼け落ちた店の前に立ったとき、おちせはどれほど力を落としたことだろう。だが、心を奮い立たせて絵のいろはを学び、この春には小波庵を新装させた。

今にこぎつけるまでの労苦を瞬次郎が訊ねても、おちせは静かに微笑むきりだ。

新装したのちも、金繰りや材料の仕入れなど、表に立って当たらねばならない事柄は尽きぬはずだった。ときには泣きたくなる日もあるだろうに、ぐっと飲み込んで背筋を伸ばしているのを見ると、無性にいじらしくなってくる。

「お店のあるじとしても、銀吉さんのおっ母さんとしても、おちせさんはよくやっている。少しくらい肩の荷を下ろしたって、罰が当たりはしませんよ」

背中を二度、三度、子どもをあやすように軽く叩いた。

おちせの身体から力が抜け、瞬次郎に、まろやかな肉の感触が寄りかかってきた。

三

増上寺の外境内から暮六ツの鐘が聞こえてくると、瞬次郎は店土間におりて表の戸を下ろしにかかった。風待ち小路には、どこからともなく味噌汁の香が漂いはじめている。

平台に積まれた絵草紙や錦絵のゆがみを直し、ところどころに置かれた小ぶりの幟をひとまとめにして、帳場の棚に仕舞う。市村座の弥生狂言は、好評を受けて四月もひきつづき同じ演目を並べる見通しであったが、岩井半四郎、粂三郎親子が体調を崩したために芝居が差し替えられた。それにともなって新たな役者絵が摺られ、平台をにぎわせている。

鴨居に吊り下げられた錦絵にはたきをかけていると、帳場格子のうしろの襖が開いて笠兵衛が顔を出した。

「おう、片付いたかね」

「じきに終わります。忠右衛門さんは、お帰りになったんですか」

半刻《はんとき》ほど前に、隣の隠居が訪ねてきて、父は茶の間に引っ込んで茶飲み話をはじめたのだった。

「ああ、今しがたな」

「さて、と。お前も腹が空いたろう。さっき忠さんが、筍ご飯とふきの煮たのをお裾分けしてくれたから、夕餉はそれをいただこうじゃないか」

条屋は下女を置いていない。日ごろは湯屋《ゆや》へ行きがてら一膳飯屋へ寄ったり、煮売り屋でお菜を買ってきて、家で炊いた飯と汁で食べている。瞬次郎としてはじゅうぶん間に合っているのだが、隣の女房や女中たちは男所帯を気の毒に思うらしく、台所でこしらえたものを忠右衛門に持たせてよこす。

「あいにく、これからつくしに集まることになっているんです。いただいたものは申し訳ありませんが、お父っつぁんがごちそうになってください」

「なに、また亀之助と金吾か」

笠兵衛の声は、瞬次郎たち三人をあからさまに咎《とが》めていた。

父のほうをなるたけ見ないようにして、平台の品にほこりよけの白布を被せていく。父とはことごとく反りが合わないというわけではないけれど、昔からどうにもやりにくいところがある。

風待ち小路に粂屋を出す前、父は貸本屋をしており、その時分にはまだ息災であった母と、瞬次郎は六つになるまで長屋住まいをしていた。父は毎朝、瞬次郎の背丈より高く積みあげた本を風呂敷に包み、それを背負って長屋を出る。武家屋敷にはじまり表通りの商家、路地裏の長屋にいたるまで、得意先をまわって草双紙や読本《よみほん》を二、三冊ずつ置いて歩くのだ。

瞬次郎は父に遊んでもらった覚えがまるでない。父は夕餉をすませると行燈のかたわらに陣取り、新作の本を読むのに没頭した。得意先の好みに応じた品を薦めるのに欠かせぬ手間なのだという。雨の日も、大工や左官といった出職《でしょく》の連中が手持ち無沙汰にしているからと、嬉しそうな顔をして路地へ出ていった。父の頭には、商いのことしかないように見えた。

だが、母の目には、また別の父が映っていた。「こんどは檜物《ひもの》町の後家だかと、いい仲になってるらしいんだよ。雨降りだと、物売りもおっくうだから路地へ入ってこないだろ。うちの亭主《ひと》ときたら、雨っていうとにやけた顔で家を出ていくんだからねえ、いやになっちまう」

長屋の隣のおばさんと、戸口でひそひそやっている母の声が、茶の間にいる瞬次郎にも聞こえてきた。その手の話は、一つや二つではなかった。父は瞬次郎と遊んでくれないくせに、女にはまめなのだ。

「浮気は男の甲斐性だとは、よくいったもんだけどさ。うちのは誰かれ構わずだもんね。いちいち腹立てたってしょうことないけど、あたしゃ長屋じゅうの笑い者だ。情けなくってね」

途切れがちな母の声から、やるせなさが子ども心にひしひしと伝わってきた。

どこか浮ついたところのある父にひきかえ、母は堅実な女であった。十になった瞬次郎を遠縁の呉服屋へ奉公に出すと決めたのも、母である。

奉公先での瞬次郎は、暗いうちから店の前を掃いたり、客に茶を出したりと、ほかの小僧たちと分け隔てなく扱われた。

十七で手代になると、先輩の手代に連れられて得意先へ出入りするようになった。客は裕福な商家の奥方や娘がほとんどだ。相手の背格好や好みなどを踏まえたうえで、反物をいくつか持参するのだが、着映えするか否かは当人の肩に当ててみるまでわからない。客が色柄を気に入っても、はた目にはしっくりこないときもある。

瞬次郎が供をした先輩の中には、どう見てもちぐはぐなのに、褒め言葉を浴びせかけて反物を買わせる者もいた。まずまず似合っていれば、品を薦めるのが商いというものだと、瞬次郎も心得ている。ことに女相手の商売は、品をやりとりするだけでなく、相手の心も満たすのが肝となる。しかし、過ぎたおべっかで客に取り入ろうとしたり、色目で気を引こうとするのは、どこか父の姿に重なって胸がむかむかした。

「弛みのないやつ」と亀之助に茶化されるのも、父みたいになりたくないと思う気持ちが、知らず知らずに表へ出てきているゆえなのかもしれない。

平台を残らず白布で覆うと、彩りをなくした店先はたちまち殺風景になる。

「お前、さっき算盤をはじいていたが、帳面はつけたのかね」

笠兵衛が話を変えた。

「はい」と応じて、瞬次郎は机に置かれた大福帳を手に取った。

「役者絵の新板が売れてますね。それと、特設の棚ですが、いずれの名所絵もよく出ています」

当月の粂屋は、道中物や名所物を特設している。江戸の名所案内記や一九の膝栗毛物、道中双六などのほかに、北斎の「富嶽三十六景」と広重の「東都名所」を揃えていた。帳面で目につくのは、二人の画工のうちどちらか一方ではなく、北斎から一枚、広重からも一枚というように、取り合わせて買っていく客がほとんどであることだった。

「あの二人の絵は、七色唐辛子としじみ汁くらい味わいが違うからな。ひりひりするのと滋味深いの、どちらもいっぺんに手に入れたくなるのが人情ってもんだ」

「はあ、そういうものですか」

「どうだ、おれの目に狂いはなかったろう」

笠兵衛が胸をそらせる。

開いた口が塞がらなかった。道中物に光をあてようと言い出したのはたしかに父だが、広重の絵から寄せてくる風趣をはじめに感じ取ったのは己れのほうだ。大川を下る舟から両国橋を見上げた、夜の情景だった。ほんのちょっと視線をくれて、辛気臭《しんきくさ》いと一蹴したのはどこのどなたさんでしたかと、ふんぞり返った胸に突きつけてみたくなる。

だが、口に出すのはよした。亀之助たちが待っている。

「さすが、お父っつぁんの見越した通りで」

神妙ぶって応じた瞬次郎に、父は得意顔でうなずき、思いついたように言った。

「そうだ、明日、和泉屋の手代がきたら『鸚鵡石《おうむせき》』を頼んどいてくれんか。おれは墓参りがあるんでな」

鸚鵡石というのは、芝居の名ぜりふを記した冊子である。人の言葉をそっくり真似てみせる鸚鵡のように、芝居好きが役者の口跡《こうせき》をなぞれるよう、各座の興行ごとに売り出された。

「明日は、おっ母さんの命日でしたね。一緒にお参りできませんが、わたしのぶんもよろしくご挨拶申しあげてくださ い。ところで、鸚鵡石の演目は何にしますか」

「助六だ。『助六由縁江戸桜』」

おや、と瞬次郎は思った。芝神明の祭に向けた催しのために、自分も鸚鵡石を頼むつもりであった。

「どなたかの頼まれ物ですか」

瞬次郎が訊くのへ、笠兵衛は片方の眉尻を持ち上げた。

「いや、おれが使うんだ。お前もそろそろ商いに慣れてきたことだし、これからは少しゆっくりできそうだから、ひとつ愉しみを持ちたくてな。引札づくりでもいいんだが、新味に欠ける。声色《こわいろ》なんぞどうかと思ってね」

「愉しみですか、それはよいことですね」

瞬次郎は父の言葉を真に受けてはいなかった。父は触れられたくないことがあると、もっともらしい言い分をくどくどと並べ立てるきらいがある。

かつてはあちらこちらでつまみ食いをしていた父だったが、母があの世へいくと、女を囲ってひとすじに通いはじめた。このところ、その女から愛想尽かしにあったようで、客が錦絵を品定めしているのに、ぼんやりと表を眺めていたりする。昼間に店を空けることもめっきり減ったし、つまるところ、手持ち無沙汰なのだろう。

「お前は聞いたことをすぐ忘れるからな。ほら、こいつに書いておけ」

笠兵衛が机の上にある紙片を手に取ってよこした。

その強引さに辟易しつつ、親子というのは妙なところで気が合うものだと呆れながら、瞬次郎は紙に筆をはしらせた。

四

「いらっしゃい。お二人は先に始めておいでですよ」

つくしの暖簾をくぐると、おつなの声に迎えられた。店のいちばん奥で金吾が、一つ手前で亀之助が手をあげている。

客はほかになく、おつなが亀之助と金吾につききりで相手をしていた。

「すみません、出掛けにけちがついたもので」

瞬次郎は亀之助の隣に腰掛け、遅くなった経緯《いきさつ》をかいつまんで話した。

「まあ、笠の旦那は死ぬまで商いの一線に立ちたいって人だからな。一から十まで取り仕切らないと気がすまねえんだろうよ」

亀之助が苦笑しながら、瞬次郎に酒を注いでくれる。

「しかしどこまでも我が道をいきますからね。商いのやり方だって、こうと思い込んだら、かたくなに突き通しますし」

条屋は旅人や勤番侍など振りの客がほとんどだが、特設の棚や品の並べ方に工夫を凝らしていることもあって、常連のお得意がけっこうついている。笠兵衛はある程度、常連客を念頭において品を仕入れていた。けれど、それでは品揃えが代わり映えしないし、新たな客層を呼び込みにくくなるのではないか、と瞬次郎は思うのだ。揃い物の役者絵を二枚、三枚と組にして薦めるのも、客によっては押しつけがましく感じるだろう。当座の売上げがあがったとしても、長続きしないのでは元も子もない。

父には長年の積み重ねで培《つちか》った、商いの物差しがある。瞬次郎もそこは一目《いちもく》置いている。だが、積み重ねがあるゆえの融通のきかなさと付き合うのは、骨が折れる。

そのあたりの折り合いをどうつけたものか、日ごろから頭を悩ませている瞬次郎は、のっけから愚痴っぽくなった。

「お前も気苦労が絶えないなあ。絵草紙屋ってのは品に流行り廃りがあるから、一筋縄じゃいかないんだな。円満堂《うち》は仙喜丸、錦栄堂は豆大福さえあれば何とかなるけど」

亀之助がいつになくかしこまった表情で相づちを打ち、金吾が横から口を挟んでくる。

「亀之助さんは看板の品をものにしてるからいいよ。おいらなんて、いつになったら一人前になれるんだか。いま、親父にあの世へ行かれたら、錦栄堂は立ち行かなくなっちまう」

「安心しろ、金吾。長三郎さんはこのあいだ仙喜丸を買いにきたが、閨房の秘薬は身体の毒になることがあるから、まずは脈をとらせてもらうんだ。じきに還暦とは思えん力強さで、当分くたばりそうになかったぞ」

二人の掛け合いに、瞬次郎は思わず噴きだした。おつなも口に手を当てている。

瞬次郎の胸がすっきりしたところで、話は本題に入っていった。

「今日は役の割り振りを考えよう。二人とも、やりたい役があったら聞かせてくれよ」

亀之助が、瞬次郎と金吾に訊ねかける。

「おいら、助六がいいな。なんたって女にもてる役だから」

金吾がうっとりと猪口を干す。

おつなが二、三度、またたきするのを、瞬次郎は目の端にとらえた。亀之助は小指で鼻のわきを掻いている。

「なんだよ、みんな押し黙っちまって。ちょいとふざけてみただけだよ。そう、ふざけただけ」

板場の火にかけられた小鍋から湯気があがりはじめ、つくしに漂った何ともいえない間が、それでほんわりと消え去っていった。

「ね、あたしが決めてあげましょうか」

おつなが仕切り直すように、金吾へ銚子を差し向けた。

「おつなさんがかい。うん、悪くねえな」

おつなは顎の下へ手をやって、思案をめぐらせたのち口を開いた。

「助六が亀之助さん、揚巻が瞬次郎さん、それから、意休が金吾さん。どうかしら」

「ふむ」

「まあ、そんなところでしょうね」

亀之助と瞬次郎が口々に応え、

「おいらが意休役……。むう、よしとするか」

わずかに口ごもったものの、金吾も受け容れた。

ほかにおもな役どころは、助六の兄・白酒売と、兄弟の母親・満江《まんこう》であるが、それぞれ古着屋のあるじ徳七、洗濯屋の佑太に当たってみることにする。徳七はおっとりしたところが白酒売に打ってつけだし、満江役の佑太については、助六や白酒売といった大人たちを、子どもが叱るという趣向が受けるのではなかろうか。

「金吾さん。意休ってのはね、ただ意地悪な髭じじいだと思うかもしれないけど、そんな薄っぺらいもんじゃないの。遊びに通じた粋人で、さすがは助六の恋仇だっていう押し出しのよさも持ち合わせた、奥行きのある役なのよ」

いまひとつ意気の揚がらない金吾に、おつなが話しかけている。

「ほら、豆大福だって甘みと塩加減の釣り合いが肝心でしょ。そういう苦心をしてる金吾さんなら、意休にぴったりなんじゃないかと思いついたのよ」

「おつなさん、おいらをそんなふうに見てくれてたのかい」

金吾の表情に灯がともった。

おつなに金吾を任せて、瞬次郎と亀之助は芝居の打ち合わせを進めた。空き地に舞台をこしらえて見物人を集めるとなると、差配《さはい》に断りを入れておかねばならない。舞台を組む人手も入用だし、道具立てやら、稽古場やら、一つ一つ挙げはじめると、半年ほどのあいだに支度できるのか心許なくなってくる。

助六の囃子方《はやしかた》といえばお定まりの河東節《かとうぶし》は、亀之助が品川宿の芸者に掛け合うことになった。

「明日にでも頼みに行ってみるよ。このところ品川にはご無沙汰しているし、いい口実ができた」

「亀之助さんが粋筋に伝手《つて》のある人で助かります。でも平気ですか、おたよさんの頭に角が生えるかも」

「はん、知ったことか。まあ、そんなことは置いといてだ」

亀之助が瞬次郎に肩を寄せ、声をひそめる。

「市村座のほうは、首尾よくいったのか」

手許が狂い、酒があっけなく猪口をこぼれた。懐紙を取り出して飯台を拭きながら、瞬次郎の声も我知らず低くなる。

「名声どおりの芝居でしたよ。助六は目を見張るような男っぷりだし、揚巻も……」

「ばか、とぼけるなよ。お前、コレと行ったんだろ。まさか芝居がはねて木戸を出たところで、はいさようなら、なんてことはないよなあ」

飯台の下に、亀之助の小指がのぞいている。

金吾とおつなは豆大福談義で盛りあがっていて、こちらに構う様子はない。

「亀之助さんが喜ぶような話はありませんから、その、よだれが垂れそうな顔はよしてくださいよ」

芝居がはねたあと、楽屋新道の茶飯屋へ入った、と打ち明ける。むろん、二階へ通されたことは伏せた。

「へ、飯を食っただけってのか」

亀之助は疑り深い目を向けたが、瞬次郎がきっぱりと首を縦に振ると、存外にあっさりと引き下がった。

「まったく、お堅いというか野暮《やぼ》というか。お前は女をうまいこと言いくるめて押し倒すって柄でもないしなあ」

「そうです、わたしは女なら誰とはいわず口説きにかかる手合いとは違うんです」

澄ました顔を装いながら、瞬次郎は腋に汗をかいた。あれから十日ばかりのあいだに、おちせと二度も逢引していると知ったら、亀之助はどんな顔をするだろう。

「けど、あんまり君子ぶってると、相手も興醒めするぜ。その女に何か買ってやったりしてるのか。簪《かんざし》とか、櫛《くし》とかさ」

「いえ、蕎麦か団子がせいぜいで」

「そいつはいかん、しみったれは嫌われるぞ。まずは気のきいた品を渡すんだ。女ってのは、だしぬけに物をもらうのにめっぽう弱いからな。お前、相手の好みを知ってるか」

「はい、だいたいのところは」

「だったら、日本橋あたりの小間物屋へいって、適当に見繕ってもらえ。間違っても、風待ち小路の婆さんがやってる小間物屋で間に合わせるなよ」

亀之助が講釈をぶちはじめたとき、おつながすっと嘴《くちばし》をはさんできた。

「女の人に贈る品なら、あたしが見立ててさしあげますよ」

五

三日後、瞬次郎はおつなと日本橋を北へ渡り、十軒店《じっけんだな》を歩いていた。桃の節句には雛市が立つ通りも、人形の値を駆け引きする声が飛び交わぬいまは、どことなくのんびりしている。あと半月もすれば、こんどは端午《たんご》の市が立ち、男の子連れの客であふれ返ることだろう。

本銀《ほんしろがね》町にさしかかって、おつなが一軒の店の前で足を止めた。つぶし島田を結ったおつなは海老茶縞の袷《あわせ》をすっきり着こなして、水商売というより清元かなにかの御師《おっ》匠《しょ》さんのようにみえる。

「ここですよ」

おつなの存じよりだという「山代屋《やましろ》」は、間口六間ばかりの、わりと大きな店だった。呉服屋にいた瞬次郎にも、小間物屋の二、三軒は心当たりがあるのだが、かつての出入り先に客となって女物を買いにいくのは気恥ずかしく、おつなを恃《たの》んだのだ。

こんにちは、と店に入っていくおつなのあとから暖簾をくぐると、いらっしゃいまし、と物柔らかな男の声が返ってくる。日ごろ色とりどりの錦絵に囲まれている瞬次郎でも思わず唸ってしまうほど、店内は華やかな彩りに満ちていた。伽羅油か白粉だろうか、よい香りも漂っている。

二十畳ほどある店座敷には商家の親子らしい中年の女と若い娘が腰をおろし、袋物や紙入れを持ってこさせては、あれにしようかこれにしようかと品定めしていた。

「おや、おつなさんではございませんか」

今しがた声で出迎えてくれた男が小腰をかがめて出てきながら、土間に立つのがおつなと気づいて、さらに腰を折った。

「あら、若旦那。すっかりご無沙汰しちまって」

「いや、こちらのほうこそ。つくしに顔を出そうと思いながら、忙しさに取り紛れておりまして」

若旦那と呼ばれた男はそういって、おつなの隣にいる瞬次郎にも軽く頭をさげる。三十半ばくらいで、女相手の商いにふさわしい穏やかな目鼻立ちをしていた。

「本日はどのようなご用向きで。もしや、つくしに何か差し支えでも」

「いいえ、あたしのほうは大旦那様のお心遣いのおかげで、つつがなく商売させていただいてますよ。今日はね、こちらの方が女の人に品を贈りたいっていうから、買い物につきあってるんです」

「では、さっそく幾つか見繕ってみましょう。さ、おあがりください」

若旦那にうながされて、おつなと瞬次郎は履物を脱いだ。棚に品を並べていた手代が土間へ下りてきて履物を揃え、小僧が茶を運んでくる。

若旦那が桐の小箱に納められた櫛をひととおり並べたところで、店に年配の女客が入ってきた。

「こっちはあたしが見立てますから、若旦那はどうぞあちらさまを」

「ならば、お言葉に甘えさせていただきまして。おつなさんのお見立てには、親父も一目置いておりましたからね。こちらの櫛のほかにもご所望の品がありましたら、手代が承りますので、何なりとお申しつけください」

若旦那はすんなりとおつなに任せて、店先へ出ていった。

存じよりと聞かされてはいたが、おつなと若旦那、そして大旦那という人はどういった間柄なのか。気になるものの、この場で訊くのは憚《はばか》られる。

「ねえ、どんな人なんですか」

もじもじしている瞬次郎を、おつなが下から覗きこんでいた。

「へ？」

「櫛を買ってあげる娘さんですよ。ほっそりしてるとかふっくらしてるとか、背丈はどのくらいとか。なにも問い詰めようってんじゃありませんよ。どういう人かわかったほうが、見当をつけやすいでしょ」

瞬次郎の相手がどこかのおぼこい娘と決めつけているふうだが、おちせの齢はおつなとさほど違わない。

「ええ、まあその、なんです」

あいまいに応じておいて、瞬次郎は畳に並べられた箱の一つを手に取った。扇型の木地に、さまざまな貝文様が蒔絵《まきえ》でほどこされた櫛であった。これでも呉服屋で手代をつとめた者のはしくれだ。女の身の回りを飾る品を見立てることには、多少なりとも腕に覚えがある。

しかし、隣からぐいと身を乗り出してきたおつなは眉をひそめた。瞬次郎の手から櫛を引きとり、己れの髪にあててみせる。

「ちょいと渋すぎやしないかしらね」

おつなは櫛を畳に戻すと、「これなんてどうかしら」「そっちも素敵ね」と、取っ換え引っ換えで髪へ持っていきはじめた。まるで自分の櫛を選ぶようなはしゃぎぶりで、さんざん吟味を楽しんだのち、

「ねえ、これになさいよ。あたしの一押し」

ようやく一枚に絞って、瞬次郎の前に差し出した。半月型をした塗地が、あまたの菊文様で埋め尽くされた櫛だ。

愛らしい半円形の菊文様は、全体に丸みを帯びたおつなの容貌によく似合っていた。だが、凜とした佇《たたず》まいのおちせには、曲線と直線をほどよく組み合わせた意匠のほうが、きっと映える。

瞬次郎はいま一度、二枚の櫛を見比べてから口を開いた。

「心をこめて選んでくれたおつなさんには申し訳ありませんが、やっぱり貝尽くしの櫛にします」

「ふうん。でも、若い子には地味ですけどねえ」

不服そうなおつなに、瞬次郎は苦笑する。

「なにも結綿《ゆいわた》に合わせようってわけじゃない。丸髷《まるまげ》だから、落ち着いた意匠がしっくりくるはずです」

「あら、丸髷なの」

おつなの顔がきょとんとなった。丸髷は年増の女たちにひろく結われている髪型だが、まずは堅気の女房を思い浮かべるのがたいていである。瞬次郎の相手が丸髷を結う女だと聞いて、虚を突かれたとみえる。

「へええ、そう、丸髷ねえ」

ぶつぶつやっているおつなに構わず、瞬次郎は手代を呼んでさっさと勘定をすませた。

風待ち小路を出てきたときは晴れ渡っていた空が、山代屋で買い物をしているあいだにいくぶん曇ってきたようだった。それでも、薄い雲を突き抜けてくる陽射しには力がある。

「なんだかお腹が空いたわね」

「ちょうど時分どきだし、昼飯にしましょうか。買い物につきあってもらったお礼に、何かおごりますよ」

「じゃ、うなぎにしましょ。あたし、美味しい店を知ってるの」

おつなは本町の大通りを東へ曲がり、四町ばかり歩いて人形町通りに入った。その先には、芝居町が控えている。

楽屋新道の人混みを器用に通り抜けて、おつなが瞬次郎を連れていったうなぎ屋は、平屋づくりのこぢんまりした店だった。

「どうしたの、瞬次郎さんったら落ち着かない顔をして」

「いや、どことといって変わったところもない店ですね」

「そうよ、ほかに何があるっていうの」

おつなはいわくありげに微笑んだが、入れ込みの土間に置かれた六つの飯台では、商人やら勤番侍やらがめいめいに箸を動かしており、どこからみてもごく当たり前のうなぎ屋であった。二人掛けの飯台につくと、じきに小女が茶を運んできて、注文を通しに板場へ下がっていった。

「おつなさんのおかげで、よい買い物ができました」

「よしてくださいよ。そんなあらたまられると、くすぐったくなっちまう。瞬次郎さんと町を歩いて、目移りするくらい櫛を見せてもらって、あたしこそ心がはずみました」

「おつなさんはさっきのお店と、その、どういうつながりが……」

瞬次郎が口ごもると、

「山代屋の先代は、あたしの恩人なんですよ」

おつなの眼差しが遠くなった。

神田佐久間《さくま》町の裏店で生まれ育ったおつなは、十五のときに流行病《はやりやまい》で両親を相次いで亡くしたのだという。残されたのはおつなと、生まれつき心臓に病を抱えた弟であった。

鏡職人をしていた父が息災であった時分から、おつなは明神下にある水茶屋に通い奉公をしていた。両親が亡くなって当座のうちは、家に仕上げてあった鏡を問屋に納め、水茶屋から入る給金と合わせてしのいでいたものの、弟の薬代がべらぼうに高く、やがて味噌や醤油を隣の家から借りるのも気が引けるほど、追い詰められてしまった。

水茶屋のお内儀に相談すると、深川八幡の子供屋《こどもや》ならば顔がきくと持ち掛けられた。男に春をひさぐ女たちを抱える家を、深川の遊里では子供屋と呼んでいる。夜ごと見ず知らずの男に身体をまかせるのは嫌でたまらなかったが、背に腹は代えられぬ。おつなはやむなく、話をのんだ。

水茶屋に出るのも今日かぎりという日、神田明神へ参詣した折にはきまって立ち寄ってくれる山代屋の先代、儀右衛門《ぎえもん》がいつものようにおつなに茶を注文した。おつなからみれば祖父くらいの年をした儀右衛門は、先年、女房に先立たれており、茶飲みがてら、おつなと四方山《よもやま》話に興じるのを楽しみにしていた。話のついでに暇《いとま》を告げたおつなから、儀右衛門は事の仔細を聞き出し、おつなの一切を引き受けたいと、その場で水茶屋のお内儀に掛け合った。後日、あらためて深川との話し合いが持たれ、おつなは山代屋の世話になる運びとなったのだ。

儀右衛門は玉池稲荷の近くに仕舞屋《しもたや》ふうの家を借り、そこにおつなを住まわせた。おつなの弟も一緒である。両親亡きあと儀右衛門は親も同然、この方ひとすじにお仕えしよう、とおつなは思い定めた。

弟は療養の甲斐なく、二年ほどであの世へ旅立ったが、儀右衛門は手厚く供養してくれた。

その儀右衛門が病に倒れたのは、今から五年ばかり前のことだ。そう長くないと覚《さと》った儀右衛門は、おつなが風待ち小路に店を出す算段をまとめ、何かあったときは山代屋を頼りなさいと、当代にもその旨、話を通した。

「ずいぶん昔のことのような気がしますよ」

おつなはそういって、飯台に置かれた湯呑みに視線を落とした。目尻のふちに、つくしの板場ごしには見て取ることのできない皺が、くっきりと刻まれている。

「でも、このごろ思うんです。先代には心をこめて尽くしたけど、あれは忠義立てみたいなものだった。生きてるうちに一度くらいは、身を灼《や》くような想いもしてみたいって」

目をあげたときには、もう、日ごろのほがらかな笑顔に戻っていた。

「さ、こんどは瞬次郎さんの番ですよ。あたしは洗いざらいお話ししましたからね」

「ええと、何を話せば」

「丸髷を結った人って、どういう方なんですか」

真っ向から切り出されては、瞬次郎も話さざるをえない。おちせに迷惑が及ばぬよう、当たり障りなくやりすごすつもりが、

「あのときの火事は覚えてますよ。そう、気の毒にねえ。その方、お幾つなの」

「へえ、あたしとたいして変わらないのね。それで、お子さんは？」

「その半襟、着けてみたいわ。何ていうお店でしたっけ」

客あしらいに慣れたおつなに水を向けられて、身ぐるみ剝がされる心地がした。それでも、おつなは似たような齢まわりの女の身の上に共感するのか、涙ぐんだり深くうなずいたりと聞き方が巧みで、瞬次郎に不快な気持ちを抱かせない。だが、

「女房と子どもを置いてあの世へいかなきゃならないなんて、ご亭主もさぞや無念だったことでしょうねえ。子どもさんに手職を仕込むのを、楽しみになさっていたでしょうから」

話がおちせの亭主のことに及ぶと、瞬次郎の胸にざわりと風が巻いた。

亭主について知っているのは、半襟の生地に絵を描いていたというぐらいで、人となりについてはまったく聞かされていない。話を持っていきかけても、おちせにそれとなくはぐらかされてしまうのだ。

目鼻立ちのはっきりしないのっぺらぼうが、おちせと睦まじく笑いあっている光景が、まぶたに浮かんだ。

「ふうん。瞬次郎さん、その人の昔を気にしてるんだ」

おつなが上目遣いで、こちらを窺《うかが》っていた。

「……」

「女ってのはね、生きている今このときがすべてなんですよ。湯屋にいって今日の垢《あか》を落としたら、剝《む》きたての自分に生まれ変わる。その繰り返しなの。昔のことをほじくり返すのは、野暮ってもんだわ」

「おつなさん……」

「あーあ、あたしって、どうしてこういう役回りなのかしらね。これじゃ当分、身を灼くような想いはできそうにない」

おつなが大仰な溜息をついたとき、焼けたうなぎが運ばれてきた。

うなぎを食べて通りへ出た瞬次郎は、東堀留川《ひがしほりどめ》のほうへ歩きだしてふと思い当たった。

「おつなさんは、この界隈にお詳しいんですか」

「詳しいったって、山代屋の先代が生きてた時分、芝居帰りに食事処をめぐり歩いたくらいですよ。芝居茶屋ってのは、どうもあたしには窮屈で、この新道にある小さなお店のほうが、ずっと気楽なの。さっきのうなぎ屋も、そうして見つけたんですけど、瞬次郎さん、何か知りたいことでも？」

「ええ、小屋で働いている人たちは、どのあたりに住んでいるものかと」

おつなが、ふふっと笑った。

「それ、あたしも気になったことがあるんですよ。ここは楽屋新道ってくらいだし、芝居者がいっぱい住んでるはずだって。住まいを探しあてたところで贔屓の役者に会えるってものじゃないけど、ひょっとしたら出くわすかもしれないでしょ」

「……」

「いつだったか、先代とそういう話をしてるうちに、いたずら心が湧いてきてね。そんなら路地を入ってみようってことになって」

「それで、どうなりました」

先を急《せ》かす瞬次郎に、おつなは首を横に振った。

「門口の大小はあっても、似通った格子戸がずらりと並んでるきりでしたよ。どれが誰の家なんだか、あたしらなんかにはさっぱりでね。きっと、同じような不届き者が山ほどいるんでしょうけど」

「まあ、ごもっともな話ですね」

瞬次郎の言葉に苦笑してみせたおつなだったが、岩代町と新材木町に挟まれた路地にさしかかると、足を止めた。

「ここを折れた先なんです。ちょいと入ってみましょうよ」

「しかし、平気かな」

「どうってこたありませんって。先代とのぞいたときだって、誰にも咎められやしませんでしたから」

おつなが瞬次郎の腕を取って、路地に入っていった。幕の開いている昼日中でもあり、路地は格子戸の向こうに時折のんびりした人声が聞こえるくらいで、役者や裏方の行き来もなくひっそりしていた。どこからか、三味の調べが流れてくる。

「門に木札も掛かってないし、おつなさんの言うとおり、これじゃ誰が住んでるんだか見当もつかないな」

「長唄や浄瑠璃のお師匠さんが住んでたり、出合茶屋《であいぢゃや》なんかもあるんですってよ」

天秤棒に笊《ざる》を担いだ青菜売りが、二軒先の門口を出てきて路地の奥へ進んでいく。その行く手から、こちらへやって来る二人連れがある。

先に立った侍の背に身を寄せるようにして、女が連れ添っていた。瞬次郎はその侍をどこかで目にした気がしながら、擦れ違いざまに女の顔をうかがった。伏し目がちに行きすぎようとした女が、瞬次郎を認めて大きく眼を見開いた。

六

芝居町の路地で侍と連れ立っているおちせと擦れ違って、およそひと月、瞬次郎の心は揺れ続けた。

あの侍とは、前に小波庵で行きあっている。金繰りの相談に乗ってもらっているとおちせは言っていたが、はたして本当なのか。寄り添って歩く二人に、瞬次郎はただならぬものを嗅ぎ取った。おちせと肌を合わせた男だからこそ判る、勘のようなものだ。路地には出合茶屋も点在しているというおつなの言葉が、いまだに頭から離れない。

「瞬次郎、お前、昼から出掛けると言っていただろう。そんなにのんびりしていて、いいのかい」

いぶかしそうな父の声で、瞬次郎は我に返った。帳場机の前に坐って硯《すずり》に墨を磨っていたが、何の用があって自分がそうしているのか、さっぱり思い出せなかった。にぶい艶を放つ硯には、鬱屈を煮詰めたような墨汁が溜まっている。

「いま、何刻《なんどき》でしょう」

「あと四半刻ほどで正午《ひる》ってところだな」

こうしてはいられない。瞬次郎は墨を硯箱に戻し、腰を浮かした。磨りたての墨汁をどうするか迷っていると、

「墨はそのままにしておいてくれ。おれが使う」

「それじゃ、すみませんがあとはお願いします」

瞬次郎は奥へ引っ込んで二階へ上がった。袋物や手拭いなどをしまってある行李の中から、山代屋で見立てた櫛を取り出して階下《した》へおりる。

風待ち小路には薄陽が射していたが、五月になって走り梅雨みたいな空模様が続いて

いる。燕が軒先を低くかすめるのを見て、土間の隅に立てかけてある番傘を手に取った。

三日前に、瞬次郎はおちせの許を訪ねていた。暮六ツすぎの小波庵はすでに表戸が下ろされており、瞬次郎は裏手にまわって、勝手口の腰高障子越しに声をかけた。

「おちせさん、おいでですか。瞬次郎です」

「……」

返ってくる声はないが、人の気配はある。腰高障子に手をかけると、わけなく開いた。

味噌や醤油の匂いがしみついた土間の台所は、小暗くひっそりしている。

台所と部屋を隔てる障子に、灯あかりが映っていた。

瞬次郎は土間に踏み込んで、ふたたび訪《おとな》いを入れようとした。しかし、障子の向こうに低く言い争う声を聞いた気がして、咽喉許まで出掛かった言葉を飲み込んだ。

「……の稽古が役に立つ日など来るのでしょうか」

「まあ、何ということを……。お前がそのような弱腰になってどうします」

ひそひそとやり合っているのでしかとは聞き取れぬものの、銀吉をおちせが叱っているふうである。

「けれど……」

「ともかく、二度と口にしないでおくれ。お前一人の話ではないのですよ。亡くなった人たちやおばあさまだって、弱音なぞ耳にしたくはないはずです」

どうやら間の悪いときに出向いてきたらしい。折をみて出直すことにして、戸口へ向かいかけたそばから、瞬次郎は何かに足を引っ掛けてしまった。

盥の転がる甲高い音が、暗がりに響く。

話し声がふとやんで、障子の火影《ほかげ》が揺らいだ。

「誰か、そこにいるのですか」

いつになく鋭いおちせの声が飛んできて、瞬次郎は思わずその場に立ちすくんだ。

「お、おちせさん、瞬次郎です。外から声を掛けたんですが、返事がなかったんだ。戸が開いたので、その……」

しどろもどろになりながら応えると、やや間があって、部屋の障子が細く開いた。手《て》燭《しょく》の灯がこちらを透かし見るような動きをしたのち、

「どうなすったんです。急ぎのご用でもおありですか」

おちせが土間に下りてきた。手燭の灯を下から受けて、切れ長の目尻が心なしか吊り上がって見える。

「今一度、話をしたくて訪ねてきたんです。このあいだ、あんなところで出くわしたきりだし、どちらにも連れがあったことだし……」

ちょっと表へ、とおちせが言って瞬次郎を台所から連れ出した。いずれにせよ、銀吉

に聞かせる話ではない。

「瞬次郎さん、いつから土間に？」

裏口を背にして、おちせが瞬次郎を見上げた。声に咎めるような調子がある。

「ほんの今しがたですよ。勝手に戸を開けたのは謝ります。取り込み中のようだから、出直すつもりでした」

立ち聞きしたくて台所に入ったのではないのに、なんとなく後ろめたい気持ちになる。

「……」

「銀吉さんが何を口答えしたかは知らないが、あの年頃の男の子なんてのは、母親に意見されるのがたまらなく煩わしいものですよ。たとえそれが道理にかなっていると、頭ではわかっていてもね。わたしにも覚えがあります」

ぎくしゃくした空気から逃れたくて、瞬次郎は少しばかりおどけた口調をこしらえた。

おちせが小さく息をつき、灯あかりに浮かぶ目許が、いくらか和らいだ。

「ご用向きをうかがいましょう」

「おちせさん。わたしはこのひと月、いろいろと考えてみました。あのお侍のこと、どうして銀吉さんと親しくさせてもらえないのかということ……。けれど、一人で堂々巡りを続けていても埒《らち》が明かない。おちせさん当人に会って話をしなければ、何も始まらないと思い至ったんです」

「……」

「立ち話も何ですし、これから出られませんか」

「今は、ちょっと……」

おちせが家の中を気遣う仕草をした。

「夜分に銀吉さんを一人にするのが、心許ないですか」

「ええ……。すみません」

おちせはそっと頭を下げる。といって、瞬次郎を家に上げる気はなさそうだ。

一度ならず肌を許していながら、おちせが巡らせている垣根を思って、瞬次郎の胸はつんと痛んだ。己れはそれほどに頼りない男なのかと、情けなくもなった。

だが、ここで長々と粘るのが無粋なことくらいは心得ている。

「今でなくともいいんです。夜は家を空けたくないというなら、明るいうちだってかまいません」

「……」

「そうだ、明々後日《しあさって》はお店が休みでしょう。芝居にいきませんか」

瞬次郎は一方的に喋り続けた。言葉をつないでいないと、おちせが背を向けてしまいそうな気がする。

「芝居ですか……」

手燭の灯が、小さくまたたいた。口から出まかせに誘ったのだが、おちせの垣根が低くなった感があった。

先ごろ体調を崩して休んでいた半四郎が、この二、三日中にも市村座に復帰するとかで、条屋には新たに摺り立てた役者絵が入ってきている。明日になったら、亀之助に頼んで見物席にねじ込んでもらわなければ、と瞬次郎は算段した。

「明々後日の正午に、京橋の袂で落ち合いましょう。いや、京橋は街道筋だから人が多くて、互いを見つけるのに難儀しそうだ。二筋ほど西寄りの、比丘尼《びくに》橋にしませんか」

「………」

おちせはまだ、何かをためらっているふうだ。

瞬次郎は、もうひと押しした。

「ひとつ断っておくと、先だってわたしと一緒にいたのは、風待ち小路にある縄暖簾の女将でしてね。店の用事で人形町通りを歩いていたら、たまたま行きあって、近くで昼を食べたんです。それだけのことですよ」

半分は方便だったが、つとめてさらりと言い切った。

「そうでしたか……」

おちせがわずかにうなずいた。

「それじゃ、比丘尼橋の袂で待っています」

軽く頭をさげて、その場を去ろうとした瞬次郎を、

「あの……」

おちせが呼び止めた。手燭の灯がとぼしくなっていて、戸口に立つ姿は青黒い闇に溶け込み、表情まではうかがえない。

「お気をつけて。おやすみなさい」

柔らかく温もりにみちた声が闇に聞こえ、細くなった灯あかりがかすかにゆらめいた。

銀座の通りを北へ進むにつれて空合いが怪しくなり、京橋を渡って左に折れる頃になると、あたりは薄暗くなった。

街道筋を逸れたとはいえ、御城の外堀へ向かう通りには人や荷車が行き交っていた。通りの左手は京橋川で、荷を積んだ高瀬船が、濃緑色の水面をゆっくりと滑っている。

だいぶ足を急がせたのだが、中ノ橋をすぎたところで、石町《こくちよう》の鐘が正午《ここのつ》を撞《つ》きはじめた。瞬次郎は一町ばかりを小走りになった。

比丘尼橋の袂に、おちせはまだ来ていなかった。

おちせを待たせてはいないことに、瞬次郎はほっとした。しかし同時に、かすかな不安が胸をかすめた。物堅いおちせが使いもよこさず、約束に遅れるとも思えない。

一陣の風が、通りを吹き抜けていった。河岸に建ち並んでいる薪炭《しんたん》問屋の日除暖簾が、

風を孕《はら》んでいっせいに膨らんでいる。

　瞬次郎はいま来た通りを振り返った。いずれの薪炭問屋でも一雨くるとみたか、手代や小僧が出てきて、店先に積まれた炭俵を奥へ運び込みにかかっている。竹河岸へと続いている通りのどこにも、おちせらしき人影は見当たらない。

　風がふいにひんやりした湿りを帯びて、つめたい礫《つぶて》が額に落ちてきた。

　突き当たりの角にある味噌屋の軒下に、瞬次郎はあわてて駆け込んだ。

　三日前にきちんとした返事をもらえなかったことが、その時になってひどく気になりだした。芝居に誘った瞬次郎に、おちせはたしかにうなずいた。けれどあれは、おつなとは赤の他人だという申し開きに相づちを打っただけで、誘いを承知したわけではなかったのではないか。

　大粒の雨がみるみるうちに、乾いた地面を濡らしていく。日暮れ時のように暗くなった通りから、人々が散り散りに消えていった。

　比丘尼橋の北詰で田楽の屋台を出している親爺が、屋台をたたむ間もなく、瞬次郎のいる軒下に逃れてきた。空の味噌樽や莚《むしろ》などが置かれているのをあいだに挟んで、親爺は頬かむりにしていた手拭いを外し、濡れた手足を拭いている。

　どのくらいのあいだ、庇《ひさし》の下から空を睨んでいただろう。

　吹き降りは烈《はげ》しくなるばかりだった。京橋川や外堀の水辺を、靄《もや》のような層が覆っている。地面はぬかるんで、ところどころに水溜りができていた。

瞬次郎は傘を広げて軒下を離れた。下駄をはいた足許がたちまちびっしょりになり、風に舞い上がった雨粒が、顔や髪にまとわりついてくる。

比丘尼橋を渡って、南詰の家並みに目を凝らす。だが、料理茶屋や一膳飯屋の店先は、ほの暗さに沈んだきりである。

着物をぐしょぐしょにして戻ってきた瞬次郎に、味噌屋の軒先にいる親爺が怪訝《けげん》そうな顔をした。

手拭いを取り出そうと懐へ手をやると、指先に櫛の包み紙が触れた。この櫛を渡して、今のおちせを丸ごと受け止めたいと伝える肚《はら》だった。おちせが事情を打ち明けてくれるなら、どんな話であろうと仕舞いまで耳にすると決めている。

同じ空を見上げているおちせの憂い顔が、まぶたに浮かんだ。ここへ来る途中に本降りになって、どこかで雨宿りしているのかもしれない。

瞬次郎は今一度、傘を広げて雨の中に踏み出した。竹河岸へ向かいかけるが、ぬかるみに下駄をとられた。ずるりと足が滑る。

身体の釣り合いを失いそうになったのを、なんとか持ちこたえた。けれど、着物の裾には跳ねが上がり、茶色いしみが点々とにじんでいる。

泥水でぬるつく足裏に、砂粒のざらりとした感触がへばりついて気持ち悪かった。

あの女《ひと》は、来ないのだ。

唐突に、瞬次郎はそう思った。傘をたたく雨音が、にわかにはっきりと聞こえはじめた。

あの女は、来ないのだ。

もう一度、己れに言い聞かせた。

傘がばりばりと破れそうな音を立てている。

しぶきに煙る河岸通りが、涙にゆがんだ。

あじさいの咲く頃に

一

江戸を離れることおよそ二十五里。季節が半歩おくれて巡ってくる上州の城下町にも、そろそろ梅雨が訪れようとしている。病人が寝ている六畳の寝室はそれでなくともじめつきがちで、抹香を焚《た》きしめたような匂いが鼻についた。

「お加減はいかがですか、母上」

敷き延べられた夜具の脇に膝をついて、藤乃《ふじの》は母の顔をのぞき込んだ。小高く盛り上がった喜代《きよ》の頬はかさついて、頬骨の下のくぼみに深い皺が刻まれていた。唇がきちんと閉じきらず、白髪はうっすらと黄ばんでいる。

「まああといったところかしら、いつもと変わりませんよ」

少しばかり舌足らずな口調で、喜代が応えた。三年前に中気の発作で倒れた実家の母は、五十七という齢より十も二十も年老いて見える。

二十九歳の藤乃は、柴崎《しばざき》家に嫁いで十三年になる。藩の祐筆《ゆうひつ》方に勤める六十石の家柄で、藤乃は夫の十兵衛《じゆうべえ》とのあいだに一男一女に恵まれている。

万事において気むずかしく、嫁に窮屈な思いをさせた舅姑は、すでに他界していた。「義母上《ははうえ》を柴崎家《うち》にお引き取りして、気兼ねなく養生していただくとよい」と夫も気遣ってくれるのだが、母は頑として受け容れようとしなかった。「着物を着替えるにも人の手を借りねばならぬような姿を婿殿に晒《さら》すなんて、みっともなくてできるものですか」といって、五十嵐《いがらし》家に長年仕えてきた下男夫婦と暮らしている。身体の自由がきかない病人を奉公人まかせにしている娘夫婦こそ世間体が悪いと藤乃は思うのだが、そんなことはお構いなしだ。

「このように閉めきった部屋にいらしては、毎日が代わり映えしませんでしょう」

膝をにじって、藤乃は明かり障子をすっと引いた。庇《ひさし》の向こうにはどんよりとした空が広がるばかりで、町の中に立つ絹市の喧騒も、ここまでは届いてこない。

縁側の先には、さほど広いともいえない庭がある。あじさいが幾つか、青紫色の花を咲かせていた。

「それにしても、季節が移ろうのはあっという間だこと。初燕を見かけたのが、ついこのあいだだと思っていたのに……」

横たわっている喜代が、首から上だけを庭のほうへ傾けてつぶやいた。

「季節が新しくなるのを目にすると、気持ちが晴れやかになりますよ。母上も日に一度は障子を開けて、外の眺めをお楽しみになればよいのに」

藤乃が諭《さと》すように言うのを、母は黙って聞いていた。じっと目をつむっている。寝室に流れ込んでくる湿気に満ちた緑臭さを、味わっているように見えた。

庭は建家の裏手へと続いており、そこは十坪ほどの畑になっていた。藤乃たちがあじさいを眺めている今も、下男夫婦がこの時期になると増えるナメクジ退治に精を出している。

「あの子が――半之丞《はんのじよう》が死んだときも、あじさいが咲いていました。あれから、何年になるかしらねえ」

喜代が遠い目をして言った。

半之丞は、藤乃より七つ齢上の長兄である。兄が亡くなったとき、母の目に映っていたあじさいは、この庭に咲いていたものではなかった。

かつては城の北郭近くにあった屋敷から、ほとんど町はずれといってもいい今の住居に移らねばならなくなった一件を思い出して、藤乃は陽の射さない庭へ視線をさまよわせた。

御納戸《おなんど》組に勤める五十嵐半之丞の遺体が見つかったのは、いろは横丁の「和久長《わくなが》」という小料理屋の二階座敷であった。胴をなぎ払われ、頭の上から斬りつけられていた。斬った相手は、座敷で面会していた御蔵《おくら》役の池田伝内《でんない》である。夜のうちに藩の役人が池田家へ飛んでいったが、伝内はいちど屋敷へ戻ったのち、手回りの物をまとめてすでに姿をくらましていた。

藩では大目付が調べに乗り出し、大筋のところは夫の十兵衛を通じて藤乃にも伝わってきた。半之丞と伝内はともに代官町にある不破道場の出身で、ほぼ二回り齢上の伝内が、かつて半之丞に稽古をつけてやったこともあった。ただ、半之丞が出仕したのちは所属の異なる伝内と親しく行き来していたわけでもなく、調べはじきに行き詰まってしまった。

そこへ「恐れながら」と申し出たのが、「浅野屋」の幸兵衛《こうべえ》だ。浅野屋は城に皿小鉢を納める瀬戸物屋で半之丞と面識があり、池田家とは遠い縁続きであった。その浅野屋が先般、池田家に招かれた法事の折に見かけた香炉の話を、半之丞に聞かせていた。日ごろ陶磁器に造詣の深い浅野屋は、見るだに値の張りそうな香炉を池田家のものと思い込んでいたのだが、四十石の池田家にそのようなお宝があろうはずがないと、半之丞はいぶかしんだ。法事は池田家の菩提寺で営まれたのだから、香炉は寺所有のものではないのか、不確かなことを吹聴してまわってはならぬとたしなめられて、浅野屋は腋《わき》に汗をかいたという。

その供述は、事件のあらましを浮かび上がらせるのに、大いに役立ったようである。半之丞が殺害されたのと時を同じくして、藩の調度品を納める蔵から香炉が紛失していることが発覚したのだ。無くなったのは箱の中身だけで、「菊花透かし彫り白磁香炉」と書かれた箱書きは、浅野屋が詳しく語った香炉の特徴に一致した。

藩の監察が描いた筋書きは、こうである。職務で城の御蔵に出入りする五十嵐半之丞は、何かの折に香炉が紛失していることに気がついた。先に浅野屋から聞かされた法事の話に思い当たり、池田伝内が何らかの事情を知っているとみて、和久長に一席を設けた。御納戸組の上役にも相談せず、極秘で話を聞こうとしたのは、己れの推量にいささか確信が持てなかったのと、道場の先輩に疑いをかけることに戸惑いを覚えたゆえだろう。やりとりの内容は定かでないものの、話の途中で伝内が刀を抜き、半之丞に斬りかかったのだ。

のちに明らかになったところでは、半之丞は伝内に声を掛ける前に寺に問い合わせ、香炉が池田家から持ち込まれたものだということを確かめていた。藩は池田家を家捜ししたが香炉はどこにも見当たらず、伝内が携えて逐電したと思われた。

この一件で池田家は改易《かいえき》処分となり、五十嵐半之丞は「刀も抜かず不行き届き」として家禄を没収された。

五十嵐家では本家筋が中心となって話し合いをもち、逃走した伝内を捜し出して仇を討つべしとの結論にいたった。しかし、半之丞が妻りよとのあいだにもうけた嫡男、銀《ぎん》之《の》進《しん》は、まだ六歳の幼さであった。そこで、他家へ婿入りしていた半之丞の実弟、又次《またじ》郎《ろう》が離縁して五十嵐家に戻り、これを銀之進の後見人として藩に仇討ちを願い出たのだった。


又次郎と銀之進、そして藤乃の一つ違いの妹が、池田伝内を追って城下を発った。一行は関東の各地を転々としたのち、三年前からは江戸に腰を落ち着けている。

「ここを発って、そろそろ七年になるのですよ、母上。池田伝内を見かけた人がいるといって江戸へ出たはよいけれど、仇を討つどころかその姿すら見つけられない様子。このままでは五十嵐の家名再興がどんどん遠のいてしまいます」

「……………」

七年のあいだに、いろいろなことがあった。半之丞を亡くしたふた月後、もともと身体の弱かったりよが心臓の発作をおこして帰らぬ人となり、母の喜代は中気で寝付いた。しかも、江戸の三人が身を寄せている小間物屋が火事に見舞われ、又次郎までもが命を落としたのだ。


藤乃には何か、災いを運んでくる鳥の翼に、実家が覆われているように思われてならなかった。昨年末に江戸詰めとなった夫の十兵衛も、非番になると仇捜しを手伝っているらしいが、そう聞かされたところであまりいい気はしない。柴崎の家まで不吉な影に入ってしまっては、たまったものではなかった。

「だいたい、あの人たちは少々気が弛んでいるのではありませんか。火事で焼けた小間物屋は近ごろ再普請して、商いなんぞに精を出しているそうですよ。まったく、どういうつもりなのやら」

討手たちの不首尾を嘆いて藤乃がため息をついたとき、それまで黙っていた喜代が口を開いた。

「これ、藤乃。少し言葉を慎みなさい。討手の者たちは、そなたの甥《おい》っ子と妹なのですよ。仇を捜しだして討つまでに、日々の暮らしがあるのです。国許にじゅうぶんな資金を恃《たの》めぬとなれば、自分たちでなんとか活計《たつき》を得ようと算段するのは当然でしょう」

呂律《ろれつ》は心許ないが、声そのものは鋭かった。

口が過ぎたことを母に詫び、柴崎の屋敷に帰った藤乃は、その晩、江戸にいる妹に宛てて手紙《ふみ》をしたためた。

二

店座敷の明かり窓から、おちせは雨に煙る竹河岸を眺めていた。

「小波庵」は月に一度の休みで表の戸を下ろしているが、おちせは朝から店座敷にこもって画帖に半襟の図案を描いている。

正午《ここのつ》をまわったばかりだというのに、部屋は夕どきのように暗かった。絵筆を握ってじっとしていると、冷えがうっすらと背中にまとわりついてくる。

絵筆を机に戻し、軽く肩を叩いて、おちせは膝許に置いてある手紙を拾いあげた。一昨日、国許にいる姉、藤乃から届いたものだ。見慣れた筆跡を目でなぞりながら、今日、幾度めかの溜息をついている。

「ぜひとも大願を成就させ、病の床についている母上を一日も早く安心させてくださいますように。国許にて祈っています」と手紙は締めくくられているが、実家が家禄を没収されたままでは嫁ぎ先の親戚づきあいで肩身が狭いという姉の本心が、右肩上がりのきっかりとした文字に見え隠れした。

討手の尻を叩く手紙をよこしはしても、その暮らしを支える金子《きんす》を届けてはこない。他家へ嫁に出た人だといってしまえばそれまでだけれど、おちせには実の姉がよそよそしく感じられる。それは、義兄の柴崎十兵衛にもいえることだ。

先の暮れに江戸詰めとなった十兵衛は、池田伝内を捜すおちせにつきあってくれている。だが、妻の実家が難渋しているのを見て見ぬふりをするわけにもいくまい、という心持ちが、物言いの端々に滲んでいるのだった。

屋根を打ち叩く雨音が、ほかに誰もいない部屋に響いている。

あの人は、まだわたくしを待っているだろうか。

瞬次郎の顔がまぶたに浮かんだが、おちせは逃れるように頭を振った。


長兄の半之丞が殺されたとき、おちせは二十一であった。折しも調《ととの》いかけていた縁談は、兄の死で白紙に返された。

仇討ちの許可が藩から下りると、おちせは次兄と甥とともに池田伝内を追う旅に出ることになった。

「おちせさん、苦労をかけてごめんなさい。本来なら母親のわたくしが付き添うべきなのだけれど、こう病がちでは足手まといになるだけでしょうし……。銀之進はいまだ幼少の身、身の回りの世話を女子《おなご》のあなたにしていただければ、どんなに心強いことか」

そういって、兄嫁のりよは頭を下げた。いつも微笑みを絶やさぬ人で、兄とは似合いの夫婦だった。

おちせは兄夫婦から大切な宝物を預かった気がした。伝内が中仙道を東へ逃走したという情報を得て、一行は江戸を目指し、さらに下総《しもうさ》を経て水戸へと足を向けた。しかし、故郷を出て一年がすぎても、伝内の行方はまったく知れなかった。

水戸にいるとき、川越《かわごえ》に伝内の縁者がいるらしいと聞いて、おちせたちは来た道を引き返した。探ってみると、川越城下にある茶問屋が伝内の母方の遠縁にあたり、伝内は一度そこに立ち寄っていた。

川越には、又次郎が国許で絵を学んでいた師匠が、土地の豪商に招かれて移り住んでいる。一行はそこに間借りさせてもらった。伝内に頼れそうな親戚の少ないことは、藩庁に問い合わせて判っている。いずれ路銀に行き詰まり、必ずもういちど茶問屋に顔を出すはずだと、おちせたちは睨んだのだった。

国許のりよがすでにこの世の人でないと知ったのも、川越にいたときである。母親の死を一年余りも経って聞かされた銀之進は、「池田伝内を討ち取り、父上の仇はむろん、母上の無念もきっと晴らしてみせます」と、気丈に応えた。あどけない子どもが悲しみに耐えているのを目にして、おちせはこの甥を何が何でも支えるのだ、という気持ちを強くした。

だが、それから二年半ほど待っても、伝内は川越に現れなかった。桶川《おけがわ》宿や飯能《はんのう》宿へも足を向けてみたが、骨折り損に終わった。焦りを覚えはじめた頃、伝内を江戸で見かけたという情報を、絵の師匠が人づてに耳へ入れてきた。

一行はふたたび江戸へ向かった。五十嵐家に出入りしている小間物屋が、江戸に出店を構えている。京橋にほど近い竹河岸にある小波庵がそれで、あるじの仙《せん》右衛門《えもん》は「五十嵐さまには代々お世話になっていると、本店から聞いております。手前どもでお手伝いできることがありましたら、何なりとお申し付けくださいませ」と、三人を快く迎えてくれた。

こんどの滞在は長くなる予感があった。伝内を見かけたと絵の師匠に告げた人は、それが旅姿ではなく、江戸の町に溶け込んでいるようだった、と言い添えたのだ。

小波庵は間口二間半のこぢんまりとした店構えで、あるじ夫婦が二人で切り盛りしている。仙右衛門はおちせたちを姪《めい》一家だと周囲に話し、一行を同じ屋根の下に住まわせた。又次郎と銀之進はそれぞれ又市《またいち》、銀吉と名を改め、おちせも髪型や着る物を町人風にこしらえて、江戸での暮らしが始まった。

おちせと又次郎は、さっそく市中の探索にかかった。じっさいに歩いてみると、江戸の町は迷路のように入り組んでいるうえ、人がやたらと多い。通町筋と呼ばれる目抜き通りなどは毎日お祭のような人出で、まっすぐ歩けたものではなかった。小波庵のある竹河岸は大通りから幾らか外れているのだが、それでも表店《おもてだな》の奉公人や裏店住まいの住人たちであふれている。

たとえ伝内が江戸に潜んでいるとしても、捜し当てることができるのだろうか。いたるところから湧いてくる人の波に揉まれながら、おちせは気が遠くなりそうだった。

国許を発つときに支度した金子は、各地を転々とするあいだにあらかた底をついていた。そこで、半襟の生地に又次郎が草花の絵を描き、おちせが刺繍をほどこしたものを、小波庵に置いてもらうことにした。川越にいるとき、探索を続けながら路銀をこしらえる手はないものかと考え、絵の師匠にも知恵を借りて、又次郎が絵の修業を続けていたのだ。

人とは違う着こなしを楽しみたいという女たちのあいだで、小波庵の半襟はちょっとした評判となった。品のよい図柄はむろんのこと、刺繡の色の掛け合わせが絶妙だと、女たちは口を揃えた。

だが、伝内の消息をつかめぬまま、時だけが流れていく。江戸で二度の年を越し、新しい年も三月めに入った頃、おちせたちを悲劇が襲った。

障子の隙間から入ってくる風に何やらきな臭さが混じっていると気づいたのは、皆が寝静まった夜更けである。翌朝までに仕上げねばならぬ半襟の注文が入っており、おちせは店座敷で夜なべをしていた。

土間に下りて臆病窓《おくびょうまど》を開けてみると、小さく切られた窓の向こうから、闇を溶かしたような黒い煙が流れ込んでくる。

「火事ですッ。起きてくださいッ」

奥へ引き返して、おちせは声を張りあげた。二階で仙右衛門たちの起きる物音がし、一階では又次郎たちが寝ている部屋の障子が開いた。

「おちせ。おれは持ち出すものがあるから、お前は銀之進と先に逃げろ」

「はい」

おちせは寝間着姿の銀之進の手を引いて、くぐり戸を表へ出た。

どす黒い煙が、通りに充満している。店を振り返って、息を飲んだ。隣の竹問屋の木置場に、火が燃え移っているのだ。

竹河岸という名のとおり、界隈には竹問屋が軒を連ねていた。下総あたりから筏《いかだ》に組んで運ばれてきた竹が、京橋川をさかのぼってこの河岸に引き揚げられる。陸揚げした竹は問屋の木置場で幾重にも立てかけておき、時をかけて乾燥させた。

近くの火の見櫓《やぐら》で擦《す》り半鐘《ばんしょう》を叩いているのが、そのときになって耳に入ってきた。

「ずいぶんと火元が近いな」

おちせと銀之進が通りの端へ身を寄せていると、又次郎が駆け寄ってきた。あたりをぐるりと見回している。

「おい、仙右衛門どのはどうした」

竹河岸の店々からは、あるじ家族や奉公人たちが続々と逃げ出してくる。だが、その中に、仙右衛門と女房の顔は見当たらない。

「人が起き出す気配はあったのですが、まだ、中に……」

声を上ずらせたおちせに、又次郎が細長い柳行李を押しつけた。

「おちせ、これを頼む」

行李はずしりと持ち重りがした。絵筆や手回りの品を詰め込んだ底に、刀が納められているのだ。

「でも……」

おちせの胸に不安がよぎった。

隣の奉公人たちが木置場の竹を風上のほうへ倒しにかかっており、店の建物へ火の粉が掛かるのを防いでいた。小波庵に火が寄せるには、いま少し間がありそうだ。

「仙右衛門どのを見殺しにはできぬ。もし火の手が迫ってきたら、おれに構わず銀之進を連れて逃げろ」

そういって、又次郎は煙の中を小波庵に飛び込んでいった。

おちせが又次郎の姿を目にしたのは、それが最後である。あくる日、仙右衛門夫婦と又次郎の遺体が折り重なるように倒れているのが、焼け跡から見つかった。

頼りにしていた人々と住む場所をいっぺんに失い、おちせは目の前が暗くなる思いがした。ことに又次郎は、銀之進がいざ伝内と刀を抜き合わせる日には、助太刀をつとめる身であった。火事に気づいたとき、自分が二階へ上がって仙右衛門夫婦を助けていれば、こんなことにならずにすんだのではないか。

おちせは己れを責めたが、悔い悩んでいるばかりでは前に進めない。又次郎が言い残した最後の言葉をまっとうするのが、何よりの供養になると思い直した。この先、銀之進を守れるのは已れのほかにないのである。

深川の熊井町に、川越で世話になった絵師の弟子が住んでいる。困ったときにはそこを頼るようにと聞かされていたので、おちせは絵の手ほどきを受けたいと頼みにいった。銀之進と二人で食べていくには、これまで通り、絵と刺繍を組み合わせた半襟をこしらえて売るのが手っ取り早いと思案したのだ。腰を据えて絵筆をとるのは初めてだったが、兄の筆遣いを間近で見てきたこともあり、おちせはすんなりと絵の世界に入っていけた。

焼け出されたのちは、地主が世話してくれた南大工町の長屋で寝起きした。

国許では藤乃が親戚中に頭を下げて金子を工面してくれて、店を再普請するだいたいの目途が立った。日ごろはおちせたちを一歩退いて眺めている姉だが、その節の骨折りに限っては、いくら感謝してもしきれない。

小波庵を新装にこぎつけ、引札をあつらえに出向いた「粂屋」で出会ったのが、瞬次郎であった。当初はつかみどころがない感じがしたが、二度、三度と言葉を交わすうち、その大らかな人柄に惹かれていった。瞬次郎のまわりにはいつも春風が吹いているようで、一緒にいるとゆったりと時が流れていく。

二人で増上寺へお詣りしたり、日の出横丁を冷やかしたりした。瞬次郎がこちらに向ける視線のまぶしさや、名を呼ばれるたびに覚える心のくすぐったさは、これまでに味わったことのないものだった。

それでも、頭の隅には常に冷たく醒めた部分があった。仇を追う甥を支えるのが己れの務めと心得ているし、表向きは亭主を亡くして一年足らずの寡婦なのだ。軽はずみな振る舞いは慎まねばならない。

瞬次郎が七つ齢下なのも、気持ちに歯止めをかけた。手綱をしかと捌ける自信があるから、二人で会うのをさほどためらわなかったといえる。

今からふた月前、おちせは市村座に誘われた。娘時分、国許へ興行にきた芝居を観てからこっち、贔屓にしているのは岩井半四郎だ。市村座の「助六由縁江戸桜」にはその贔屓役者が出ているというのだから、行かぬ手はない。

半四郎は五十半ばになっていたが、張りと意気地を身上とする吉原花魁の揚巻は絶品で、旅興行を見物したときよりもますます容色に磨きがかかっていた。揚巻の華やかさにうっとりとし、助六と意休の駆け引きにはらはらするうち、おちせは隣に瞬次郎がいるのも忘れて舞台に引き込まれていた。

揚巻が舞台の上で衣裳を着替えたときである。花魁の打掛を脱ぎ着するのは容易ではなく、後ろに黒衣が控えている。揚巻が分厚い打掛に袖を通した拍子に、黒衣の顔を覆っている垂れがめくれあがった。

瞬きもせず見つめていたおちせの目に、男の顔は思いのほか間近に映った。あのいかつい鷲鼻《わしばな》は、池田伝内ではないのか。又次郎が描いた人相書きに、黒衣の男はそっくりであった。

芝居がはねたのち、瞬次郎に連れられて楽屋新道にある茶飯屋に入った。だが、茶飯が炊けるのを待つあいだ、芝居談義をはじめた瞬次郎にまともな受け応えもできないほど、おちせの頭は混乱していた。どうにか相づちを打っていたが、話が揚巻の着替えに及んだところで、すうっと気が遠くなった。

介抱されて人心地がついてみると、隣部屋には床の支度がしてあった。伝内らしき男を見つけた昂ぶりや、討ち取ることができるのかという不安、亡き兄たちの無念などが、綯《な》い交ぜになって胸にこみあげてくる。一人では持ちこたえようのない想いから束の間でも逃れたくなり、瞬次郎のぬくもりに身をゆだねた。

いずれはけじめをつけねばならない。けれど今このときだけは、ただの女子でいたい。揺れる心を抱えながら、おちせは瞬次郎との逢瀬《おうせ》をかさねた。

おちせはその後、十兵衛と市村座に足を運んだ。池田伝内の面体《めんてい》を見知っている十兵衛に、首実検をしてもらったのだ。

「む、あれはまさに……」

十兵衛は黒衣の顔を見るなり瞠目《どうもく》した。

「やはりそうですか、義兄上《あにうえ》」

幕がまだ続いているというのに、おちせの声は高くなる。

「たしかに、な。いや、それにしてはちょっと痩せているようにも思えるが……」

「どっちなのです、義兄上」

「うむ……」

首をかしげる十兵衛に、おちせはじりじりした。

平土間から判ずるのは難しいと十兵衛がいうので、黒衣が小屋から出てくるのを待ち構えた。楽屋口でしばらく粘ってみたが、その日はどうやら見逃したようである。

幾度か日を改めて出直したものの、黒衣には会えずじまいだった。

二人は楽屋新道の裏小路を歩いてみることにした。そこには芝居小屋で働く者たちの住まいがひしめいており、うまくすると、ねぐらと小屋を往き来する黒衣に出会えるかもしれないのだ。

先だっての昼下がりも、おちせは十兵衛と芝居町を歩いていた。楽屋新道の裏小路を幾度か往復してみたが、門口に大小の差こそあれ、表札や目印になるものは出ておらず、どこに誰が住んでいるのかさっぱり見当がつかない。

裏小路には出合茶屋も点在しているとみえ、おちせは通りを往復するあいだに、わけありらしい二人連れと一組ならず擦れ違った。自分と義兄もそんなふうに見られているのかと思うと、後ろめたいことなど何一つないのに、つい顔を伏せてしまう。もうじき小路の入り口にたどり着くというところで、向こうからまた男女連れがやってきた。擦れ違いざま、相手の男の視線に気づいて顔を上げると、それは瞬次郎であった。

三日前の日暮れ時、瞬次郎が小波庵を訪ねてきて、おちせはまた芝居見物に誘われた。このあたりが汐《しお》どきだと了見しているおちせに、比丘尼橋での待ち合わせに行く気は、はなからなかった。けれど、あたたかな眼差しをまっすぐに向けられると胸がつまり、はっきりと断りを入れることができなかった。

行くとも行かぬとも応えずにいると、瞬次郎は何か考え違いをしたようだ。楽屋新道の小路で連れ立っていたのは風待ち小路にある縄暖簾の女将で、たまたま昼を食べたのだ、と言って帰っていった。女と歩いているところをおちせに見られて、やましく思ったのだろう。

もっとも、十兵衛と一緒にいたおちせにしても、似たようなものだ。あんな慇懃《いんぎん》で堅苦しい男なぞ、わたくしの想い人ではありませんよ。そう申し開きできないのが心残りだが、薄情な女と呆れられるほうが、いっそ思い切りがつくというものかもしれない。

雨は降り始めから半刻ほどたっても、まだやみそうになかった。瞬次郎もあきらめて、風待ち小路へ帰ったに相違ない。

いずれにしろ、もう、自分には関わりのない人だ。己れに言い聞かせると、鈍い痛みが胸に疼《うず》いた。

三

姉からの手紙を手にしたまま、どのくらいぼんやりしていただろう。

「ただいま帰りました」

勝手口に銀之進の声がした。手紙を机に戻して、おちせは腰を上げる。

「お帰り。早かったんだね」

戸口に立つ銀之進に声を掛けた。日ごろから町人らしい物言いを心掛けているものの、いまひとつ馴染みきれない。

雨はいつのまにか小降りになっていたが、それでも土間は小暗く翳《かげ》っている。

「稽古が早めに切り上げになったんです。いつまた本降りになるか知れないから、今のうちに帰ったほうがよいと、師匠が仰って」

三年前、竹河岸に腰を落ち着けてから、銀之進は又次郎に付き従うかたちで、金六町にある無《む》外《がい》流の道場に通い始めた。一日じゅう半襟の生地に向かって絵を描いているきりでは身体がなまる、というのが表向きの名目だったが、道場主の古我源三《こがげんぞう》には銀之進が父の仇を追っていると打ち明けてある。

土間へ下りたおちせは、銀之進の着物がずいぶんと濡れていることに気がついた。

「傘を持っていかなかったのかい」

「降ったところでたいしたことはないと思って、置いていきました。これしきの雨、どうってことありません」

銀之進はふてくされたようにそっぽを向く。おちせは構わず、台所の壁に掛かっている手拭いを手に取った。背丈はほとんど変わらぬが、雨に濡れている肩へ手拭いを当てると、ごつごつした骨の感触が伝わってくる。

「おや、おでこをどうしたんだい」

額に瘤《こぶ》ができて、そのあたりが赤黒くなっている。

「道場で転んでぶつけたんです」

「……」

「こんなの、冷やしとけば治りますよ」

「そんなこと言ったって、お前、こないだ青あざをこしらえてきたばかりじゃないか」

だが、銀之進はそれきり応える気はないらしく、黙って二階へ上がっていった。

段梯子をのぼっていく甥の背中に、おちせは十三だった頃の己れを重ね合わせる。国許ですごした組屋敷の敷地にはあじさいの群生している一角があり、季節になると微妙に色をたがえて咲く花を眺めるのが、おちせは好きだった。庭に降りそそぐ陽射しが、幾重にも重なり合った葉に反射して、きらきらした光をまき散らす。家には妻帯する前の半之丞や又次郎、日に日に娘らしくなっていく藤乃がおり、穏やかな時が流れていた。

その時分は、何の屈託もなく茶の稽古に通ったりしていたものだ。厳格な師匠のもと、稽古は窮屈きわまりなかったけれど、同じ年頃の仲間たちと帰り道でかわすおしゃべりは楽しかった。緑町に新しくできた菓子屋の饅頭は美味しいなどと話していると、時折、他愛もないことで笑いあっているのがわけもなく悲しくなったりする。笑いこけている仲間のうち、そこに溶け込んでいる悲しさを掬《すく》い上げられるのは己れ一人きりだという ことに、酔ってもいた。

銀之進も、そういう時期に差しかかっているのだろう。雨でびしょ濡れになっているのに平気だと強がってみたり、あれこれと口出しされるのを鬱陶《うっとう》しく思う気持ちは、わからないでもない。とはいえ、毎度のごとく傷をこしらえて帰って来られては、何があったのかと案じたくもなる。

三日前にも、銀之進は手の甲に青あざをつくっていた。訳を訊ねてもむっつりして応えようとせず、それどころか夕餉のときに、「国許を出て七年にもなるのに、仇の居場所すらつかめていないのです。こんなことで、剣の稽古が役に立つ日など来るのでしょうか」などと口走り、おちせに突っかかるような態度をみせたのである。

市村座で池田伝内らしい男を見かけたことを、銀之進にはまだ伝えていなかった。いま少しはっきりしてから告げるつもりでいる。

おちせはかっときて、いささかきつい口調で銀之進をいさめた。ごたごたやっているところに、瞬次郎が訪ねてきたのだった。銀之進とのやりとりを立ち聞きされたと思ってひやりとしたが、瞬次郎はありふれた親子喧嘩と受け取ったようだ。十五のときに母を亡くした瞬次郎は、火事で又次郎を失った銀之進に、人並みならぬ親しみを抱いているふうだった。

「あの年頃の男の子なんてのは、母親に意見されるのがたまらなく煩《わずら》わしいものですよ」と微笑んでみせた面影が甦ってきて、またしてもちくりとした痛みが胸に刺さる。

夕餉の支度にかかると、勝手口の戸がそろそろと開いた。

「あのう、銀吉っつぁんの家はここでいいのかい」

大根の泥を落としていたおちせが振り返ると、戸口に中年の女が立っていた。長屋の女房風だが、このあたりでは見かけぬ顔だ。

「はい、銀吉はうちの子ですが……」

おちせが応じると、女は松吉《まつきち》の母親のおたかだと名乗った。丸い顔へ並んだどんぐり眼《まなこ》に愛嬌が漂っている。

「金六町の古我道場ってのに、うちの伜は通ってるんだけど……」

「ああ、松吉さん。いつも銀吉から話に聞いていますよ。同い年の町人同士、仲良くしていただいているとか」

門弟を武家の子息に限っている道場もある中で、古我道場では入門を望む者があれば、町人であっても受け入れている。といっても、金六町は八丁堀の組屋敷にほど近く、弟子の大方は町奉行所同心の子弟やそうした家に仕える小者たちで占められていた。

松吉は釣竿《つりざお》職人の伜で、霊岸《れいがん》島の銀《しろがね》町から道場に通っている。数少ない町人同士、銀之進とはおのずと親しくなったのだった。

「銀吉に用がおありでしたら、呼んできましょうか」

顔で二階を示してみせるおちせに、おたかは胸の前で手を振った。

「銀吉っつぁんじゃなくて、おっ母さんに話があるんだよ。いま、ちょっといいかい」

戸口の外へ出てくるようにと、おたかが手招きしている。

「わたしにですか」

おちせは濡れた手を手拭いで拭きながら、わずかに身構えた。雨はあがっているが、午後を通して陽射しのなかった裏庭は、じめついた薄闇に覆われはじめている。

おたかが低い声で切り出した。

「うちの松吉がね、このところ銀吉っつぁんの様子がどうもおかしいって言うんだよ」

「……………」

「何かを思い詰めているふうだと思ったら、急に暴れだしたりしてさ。次は何をしでかすかわからないっていう、おっかないところがあるみたいでね」

「まあ」

「こないだなんか、稽古の順がまわってくるのを待つあいだに、やおら立ち上がって壁にこぶしを打ちつけたそうだよ」

　手の甲にこしらえてきた青あざに思い当たって、おちせは顔をしかめた。

「今日は今日で、お武家様の子にからかわれたのが、かちんと来たみたい。町人のくせに剣術に入れあげるなんて変なやつだって」

　胴衣に着替えているときに冷やかしてきた相手を、銀之進は打込み稽古で執拗に追いまわした。それが相手の気に障り、帰り支度をしているときに小競り合いになったという。さいわい、年長の門弟たちが早めに仲裁に入り、事が大きくならずにすんだ。

「そのお武家様に、怪我はなかったんでしょうか」

「松吉の話じゃ、たいしたことないみたいだね。だけど、銀吉っつぁんは瘤をこさえたそうじゃないか。大丈夫かい」

「ええ、ご心配なく。あの程度でしたら、冷やせばじきに治りますから」

　おちせが応えるのを聞いて、おたかは安心したように息をついた。

「まあ、はじめにからかってきた相手もいけないけど、それにしてもお武家様に向かっていくなんて無茶ってもんだよ。いくら頭に来たといってもさ」

「すみません、あとでよく言い聞かせておきます」

「いや、あたしがここに来たってことは言わないでほしいんだ。あのくらいの年頃ってのは難しいからねえ。道場での喧嘩のこと、松吉ったら家に帰ってすぐあたしに話して聞かせたのに、おっ母ぁ、銀吉のおっ母さんに告げ口すんなよ、だなんて生意気な口をきくんだもの。ま、ちょっと気をつけて見守ってれば、じきに大人になるんだし」

おちせとおたかは、互いに苦笑して顔を見交わした。

「あの、銀吉の様子がおかしくなったのはいつ頃なんでしょうか。その、乱暴になり始めたというのは」

思いついて、おちせは訊ねた。

「そうさねえ、今年の春ごろと言ってたっけか。だんだんひどくなるもんだから、松吉も心配になったらしくてさ」

「…………」

思案顔になったおちせに、おたかは気遣うふうな目を向け、これは出すぎた推量かもしれないけど、と前置きして言った。

「銀吉っつぁんは先の火事でお父っつぁんを亡くしただろ。寂しいとか悲しいって気持ちを、どう表に出していいのかわからないんじゃないかねえ」

おたかの後ろ姿が表通りへ吸い込まれていったのを見届けると、おちせは大きな溜息をついた。

銀之進の荒れはじめたのが今年の春ごろだと聞いて、一瞬、冷や汗をかいた。瞬次郎と外で会うようになったのが、その頃である。おたかが推し量ったように、火事で又次郎を失ったのがきっかけなのだとしたら、いま少し時期がずれているはずだった。仇捜しの進み具合もはかばかしくないのに、やれお詣りだ、日の出横丁だ、とかまけているおちせに、銀之進は苛立《いらだ》ったのだ。背負っているものの重みから一時なりと解き放たれたいと願った浅はかさを、すべて見透かされている気がした。

それにしても、松吉の母親だと言われたときは、どきりとした。おたかの話が、見当していた筋から外れていたので、いくぶん肩透かしをくらった心持ちだ。

古我道場では、老齢の源三はふだん母屋にいて道場に顔を見せず、師範代を務める高弟が門人たちに稽古をつけている。この高弟に某大名家から声が掛かり、江戸屋敷の武芸所に招聘《しょうへい》されて、この四月から月に三度、稽古に赴くこととなった。

高弟が留守にする日のために、古我源三は米沢町の道場から一人の男を迎え入れた。出稽古にやってくるその折井彦兵衛《おりいひこべえ》という男が、どうやら銀之進のことを嗅ぎまわっているらしいのだ。

四月は銀之進が風邪を引いたり、小波庵が忙しかったりで、折井が出稽古に来る日は道場を休んだ。折井は松吉と銀之進の仲がよいのをどこかで聞き込んだとみえ、「銀吉という子は、おぬしといつ頃から友だちなのか」とか「銀吉の目鼻立ちはどんなふうか」などと松吉に訊ねてきたという。

薄気味悪くなった松吉から、後日、話を聞かされた銀之進は、家に帰っておちせにその旨を告げた。折井彦兵衛などという名に心当たりはない。おちせはまず、池田伝内につながる者がこちらに探りを入れているのではないかと恐れた。

しばらくのあいだ、折井の稽古日は銀之進を休ませ、様子を見ているところである。そうした経緯《いきさつ》があるので、松吉の母親が訪ねてきたとき、おちせには折井彦兵衛のことが真っ先に思い浮かんだのだ。

裏庭の隅に、あじさいがこんもりした繁みをこしらえていた。月のあたまに開きはじめた青い花も、いまは灰色にくすんでいる。国許の母もこの花を眺めているだろうかと、ふと思った。

四

「どれも無難にまとまってるけど、そうだねえ。いま少し派手めにしてもよさそうだ」

畳に並べられた五枚の半紙を前にして、文字鶴《もじつる》が口を開いた。木挽町《こびき》にある河東節の稽古場である。

女師匠の文字鶴は長火鉢の脇に腰を下ろし、猫板に肘を預けていた。肉づきのよい身体に、藍色の単衣《ひとえ》をざっくりと着付けている。四十を一つ二つ越えた目許には齢相応の皺が刻まれているが、ぽってりした唇とその斜め上にあるほくろが、齢《よわい》を重ねた女の色香を漂わせていた。

「派手めに、ですか」

文字鶴と向かい合わせに坐っているおちせは幾らかがっかりした心持ちで、半襟の図柄が描かれている半紙に眼を落とした。二十ばかり描いた中からこれぞと選り抜いた五つの案を、文字鶴のもとへ持参したのだった。

「あたしゃ何も、ここにある柄がまるっきり気に入らないっていうんじゃないんだよ。普段遣いにするんだったら、どの柄にしても上出来だ。でも、こたびは舞台に着けて出るんだから、もっと華やかにしてもらわないと」

ここ二、三日、梅雨の中休みらしい晴れ間が広がっていて、八ツ下がりの十畳間は明かり障子を開け放っても蒸し暑く感じられる。

「たしかに、舞台に上がるには地味かもしれませんね」

文字鶴の言い分にも理があるように思え、おちせは小さくうなずいた。

文字鶴は、又次郎が描いた絵におちせが刺繍した半襟を、小波庵の店先に置いている時分からのお得意である。火事に見舞われた店を建て直し、ふたたび商いを始めるにあたっては、何かと声を掛けてくれた。新装の引札をどうするか思案していたとき、風待ち小路の条屋を教えてくれたのも文字鶴だ。

その文字鶴に、弟子たちとお揃いの半襟をあつらえたいと持ち掛けられたのは、五月に入ってじきのことであった。なんでも、芝神明宮で九月におこなわれる祭礼にあわせ、風待ち小路で素人芝居が催される。文字鶴は弟子一同を率いて、黒御簾《くろみす》音楽を務めるというのだ。

神明様の祭にかこつけて、風待ち小路の跡取り連中が芝居を出すという話は、瞬次郎から聞かされている。瞬次郎と距離を置く心積もりであったおちせは、せっかくだが文字鶴の注文を断るつもりでいた。しかし話をよく聞いてみると、黒御簾音楽を頼んできたのは跡取り連中ではないという。

「笠の旦那に頼まれて……」と口にした文字鶴の顔に、四十女におよそ似つかわしくない羞じらいが駆け抜けていったのを見て、おちせはふうんと思った。

笠の旦那というのは、瞬次郎の父親で、条屋のあるじ笠兵衛のことだ。じきに五十だというわりに風貌や身のこなしが若々しく、ことに眼のあたりはどことなく岩井半四郎の面影を彷彿《ほうふつ》とさせる。瞬次郎によれば、若い時分は女とのすったもんだが絶えず、女房子をずいぶん泣かせたらしい。

ふうんと思ったのは、風待ち小路の跡取り連中ばかりでなく笠兵衛ら年配衆も芝居を出すと聞いて興味をおぼえたのと、かつての笠兵衛がすったもんだした相手の一人が、文字鶴であるようだと見て取ったからである。

「なんでも、助六を出すっていうんで、あたしたちが着る物もぱっと目を引くものにしようって話になってさ」

「あの、ちょっと待ってください。助六を出すのは、風待ち小路の若い方たちじゃないんですか」

「若い連中？　いや、笠の旦那は、そんなこと言ってなかったけど。若いのっていえば、初午祭の地口行燈がふるわなかったとかで、年長の大人たちにけちをつけたんだってね。年配衆も黙ってなくてさ、こんどのお祭は跡取り連中に内緒で芝居を出して客を集めるんだ、ってたいそう張り切ってるみたいだよ」

「………」

厄介めいた気配をそこはかとなく感じたものの、文字鶴の注文そのものは瞬次郎に直接かかわる話ではないとみて、おちせは引き受けることにしたのだった。

打ち合わせは今日で三度目になる。出されている茶を、おちせはひとくち含んだ。

文字鶴は長火鉢の猫板に肘を突いたまま、また一通り図案に視線をくれている。後ろの壁には二挺の三味線が架かり、その横に、門弟の名を記した木札がずらりと並んでいた。ざっと見たところ、五十枚はある。艶っぽい師匠に惹かれて通う男が多いのはうなずけるとしても、数では女の弟子のほうが勝っていて、札の三十枚ほどは女の名が書かれていた。芝居の当日は、全員がいっぺんに舞台へ上がるわけにはいかぬので、場面ごとに出番を割り振るのだという。

これだけまとまった数の仕事を請け負うのは初めてだった。笠兵衛ではないけれど、おちせの気持ちも高まっている。幕の途中で出替わる弟子たちには、それぞれの場面ごとに図柄の異なる半襟をこしらえるつもりだ。絵筆を持つようになって日が浅いとはいえ、文字鶴の要望にはできるだけ応えたいし、刺繡の一針もおろそかにはしたくない。

仕立てにかかる時から逆算して、図案の段であまりのんびりとはしていられなかった。

「この山吹文様なんかは、いいと思うがね。花の数をいま少し増やせば、ぐっと華やかになりますよ。師匠はどう思うかね」

文字鶴の隣に坐って、それまで黙ってやりとりを聞いていた男が口を挿《はさ》んだ。

先刻、おちせがおとないを入れたとき、文字鶴は男につけていた稽古を仕舞うところだった。男は齢のころ五十半ば、「新右衛門町で紙問屋を営んでいる多田屋伊兵衛《いへえ》と申します」と名乗り、そのまま居残って図案を眺めはじめた。恰幅《かっぷく》のよい体格に、茶の上《うえ》田縞《だじま》がしっくりと馴染んでいる。

多田屋が打ち合わせの場にいるのを文字鶴は咎《とが》めなかったし、おちせもとくに気に留めなかった。半襟のあつらえを頼まれたのは女物だけだが、助六の舞台では多田屋も御簾内に詰めるのだし、いくらかは関心があるのだろう。

「山吹ねえ……」

猫板から肘を離した文字鶴が、畳に置いてある半紙の中から一枚を拾い上げる。

「舞台は桜が満開の吉原だ。桜並木の根方には山吹が植えてある。多田屋さんの仰る通り、なかなかいい線をいってるかもしれないね。もうちょっと賑やかな感じにして、助六の出の場面で使ってみちゃどうだろう」

問いかけてくる文字鶴に、

「はい、少し手を加えることにいたします」

おちせは微笑して応え、多田屋にも軽く頭を下げる。図案を持参したものの首を縦に振ってもらえず、出直しだと肩を落としていたところへ、思いがけず道筋がついてわずかに気持ちが軽くなった。

温厚そうな目鼻立ちをした多田屋が、照れくさそうにうなずいた。

「それにしても器用なものですな。絵を描くのも縫い取りも、一人でこなすとなると手間がかかるだろう」

「絵のほうは、あまり自信がないのでございます。こたびの注文は、いろいろ学ばせていただける、またとない機会だと存じまして」

「なに、これだけ描ければたいしたものだ。生地に下絵を描くのは、薄墨か何かを使うのかな」

「下絵には、露草の花から採れた青い液を用いるのでございます。あとで水洗いしたときに、その青だけが溶けて消えますので」

「ほう、考えたものだ。で、下絵を描いたらいよいよ色を挿《さ》すんだな」

「いえ、色挿しの前に糊置きというのがございまして……」

多田屋に問われるまま、おちせは半襟が出来上がるまでの手順を、かいつまんで話すこととなった。図案の一枚だけでも目途がついて気持ちがほぐれたのと、聞き上手な多田屋にのせられて、しぜんに舌が滑らかになる。

「わたくしったら、調子にのって喋りすぎてしまいました。お恥ずかしゅうございます」

「いや、普段は聞けない話を耳にさせてもらって楽しかった。礼を言いますよ」

ではこれで、と多田屋は腰を上げた。稽古場を出る間際、多田屋が文字鶴に目顔でうなずいたのを目にして、おちせは何となく落ち着かない心持ちになった。

襖が閉まるのを見届けると、文字鶴はおちせに向き直った。茶が半分ほど残っているおちせの湯呑みを引き寄せ、わざわざ盆に伏せてある湯呑みに、改めて茶を淹れてよこした。

「あたしゃ回りくどいのは不得手でね、はっきり言うよ。多田屋さんはね、お前さんを妾にしたいと仰っておいでなんだ」

「……」

「先に打ち合わせにきたお前さんを、見初めなすったそうでね。二人のあいだを取り持ってくれないかと頼まれたんだ」

代々続く多田屋の暖簾を守ってきた伊兵衛は、このたび総領息子が嫁をとる運びとなり、それをしおに隠居する肚を決めた。店の裏手に隠居所を普請しようと算段しているものの、ともに老後をすごすはずであった女房は五年前にこの世を去っている。これまで商いにかかりきりで、道楽といえば浄瑠璃を語るのがせいぜいだった伊兵衛には、密かに囲った女もいなかった。隠居すれば、身の回りの世話くらいは嫁や店の女中がしてくれるだろうが、身を粉にして働いてきた者の成れの果てがそれでは、あまりにも味気ない。一抹の侘《わび》しさを感じているところへ、おちせがあらわれたのであった。

「半襟屋の店番にしておくのが惜しいようなあの美人は、どんな人かと訊ねられてね。差し出がましいけど、先の火事の話をさせてもらいましたよ。亭主と親戚を亡くしたお前さんを、多田屋さんはたいそう気の毒がっておいでだった。子どもを抱えた女が一人で出直すのはさぞ心細かろう、商いの道ならいささか心得のある自分が後ろ盾となりたいと、こう仰ってね」

「そんなこと……、急に言われても困ります」

額に滲んできた汗を、おちせは懐から手拭いを出して押さえた。

「そりゃ、お前さんにとっちゃ藪《やぶ》から棒だろうけど、考えてもごらん。瘤つきのやもめを、丸ごと引き受けてくださるっていうんだ」

「……」

「半襟屋を続けたいんだったら、竹河岸と新右衛門町はさほど離れちゃいないし、通いで続ければいいとも仰ってる。じつにもったいない話だと思わないかい」

「それはそうですけど……」

「なんだい、ほかにいい人でもいるってのかい」

「いえ、そういうわけでは」

おちせはあわてて手を振った。

「だろうね、火事からやっと一年がすぎたところだもの。でもさ、一年ちょっと経ったんだ。この世で実意《じつ》のある男にすがったって、あの世の仏様が角を生やしたりするもんか。こういう話は、そう何度もめぐってくるものじゃない。またこんど、なんてのんびり構えてると、あっというまにお婆ちゃんになっちまう」

文字鶴は自分の言ったことが気に入ったのか、からからと笑って言葉を継いだ。

「まあ、すぐに返事ができるものでもないだろうし、じっくり思案するといい。くれぐれも言っておくけど、女がひとりで世間を渡っていくのは並大抵のことじゃないよ。ずっと独り身で来たあたしが言うんだ、そこのところをよく了見して返事しておくれ」

その晩、おちせは床についてもなかなか寝付けなかった。

昼間に言われた瘤つきのやもめという言葉が、耳にこびりついて離れない。国許ではまとまりかけていた縁談が立ち消えとなり、江戸に出てからは次兄の妻に扮しながらも、なすべき務めをわきまえて律してきたつもりだった。けれど実際は、心から慕うただひとりの男に添うこともかなわず、瘤つきのやもめと不憫《ふびん》がられて、妾話を持ちかけられている。

他人に足許を見られたことが悔しくて情けなくて、腹立たしかった。腹立たしさは、己れにも向けられている。多田屋の妾になる気など、さらさらない。だのに、申し出を断れば文字鶴から請け負った注文を逃してしまう気がして、その場で話を蹴ることができなかった。多田屋の下心を見抜けず、調子にのってべらべらと喋くったのもみじめである。

頭は血が沸いて火照っているのに、足の先は水に浸かっているように冷えている。おちせは寝返りを打ち、夜具の中で足をこすり合わせた。

しかし、いつまでたっても、つま先の冷えは消え去らなかった。

五

夏至を境に炎《も》ゆるような青空が伸《の》してきて、このまま梅雨が明けるのではないかと錯覚しそうな空模様が続いた。

小波庵の店先に坐り、おちせは伸子《しんし》に取りつけた白生地へ下絵を描いている。伸子は両端に針のついた竹ひごで、布幅を一定に保つための道具である。半襟の生地に絵を描いたり色を挿したりするときは、二本の伸子を交差させて組み、生地の四隅を刺し留めて用いていた。

日ごろ、下絵描きは店仕舞いしたのちに気持ちを落ち着けて取り掛かるのだが、文字鶴に頼まれた大口の注文を捌くには、店番をしながらでも作業しないと追いつかない。十日のあいだに二度、打ち合わせで文字鶴の稽古場を訪ねていた。山吹の図案に手を入れたことで、目指すところがおおよそ定まると、あとは要領がつかめてほかの図案もすらすらと決まっていった。

多田屋の申し出については、文字鶴も事を急《せ》いてはならぬと了見しているのか、今のところ催促がましい顔はされずにすんでいる。むろんおちせも、打ち合わせがすむとさっさと腰を上げていた。

昼までに五人ほど客の出入りがあって、その都度おちせは手を止めて応対にあたった。銀之進がいてくれると助かるのだが、今日は松吉と釣りに出掛けている。

店座敷には、細い筆先で下絵を描くのにじゅうぶんな明るさがあった。昨日の夕どきは夏を思わせるような雷雨となったが、それも宵の口には上がり、いまの河岸通りには白い陽射しが降りそそいでいる。

銀之進は道場でこしらえてきた青あざや瘤も癒えて、新たな傷を負ってもいなかった。しかしいまだに、怪我をした因《わけ》をおちせに話そうとはしない。

むっつりと口をつぐんでいるかと思えば、このあいだは道場から帰ってくるなり、笑顔で話しかけてきた。

「松吉っつぁんに、釣りに誘われました。竿とか餌は松吉っつぁんが支度するから、ハゼを釣りに行こうって」

「あら、ハゼにはちょっと時期が早かないかしら」

「今時分はまだ小さいデキハゼだけど、食べるのに骨が気にならないそうなんです。こんど、折井先生が代稽古にみえる日にしようと相談してきました」

「それじゃ、松吉さんも道場を休むのかい」

「その日だと、松吉っつぁんのお父っつぁんが舟を出してくれるんです。こしらえた釣竿の出来映えをたしかめに、時どき、箱崎から舟に乗って中洲《なかす》に渡るんだとか」

大川に小名木川《おなぎ》と箱崎川が合流するあたり、新大橋の下流に、洲になっている一帯があった。いちめんに葦が生い茂っている洲も、汐が引けば地面がのぞく。猪牙舟《ちょきぶね》の船頭が舟を引き上げ、火を焚いて舟底についた舟虫を焼き落としているのを、おちせも見かけたことがある。

「あの辺は海の水と川の水が分かれる境目で、ハゼのほかにもいろいろ掛かるっていうんです。ねえ、行ってもいいでしょう？」

はじけるような笑顔を向けられて、やはり血は争えないものだとおちせは苦笑した。

亡き半之丞も、若い時分はよく友だちと誘い合って釣りに出掛けたものだ。相手は不破道場の剣友、中原創吾《なかはらそうご》と相場が決まっていた。おちせも兄にせがんで、幾度か一緒に連れて行ってもらったことがある。

城の西面に沿って幅二十間ほどの川が流れており、南へ少し下ったところに、対岸への渡し舟があった。舟着き場に近い岩場を、兄たちは釣り場にしていた。アユやヤマメを釣りあげるたび、三人は歓声をあげた。

兄が御納戸組に出仕して、道場から足が遠のくにつれ、創吾と釣りに出掛けることもなくなったが、銀之進が誕生して物心つきはじめると、兄は息子を連れて時どき川へ行くようになった。当時の銀之進は、釣り糸を垂れる父親のそばで水遊びをするくらいのものだったろうけれど、そのときの浮き立った心持ちは身に沁みついていたとみえる。

今朝、手甲《てっこう》に脛《すね》あてという釣り人の身支度に扮した銀之進は、それは生き生きと眼を輝かせていた。仇討ちの旅に出てからは釣りどころではなかったから、我知らず頰が弛んでしまうのも無理はない。その表情を思い出すと、おちせの口許にもしぜんと笑みが浮かんでくる。背伸びをしたところで、所詮は子どもなのだ。

銀之進にも、日ごろ抑えているものがあるのだろう。仇を討つ折がなかなかめぐってこないもどかしさが、根っこにあるのは間違いない。

ここ数日も、おちせは十兵衛と楽屋新道を歩いたり、一人で小屋の楽屋口を見に行ったりしているのだが、くだんの黒衣と行き会うことはなかった。

あの男が伝内だと明らかになれば、銀之進も待ち焦がれているその時が、ぐっと近づく。この半襟が仕立てあがり、文字鶴の弟子たちと舞台を盛り上げる頃には、自分たちは積年の本懐を遂げることができているのだろうか。

おちせは青花液で下描きされた山吹の花を見つめ、そんなことを考えた。作業をことさらに急ぐのには理由《わけ》がある。仕上げた品を期日にきちんと納めねばならぬのは商いの基本だとしても、いざ伝内を討つとなったときには、半襟どころではなくなるだろう。本願さえ成就できればほかはどうなってもよいという人もいるかもしれぬが、小波庵の女あるじとして注文を請け負った以上、客の信頼を裏切るまねはしたくなかった。

描き終えた下絵を伸子から外し、まっさらな生地に張り替える。夏のような陽射しのせいか、昼をすぎると店先に立つ客はなくなり、誰にも邪魔されず手許に集中することができた。

どのくらい、没頭していただろう。幾枚目かの生地を張り替えていて、部屋が思いのほか翳っているのに気がついた。

銀之進の帰りが遅い。いま何刻だろうかと店先へ向けた目に、河岸の石段を上がってきた男の姿が映った。船頭ふうの男は日除けの頬被りを取ると、胸の前でそれを揉むようにしながら通りをきょろきょろと見回し、おちせと目が合うと駆け寄ってきた。肩で息をしている。

「た、竹河岸にある半襟屋ってのは、こ、ここでいいのかい」

「そうですが……。何かあったんでしょうか」

男の慌てた様子に、おちせはいやな胸騒ぎがした。

「大川の水嵩《みずかさ》が上げ潮でもないのに増して、あ、あんたとこの子が中洲に取り残されちまったんだ」

「………」

「助けの舟を出すにも、流れがめっぽう急で難儀してる。とにかく親御さんに知らせてこいって、船宿のお内儀に言い付かったんで……」

男はあえぎあえぎ告げると、手拭いで額の汗をぬぐった。

めまいがしそうになるのをこらえて、おちせは立ち上がる。

「すぐ参ります。連れて行ってください」

日和《ひより》下駄を突っかけて今にも通りへ駆け出しそうになっているおちせを、男が河岸のほうを指して呼び止めた。

「お内儀さん、こっちだ。舟のほうが早え」

六

竹河岸で乗り込んだ舟を行徳《ぎようとく》河岸で下り、箱崎川に沿った通りをおちせが川口橋まで駆けつけたとき、銀之進と松吉は増水した中洲から助けられて陸《おか》に上がったところであった。

大名屋敷の高い塀が川沿いに続く通りで、町人の行き来はさほど多くはないが、橋の袂にある辻番からも人が出て、子どもたちの介抱にあたっている。松吉が父親の懐に顔を埋めてしゃくりあげていた。

「ああ、あんたがおっ母さんかい。よかったよ、二人とも無事だ」

子どもたちを取り巻いている人垣の中から、船宿のお内儀とみえる中年増の女が駆け寄ってきた。子どもたちは松吉の父親が操る舟で中洲へ渡り、三人でハゼを釣っていたが、用意した餌が八ツすぎに底をついたので、父親だけがいったん船宿へ戻ったのだという。餌を補ってふたたび舟を出そうとしたところ、水嵩がぐんと増していた。助けを求める父親の叫び声を聞いて、船宿から船頭たちが飛び出した。中でも棹《さお》さばきに長《た》けた壮年の船頭が舟を出すことになり、折しも通りがかった侍とともに乗り込んだのだった。

「子どもはおれに任せろって、お侍さまが手を挙げなすってね。あの子たちを、一人ずつ舟に引きずり上げてくだすったんだよ」

船宿のお内儀はそう言って、銀之進のほうへ視線をやった。

銀之進は松吉親子から少しばかり離れたところで、助けてくれた侍に付き添われていた。背中を侍にさすられ、こくこくと首を縦に振っている。侍はがっしりとした身体つきをしているが、背中をこちらに向けているので顔は見えない。

おちせは二、三歩近寄りかけたものの、安堵《あんど》が胸にあふれて膝から崩れそうになった。

昼すぎに竹河岸を白く照らしていた陽は西へ傾き、高い塀にさえぎられて、通りはすでにうす暗くなっている。ずぶ濡れになった着物の上に、船宿の屋号を染め抜いた半纏《はんてん》を着せかけられた銀之進は、唇まで色を失って青ざめていた。

立ち尽くしたままのおちせと目が合うと、こわばっていた表情が一瞬ゆがんだ。けれど、銀之進は泣かなかった。口許を引き結んで、涙を懸命にこらえている。

銀之進の隣にいる侍が眼をあげた。三十半ばくらいで、ぜんたいに彫りの深い、男くさい目鼻立ちをしていた。

「お侍さま、倅を助けていただきまして、ありがとうございます。いったい何とお礼を申し上げてよいものやら……」

男にどこかで会ったことがあるような気がしながら、おちせは頭を下げた。

「おちせさん、それがしを憶えておられぬか」

「は……」

「川の上流で前日に大雨が降ると、下流では翌日になって水嵩が急に増すことがある。夕べはこのへんも、ずいぶん降っただろう。川釣りをするときは、夜が明けて晴れ上がっても気をつけねばならんと、御兄上がよく口にしていたのではなかったかな」

「これは……。中原の、創吾さま」

記憶の中にある兄の友人の面影が、目の前にいる中年の侍と重なった。

「や、思い出してくれたようだ。だが、このごろは折井彦兵衛と申してな。どうだ、その名にも、心当たりがあるだろう」

おちせは首をかしげたが、じきに思い当たった。

「あ、古我道場へ出稽古にいらっしゃる折井さま」

創吾が深くうなずく。今や藩を退いた浪人者で、ゆえあって変名を用いているという。

「今日が、まさに出稽古の日でな。先に松吉からその日は釣りにいくと聞いていたので、帰りがけにここへ寄ったのだ。じつは銀之進どのに、父御《てご》の殺害された件について話したいことがあるのだが……」

創吾はいったん言葉を切って、銀之進の肩に手をおいた。

「話の前に、まずは銀之進どのを着替えさせたほうがよい。いささか風が出てきた」

船宿のお内儀が、自分のところで憩《やす》んでいけと声を掛けてくれ、おちせたちは箱崎の船宿に立ち寄った。目端のきくお内儀は、創吾には亭主の着物を、銀之進には似たような背格好をした子の着物をどこかから借りてきてくれた。

着替えを終えた創吾からおちせは話のあらましを聞き、仔細については義兄の柴崎十兵衛とともに聞かせてほしいと申し出たのだった。

「すると、中原どのは五十嵐の者を捜しに江戸へ参られたと申されるのか。して、それはまた何ゆえに」

幾度名乗られても、十兵衛は創吾の変名に馴染めぬふうだった。いくら脱藩した者とはいえ、もとは同じ家中である。それに、中原家は創吾の弟が継いでおり、今日《こんにち》も存続していた。

「そうですな、何から話せばよいものか」

創吾はしばし思案に沈んだ。

十兵衛が小波庵にやってきたのが宵六ツ半、それから四半刻ばかり経っている。茶の間の行燈には灯が入り、創吾と十兵衛、おちせが顔を合わせていた。二階では銀之進が眠っている。熱があるので念のため医者に診てもらったが、疲れが出たせいで心配はいらぬという診立てであった。

しばらくして、創吾が切り出した。

「八年前、それがしが近習《きんじゅ》勤めを解かれて隠居し、弟仲次郎《ちゅうじろう》が家督を相続したとき、柴崎どのはその理由を何とお聞きになりましたか」

「それよ。わしはたしか、そこもとが職務のうえで失態をおかし、それを苦にして心を病んだと耳にした覚えがある」

いささか言いにくそうに十兵衛が応えると、創吾は自嘲めいた笑いを口許に浮かべた。

「そんなところでしょうな。たしかに、あの時分はいろいろと失望して気が滅入っておりました」

創吾が藩を退いたという話を、おちせは聞いたことがあるような気もするし、ないような気もする。縁談が持ち上がった頃で身の回りが何かと慌しく、己れのことで精一杯だった。

「その失態についてはのちほど申し上げるとして、気塞《きふさ》ぎとなったそれがしは、佐倉城下で寺の住職をしている伯父の許へ送られました」

そこでぶらぶらと日を送っていた創吾は、国許にいる母がよこした手紙を読んで驚愕《きようがく》した。二十年来の親友、五十嵐半之丞が殺害されたというのだ。半之丞を斬った相手が、ともに通っていた不破道場の先輩、池田伝内であることも、衝撃に輪をかけた。

「それを聞いて、ひとつ思い当たったふしがありました。それがしを気塞ぎに追い込んだ件と、半之丞が殺された件は、つながりがあるのではないか。そのことを五十嵐の人たちにぜひとも伝えねばならんと、そう思い立ったのです」

創吾は佐倉城下を旅立ち、おちせたちの足跡をたずねて一昨年の暮れに江戸へ入った。父親が江戸詰めだった時分に親しく交わっていた横井甚五郎《よこいじんごろう》の道場が米沢町にあり、創吾は事情を話してそこに置いてもらうことにした。折井彦兵衛と名を変え、横井道場の門弟に稽古をつけるかたわら、五十嵐家の一行を捜して歩いたが、その行方はなかなかつかめない。

江戸に出てきて一年ほどがすぎたある日、横井甚五郎の旧知で金六町に道場を構える古我源三が、出稽古に応じてくれる人材を求めていると聞かされた。甚五郎の話では、古我道場には親の仇を追う少年が在籍しているようだという。

このとき、火事で五十嵐又次郎が命を落としたことを、創吾は知らずにいた。半之丞の仇を討つのは、むろん嫡子の銀之進だが、当人は十をいくつか出たばかりのまだ子どもだ。道場主が話の種にするとしたら、助太刀をつとめる又次郎だろう。そう踏んでいたので、古我道場に通う少年にはあまり関心が向かなかった。

けれど、このままやみくもに市中を歩き回っていても、はかばかしい成果は得られそうにない。創吾は甚五郎に頼んで、出稽古に赴く師範として推挙してもらった。

初めて古我道場に足を向けた折、創吾は古我源三に素性を明かし、五十嵐又次郎なる人物を捜していると打ち明けた。返ってきたのは、又次郎がすでにこの世の人ではないという応えであった。しかし、当初は気に留めていなかった少年が、銀之進らしいと知れたのだ。

銀之進をいずれ引き合わせると源三は請け負ってくれたものの、二度、三度と出稽古に通っても、その折はめぐってこなかった。

「それがしも気がはやりましてな。松吉にあれやこれやと訊ねていたのが、どうもよろしくなかった。不審に思われたかして、避けられてしまいました」

創吾は額へ手をやった。

先だっては、次の出稽古の日に銀之進が顔を出すか訊ねたところ、「その日は一緒に中洲へ釣りにいく約束だから、おいらも休むと思います」と、松吉にまでそっぽを向かれてしまった。

これではいつまでたっても銀之進に会えそうにない。ならばこちらから出向くよりないと、稽古帰りに中洲へ向かったところ、増水さわぎに出くわしたのだという。

舫《もや》ってある舟にすがりついた職人風の男が、「あっしに舟を出させてくれ」とわめきたて、「よしねえ。船頭でもねえのに、あんたには無理だ」と周囲に止められていた。

「松吉と銀吉っつぁんを早く助けてやってくれ」

松吉の父親らしいその男がわめくのを耳にして、創吾は歯噛みした。

水面へ目をやると、屈強な体格をした船頭が一艘の舟に乗り込み、今にも艫綱《ともづな》を解こうとしている。

「おやじ、舟を出すのか。それがしも乗せてくれ」

「舟遊びに行くんじゃございませんぜ、お侍さま」

「泳ぎは得手にしておる。地元では聖川の河童《かっぱ》と呼ばれたくらいだ」

「へえ、そんじゃ乗んなせえ」

創吾が飛び乗った舟は流れに逆らって中洲へ近づいていき、子どもたちを助けて岸にあがった。そこへ、おちせが駆けつけたのであった。


じっと耳を傾けていた柴崎十兵衛が、低くうなった。

昼間の暑さは引いていたが、梅雨らしい湿気だけは居坐って、蒸し蒸しする晩である。

おちせは立ち上がって、創吾と十兵衛の茶を淹れ直した。このあいだまで不審を抱いていた折井という人物が、兄半之丞の親友であった中原創吾その人で、いま目の前で喋っているということが、まだどうにも信じられない。

おちせが十兵衛の斜め後ろに控えると、湯気の立ちのぼる茶をひと口のみ下して、十兵衛が口を開いた。

「中原どのが国を発ったのちの経緯はよくわかった。では、そこもとが藩を退くきっかけとなった失態というのを、詳しく聞かせていただこうか」

創吾がゆっくりとうなずいたとき、夜五ツの鐘がこだましはじめた。

風が吹いたら

一

「藩の派閥争いに巻き込まれて禄《ろく》をお離れになったと、そう仰るのですか」

驚いて訊ね返すおちせに、中原創吾が重々しくうなずいた。

「とある晩、近習《きんじゅ》組頭取の篠田《しのだ》さまに呼び出されましてな。ある人間を消してこい、それが藩のためになる、と命じられました。つまりは刺客です」

「篠田さまといえば、金井《かない》派の懐刀《ふところがたな》と称されるお方だな」

低く呟いて、柴崎十兵衛が腕組みになる。

前藩主が幕府の老中職に就いていた頃、次期藩主に御嫡子を推す一派と、弟君を推す一派とで、国許の上層部は大きく割れていたという。前者の首領は由緒ある家柄の筆頭家老・金井庄左衛門《しょうざえもん》、後者はそのころ急激に勢力を伸ばしてきた次席家老・浦沢《うらさわ》勘解由《かげゆ》であった。両者はまた、金井派が領内で生産する葉煙草の専売制を推進し、浦沢派がそれに反対する立場で対立していた。

「して、そこもとに誰を消せと」

「名を明かすのは控えさせていただきますが、浦沢派の人間です。中原家にとっては年来の恩義がある方でした。しかし、上役の指図に背くことはできません」

「中原どの……」

「悩みに悩んでいたら、にわかにすべてが馬鹿らしくなりましてな。じっさい、あの折は少し頭がおかしくなった。我ながら情けない話だが、何をするにも面倒臭く、朝、寝床から起き出すこともかなわなくなりまして……」

十兵衛に頭を振ってみせた創吾が、おちせのほうへ向き直った。

「そのとき見舞いにきてくれた人から、いささか気になることを耳にしたのです。浦沢派にも、上層部の思惑に翻弄《ほんろう》された者がいるらしいと」

「……」

「その人物こそ……」

創吾が言葉を切り、耳を澄ます表情になった。部屋の外に、かすかな物音がしたようである。

おちせは座を立って、部屋の障子を引いてみた。暗がりが広がるきりで、台所はしんと静まっている。隣家に棲み着いた猫が、屋根を渡り歩いているのかもしれなかった。

「すみません、銀之進に薬を飲ませるのを思い出しました。中原さま、どうぞお話をお続けください。のちほど義兄に聞かせてもらいますので……」

手燭《てしょく》に火を移して、おちせは土間に下りた。戸口にかった心張棒をたしかめてから、薬の支度をして二階へ上がる。

夜具に横たわる銀之進は、いくらか浅い息をしていたが、熱は先刻よりも引いていた。階下の話し声も、ここには聞こえてこない。

銀之進の額から手をはずし、土瓶の湯冷ましを湯呑みに注ぐ。わずかに手許が狂って、湯冷ましが盆にこぼれた。あとで義兄に話の続きを聞くのが、怖いような気がする。

「銀之進、薬を飲みますよ。寝間着も汗でびっしょりになっているし、着替えてさっぱりしましょう」

つとめて明るい声で、おちせは銀之進に声を掛けた。

二

空梅雨《からつゆ》かと思われた陽気も、六月に入って連日の雨模様となり、中旬にはまばゆい光をたたえた青空が広がって、紛うかたなき夏がやってきた。

「条屋」のあるじ笠兵衛は、新橋を北に渡って銀座のほうへと歩いている。河東節師匠の文字鶴が、九月の芝居で身に着ける半襟の見本が届くので、見てほしいと言ってよこしたのだった。黒御簾《くろみす》音楽を文字鶴に頼んだのは自分だが、弟子たちとお揃いにするという半襟の柄にまで、いちいち口出ししようとは思っていない。それでも、かつて懇《ねんご》ろにしていた女から顔を出してくれと声が掛かれば、悪い気はしなかった。

半襟を届けにくるのは、竹河岸にある「小波庵」のおちせだった。先の暮れ、おちせが店を新装する折に笠兵衛は引札をこしらえてやったが、これがまた大層な美人ときている。火事で亭主を亡くし、女手ひとつで子を養っているだけのことはあって、芯のしっかりした働き者だった。この暑い日盛りにのこのこ出掛けてきたのには、その整った容姿を拝んでしばしの涼を味わいたいという気持ちも、ないではない。

おちせといえば……。

今しがた店番を任せてきた倅の瞬次郎に、笠兵衛は思いをめぐらせた。引札づくりの打ち合わせで粂屋を訪れていたおちせが、瞬次郎と言葉を交わしていたのは知っている。それがいつのまに外で逢うような仲になったのか、笠兵衛が気づいたときには日の出横丁を寄り添って歩くほど親密になっていた。横丁に絵草紙屋を出している古馴染みが、「おまえさんがとこの若旦那が、べらぼうな器量よしを連れていた」というので、ぴんときたのだ。

その話を聞いたとき、でかしたぞ瞬次郎、と笠兵衛は心に叫んだ。女房に過保護に育てられたせいか、子ども時分からのほほんとして心許ない伜であったが、あのおちせを射止めるとは大金星だ。

　引札づくりの礼をおちせから言われたとき、あまりの麗《うるわ》しさに笠兵衛は思わず口説き落とそうとしたものの、あっさりと振られている。それを思うとやっかみたくもなるけれど、店を切り盛りする女あるじともなると、少しばかりぼんやりした男に心をくすぐられるのかもしれない。

　そう心得てみると、瞬次郎は日に日に頼もしくなるようだった。世間の流行りを読む勘どころも冴えてきたし、月ごとに替えている特設の棚にもすすんで案を出してくる。客の応対にも、どことなく余裕が出てきた。

　おちせと付き合っているのを瞬次郎が秘しているつもりでも、その道の修業を山と積んだ笠兵衛からすれば、二人のあいだは抜き差しならぬところまで進んでいるふうに見える。いっときの火遊びと割り切る度胸が瞬次郎にあるとは思えぬし、おちせもああ見えてじき三十になるというのだから、宙ぶらりんなままでは心細かろう。先に半ちくな関係をずるずると続けて女に愛想尽かしをくらった自分が言うのもなんだが、一緒になる気が互いにあるなら、けじめはなるたけ早くつけたほうがいい。

　相手が子持ちの寡婦ということもあって父親に言い出しにくいのだろうが、打ち明けられた日にはいくらでも力になってやるという心積もりで、笠兵衛はお呼びがかかるのを待っている。

だが、瞬次郎が話を切り出す気配はいっこうにみられない。それどころか、このひと月ばかりは、おちせに逢ってさえいないようなのだ。朝から晩まで商いよりほかのことは頭にないといった様子で、きりきりと眉を吊り上げて錦絵を並べる倅の姿は、どことなく薄気味悪くもある。

二人のあいだがこじれたのなら、老練の父に相談してくれれば、打つべき手を指南できるものを。痴話喧嘩は時をおくほどややこしくなる。笠兵衛はじれったくてならなかった。


入り口の格子戸を引いておとないを入れると、奥から文字鶴が顔を出した。通された稽古場にはおちせが一足先に着いていて、半襟の見本を広げているところであった。

「これは条屋さん、ご無沙汰しております。小波庵新装の折はお世話になりまして、ありがとうございました」

笠兵衛の顔を見て、おちせが頭を低くした。

「いやいや、堅苦しい挨拶は抜きですよ。引札づくりは道楽でやっているようなものだからね。ここの師匠にも聞いたが、半襟屋はなかなか繁盛しているそうじゃないか」

「こしらえていただいた引札で新たなお客様も増えましたし、このたびは文字鶴師匠にこうして注文をいただきまして、おかげさまで忙しくしております」

「それは何よりだ。忙しくては休みもあまり取れんだろうが、たまには粂屋にも顔を見せておくれ。うちは商う品は色とりどりだが、店番が男ふたりというのはむさ苦しくていけない。おちせさんのような器量よしが立ち寄ってくれたら、店先がぱっと華やかになる。あの薄ぼんやりした伜も、張り合いが出ようというものだ」

笠兵衛が日ごろの気安い口調で話しかけるのを、おちせは伏し目がちに聞いていたが、しばしの間をおいて上げた顔には、すこぶるつきの微笑みが浮かんでいた。うなずくでも首を振るでもなく、ただ微笑している。

瞬次郎め、おちせさんをだいぶ怒らせたな、と笠兵衛は推量した。自身の例からいって、女子というのは怒りや悲しみが深いほど、ぞっとするような微笑を見せるものだ。瞬次郎は何かおちせの気に障るようなことを言ったかして、擦れ違ってしまったに相違ない。野暮天はこれだから埒が明かんのだ、とひとり毒づいていると、長火鉢の脇に坐って茶を淹れている文字鶴が手を止めた。

「笠の旦那、若い方とのお喋りは楽しゅうございましょうが、半襟もご覧になってくださいな。今日はそのためにお越しいただいたんですから」

こちらもすさまじい笑顔になっている。

「そ、そうだったな。どれ、見せてもらおうか」

声音に含まれている刺々《とげとげ》しさに気圧《けお》されて、笠兵衛は畳の上へ視線を泳がせた。外で啼《な》きたてている蟬の声が、腋に伝う汗をいっそう鬱陶しいものにさせる。

そのとき、表口で格子戸の開く音がして、ごめんくださいまし、と声が通った。

「あら、お見えになったようだ。二人とも、そのままゆっくりしていてくださいな」

文字鶴が腰を浮かし、部屋を出ていった。

「はて、今日の稽古は休みと聞いたが、ほかにも誰か来るのかな」

「さあ、何も伺っておりませんけれど」

口許に笑みを残したまま、おちせが首をかしげる。

「ふむ、聞いとらんか。それはそうと、おちせさん、瞬次郎とはどうなって……」

そう切り出したところへ、文字鶴が客をともなって戻ってきた。その男の顔を見たおちせが表情をこわばらせるのを、笠兵衛は見逃さなかった。

「笠の旦那には初めてお目にかかるんでしたっけ。こちら、新右衛門町で紙問屋を営んでらっしゃる多田屋さん。うちのお弟子さんなんです」

隣に立つ男を、文字鶴が手で示す。見たところ自分よりも五つ六つ齢上だが、人が好いということだけが取り柄のような風貌をしている多田屋に、笠兵衛は軽く会釈をした。

「芝の日蔭町通りで錦絵や草双紙を商っている粂屋笠兵衛と申します。こんど町内の連中と素人芝居をするので、文字鶴師匠に黒御簾音楽を頼みましてな」

多田屋が鷹揚《おうよう》にうなずいた。

「芝居の折は、手前も御簾内に並ばせていただきます。弟子一同が身に着ける半襟の見本が届くと聞き、見せてほしいと師匠にお願いした次第でして」

文字鶴が注文した半襟は女物きりだと聞いている。手前《てめえ》が着けるわけでもないのに見本を見たいなどとはおかしな手合いだと思いながら、それでも文字鶴の機嫌が直ったようなので、笠兵衛は茶々を入れるのをよした。おちせは多田屋と面識があるらしく、控えめに頭を下げている。

並べられた半襟を囲んで、四人は腰を下ろした。半襟は図柄や地色を違えたものが五種類ほど。それぞれ、筋立ての要所を連想させるものとなっている。山吹の花や蛇《じゃ》の目柄には得心がいくが、朝顔の縫い取りに目を留めて笠兵衛は首をひねった。

「おい、師匠。芝居の中盤を過ぎたら浄瑠璃は付かないんじゃなかったかね」

河東節の出番は、芝居の前半、主《おも》だった役どころが出揃うあたりまでに集中していて、物語が転がりはじめるとあとは台詞の掛け合いで引っ張っていく。朝顔仙平《せんぺい》が出てくる段には、これといった曲は付かない。

「いいんですよ、中盤からは入門したばかりの子たちを坐らせておくだけだから。揚巻とか助六の出端《では》は、長年稽古に通ってきてる人たちに任せますけど」

「まあ、それはよしとしても、場面ごとに半襟の柄を違えるだなんて、ちょいと凝りすぎじゃないのか。囃子方は黒御簾の内側に入って、半襟なぞ見物席から見えないんだ。誂えにかかる費《つい》えが、見積もりを越えてもらっちゃ困るんだが」

「そちらのほうも、ご心配には及びませんよ。娘の晴れ舞台だってんで、親御さんたちも熱が入りましてね。足袋《たび》はうちで一手に引き受けたいだとか、揃いの簪を配らせてくれとか、えらい騒ぎようで。お弟子の中には日本橋あたりの表店で商いをなすっている分限者《ぶげんしゃ》もあるし、なにも笠の旦那が懐を痛めることとなんてありませんのさ」

さらりとした口調で文字鶴は応じたが、日本橋あたりの分限者というくだりで多田屋が眉をひくひくさせた。金持ちを自任しているかのような表情が、向かいにいる笠兵衛から丸見えである。

外の羽目板に貼りついている蟬が増えたのか、騒々しさに拍車がかかった。

半襟の柄など女子どもの好きにすればいいと思っていた笠兵衛でも、こうして目の前に並べてあるのを見ると、柄の取り合わせや色使いが日ごろ商っている錦絵や千代紙に通じるものがあって、心が浮き立ってきた。「花びらの色に、もうちょっと強弱をつけたほうがよくはないかね」だの、「ここは思い切って暗い色をもってくるのも面白そうだよ」と、口を出してしまう。おちせはそれに嫌な顔もせず、「たしかに、めりはりがつきますね」とか、「あら、暗い色を挿《さ》したほうがこなれた感じ」などといって、持参した帳面にこまごまと書き付けていた。

「いやあ、頼まれてもいないのに出しゃばった真似をして、すまなかったね」

ひとわたりやりとりを交わして、笠兵衛がぼんのくぼへ手をやると、

「粂屋さんとお話しすると、思いも寄らなかったところに気づくことができます。引札をこしらえた折にも感じましたけど、やっぱりどこか垢抜けておいでなんだわ」

おちせが褒めちぎって、二人のあいだに和やかな空気が漂った。

こほん、と文字鶴が咳払いをした。その脇から、多田屋が恨めしそうな視線を送ってくる。

「ねえ、笠の旦那。さっき多田屋さんをお引き合わせしたとき、あたしひとつ言い忘れたことがあったんですよ」

「ほう、何かね」

「多田屋さんは近いうちに隠居して、おちせさんと連れ添う心積もりでいなさいます。笠の旦那がいつもの調子でちょっかいを出しても無駄なことと、忠告するのを忘れました」

文字鶴はほとんど切り口上になっている。

昔はこんなあけすけに悋気《りんき》する女子ではなかったのに、笠兵衛は時の移ろいが文字鶴から奪っていったものに想いを馳《は》せて切なく感じた。同時に、肝心なことを他人の口から言わせる多田屋のずうずうしさに呆れる思いがした。だが、笠兵衛の心をもっとも占

めているのは、瞬次郎に対する苛立ちであった。ぼやぼやしているから、なめくじみたいな男におちせを横取りされそうになるのだ。

腹立たしさで鼻の穴が膨らむのをこらえて、笠兵衛は常と変わらぬ軽妙な口ぶりで切り返した。

「おや、おかしいじゃないか。わたしは粂屋をそろそろ伜に任せて、おちせさんと半襟屋をやっていきたいと申し出てあるのに」

本来なら瞬次郎の名を持ち出すところだが、なんだか話がややこしくなりそうなので、この場はとりあえず自分が引き受けることにする。

けたたましく啼いている蟬の声が、ふいに熄《や》んだ。

おちせの表情が固まり、多田屋はぽかんと口を開け、文字鶴の眼がみるみるうちに吊り上がっていった。

三

八月も下旬になると、日ごとに空が高く澄んできた。粘りつくような暑熱が去って、竹河岸には乾いた陽が降りそそいでいる。

おちせは吉日を選んで、銀之進の元服の儀式を執り行った。とはいえ、十三歳という年齢は本元服するにはいくらか幼い。それゆえ前髪は残したまま、額のすみの髪を剃るだけの半元服である。

おちせを手伝って絵筆を持つこともある銀之進は、今はむろん髪を町人風に結っているが、何年か先に前髪が取れるときには、武士風に直すこともできる。いずれにしろ、このあたりで気持ちのけじめをきちんとつけておきたかった。

「これより先は一人前なのですから、お前もよくわきまえて振る舞うようになさい」

おちせの手にした剃刀《かみそり》が額を離れると、銀之進は前を見つめて「はい」と応えた。額の際《きわ》に刃を入れただけとはいえ、袖留めをほどこした単衣《ひとえ》を着て背筋を伸ばした姿は、昨日までよりずっと大人びて見える。一文字に引き結んだ口許のあたりが亡き半之丞の面影と重なって、おちせは目頭を熱くした。

剃刀を手桶の水でゆすいで片付けると、おちせは銀之進の前に膝をそろえて居住まいを正した。

「葺屋町の市村座に、お前の父の仇、池田伝内が出ていることが判りました。黒衣に扮して潜んでいたのです。先だって中原創吾さまに出向いていただき、当人に間違いなしと見極めがつきました」

「……」

「刀を抜いて舞台に駆け上がるわけにもいかぬゆえ、相手が小屋を出入りする折を見計らって事に及ぶ算段ですが、敵もさるもの、なかなか尻尾を摑ませぬ。ことに当月に入ってからは、時どき小屋を休む日もある様子です。十兵衛どのと中原さまが、引き続き小屋を見張ってくださっています」

「……」

「小屋に出入りする頃合いを把握できれば、こちらに報せが入ります。その時がいつ訪れても慌てぬよう、今から心しておくように」

「……」

「どうしました、銀之進。返事がありませんね」

いぶかしむおちせに、神妙な顔で話を聞いていた銀之進が訊ねてきた。

「叔母上、国許の派閥争いと父の死には、どういうつながりがあるのでしょうか」

まっすぐな視線が、おちせに向けられている。

「お前、立ち聞きしていたのですね」

いやしくも武士《さむらい》が、とおちせは咎めたが、銀之進は怯《ひる》まなかった。あの晩は咽喉が渇いて階下へ下り、大人たちの話に聞き耳を立てていたものの、途中までしか聞くことができなかったと言い、言葉を継いだ。

「大川の中洲で助けていただいたとき、中原さまはお前の父が殺害された件について話したいことがあると申されました。だのにわたしが熱を出したこともあって、いまだ何も聞かされておりません。先ほど叔母上も、向後は一人前だと仰ったではありませんか。わたしにも仔細を聞かせてください」

　銀之進の言い分には筋が通っている。

「それで、どこまで聞いていたのですか」

「中原さまのほかにも、上役の方たちに手玉に取られた人物がいるというあたりです」

　おちせは小さく息をつき、しばらく思案した末、すべてを打ち明けることにした。

「伝内どのは誰ぞに嗾《けしか》けられたのではないかと、中原さまは申されるのですよ」

　創吾の言うことはあくまでも憶測で、銀之進に聞かせるべきではないと義兄に忠告されたのだが、それを伝えずに甥を仇討ちに臨ませるのは、おちせには公正でないと思われた。

「では、伝内も派閥争いに巻き込まれたと」

　銀之進が困惑した表情になっている。揺れる視線を正面に受け止めて、おちせはゆっくりとうなずいた。

　当時、浦沢派が次期藩主に推していた弟君は、謹厳実直な兄君とは気性が異なり、世情に通じた風流人との聞こえが高かった。茶の湯を好み、城の郭内にある屋敷にしつらえた茶室では、三日にあげず茶会が開かれていた。当人はさほど政事《まつりごと》に興味があるふうでもなかったが、浦沢家老はうまく口説いて担ぎ上げたようだ。

この弟君が聞香《ききこう》を茶の湯に組み込んだ「香炉の茶会」を催すにあたって、池田伝内は家に伝わる香炉を差し出したらしい。「弟君が次期藩主の座に就けば、香炉を献上したお前も取り立ててやる」と、浦沢派に言いくるめられたようだった。

「ですが叔母上、いまの藩主公は……」

「ええ、前のお殿様のご嫡男ですから……」

浦沢家老は、金井家老との派閥争いに敗れたことになる。

「藩にそうした争いがあったことを、叔父上はご存知ないのですか」

「二手に分かれていたのは藩の上層にいる方たちで、十兵衛どのには詳しいことはわかっていなかったそうなのですよ」

現藩主が襲封《しゅうほう》すると同時に、城下の商人たちから賄賂を受け取っていた廉《かど》で、浦沢勘解由は糾弾された。浦沢派に連なっていた面々は、新たに発足した執政陣からことごとく排されたという。

「すると城の御蔵にあった香炉は、浦沢派が池田家に差し出させたものなのですか」

「たぶんそうではないかと」

派閥争いが決着しても、香炉は池田家に戻ってこなかったとみえる。

「……」

長いあいだ目を伏せて、銀之進は思案に沈んでいた。

香炉の話を聞かされたとき、おちせは複雑な心持ちがした。池田伝内への憎しみが薄らぐわけでは決してないが、それでも、人の世の計り知れなさを考えずにはいられなかったのだ。

おちせとてそんな具合なのだから、年若い銀之進が受け止めきれなくても無理はない。早まって打ち明けるべきではなかったかと、おちせがわずかに悔やみかけたとき、

「わたしには、父との忘れられない思い出があります。あれは父が亡くなる一年ほど前のこと、わたしはまだ五つでした」

銀之進が宙へ目をやった。

国許の組屋敷には似たような年頃の子どもがいる家が幾軒かあり、銀之進たちはいつもそうした家のどこかに集まって遊んでいた。その日も、夕どきまで遊んでいた家を出てくると、門の外で子どもたちが群がっている。組屋敷のある片町《かたまち》は、通りの北側だけに組屋敷が並んでいることから名の付いた町で、群がっているのは南側に軒を連ねる町人の子どもたちであった。

荒物屋の脇に入り込み、三人ばかりが一人の子どもを取り囲んでさかんに囃し立てている。銀之進たちが通りがかりに何気なく目をやると、それに気づいた三人はそそくさと散ってしまい、あとに一人が残された。

残された子の顔に、銀之進は見覚えがあった。屋敷に下肥《しもごえ》を汲みにくる百姓の子だ。齢は銀之進より二つ三つ上だろうか、肥桶を担いだ父親に従いてきて汲み取りを手伝い、大根や芋などを台所に置いて帰っていく。

「なにか臭ってこないか」

銀之進たち五人の中でもっとも年長の子が、鼻をうごめかせた。

臭う、臭うと、あとの子たちがにやにやしながらうなずいた。百姓の子は継ぎの当たった着物の前で手を組み、下を向いている。腿《もも》のあたりが、泥はねとは違う茶色いしみで染まっていた。

「ははあ、臭うのはお前だな。肥溜めの熟《な》れ具合をみるのに、指を入れて舐めるんだろ。そのあと着物で拭いてるんじゃないだろうな」

年長の子が、百姓の子の肩を小突いた。

「うわっ、こっちに来るなよ」

銀之進の隣にいる子が大げさに飛びのくと、どっと嗤《わら》いがおきた。

下肥が畑の肥やしとなり、そのおかげで滋味ゆたかな作物が実るのだと銀之進も知っているけれど、肥溜めに指を入れて舐めると聞くと、芋虫が背中を這《は》っているような気持ち悪さを覚えた。親子が汲み取りにくるたびに裏庭へただよう臭気が、一瞬、鼻先をかすめていく。

「臭え臭え」

銀之進の隣にいる子が、百姓の子の背を押した。

「よせよ、汚いだろ」

我知らず強い調子で言い返して、銀之進は後じさる。

「銀之進、お前そこで何をしている」

ふいに険《けわ》しい声がして振り向くと、下城してきた父が立っていた。

その日の夕餉がすむと、銀之進は一人で父の部屋へくるよう命じられた。部屋へ行くと、書物を読んでいた父は書見台を脇へのけ、銀之進を向かいに坐らせた。

「百姓たちが城下の家々をまわって下肥を買い取るのは、なにゆえのことだと思う」

物静かな口調で、半之丞が問いかけた。

「下肥は田畑の肥やしになるからです。百姓は城下のわたしたちに、よい作物をこしらえたいと思っているのです」

膝に手を揃え、背筋を伸ばして、銀之進は応えた。

「ふむ。百姓たちは作物をこしらえて、それを口にする人々の食膳に仕えている、とお前は言いたいのだな。では、その作物を食する者――たとえばこの父は、どなたに仕えているかわかるか」

「お城におられる上様です」

わかりきったことをいちいち訊ねられるのが、銀之進にはまだるっこしかった。

「それでは、お城の上様はどなたに仕えているのかな」

「……」

途端に、銀之進は返答に詰まった。上様は藩の頂《いただき》にあって領内を治めている方だ。その上様がお仕えするといったら、徳川様だろうか。

銀之進が首をひねっていると、半之丞が口を開いた。

「領国の民ひとりひとりに、上様は仕えておられるのだ」

「民に……ですか」

それでは上様が民よりも低いところに位置することになるではないかと銀之進は不服だったが、半之丞はきっぱりと言い切った。

「上様は国を戦《いくさ》なく治めることで、民に仕えておられる。すなわち、上様に抱えられたわれら家中も、民に仕えているということだ。ほかに異論もあろうが、少なくともお前の父はそういう心構えで勤めに励んでおる」

「……」

「よいか、銀之進。民を蔑《さげす》むは上様を蔑むと同じと心得よ」

雷に打たれたようになって、銀之進は頭《こうべ》を垂れた。泰平の世の武士がいかにあるべきかを、父に示された気がした。

叔母上、と銀之進は言って、宙に預けていた視線をおちせへ戻した。

「すべて打ち明けてくださって、礼を申します。しかしどんな事情があろうと、わたしは池田伝内を許す気持ちには到底なれません。父を斬った相手が憎いのはむろんですが、ひとかどの武士の魂が絶たれたということが、何よりも悔しいのです」

強い光が、銀之進の眼に宿っている。

「父の仇、池田伝内を討ちます。その日がいつ訪れてもよい覚悟をしております」

いま一度、銀之進が口にした。

甥が決めたことに否やはないと思う一方、これでよいのだろうかという戸惑いが、おちせの胸をかすめる。それを見透かしたように、銀之進が懐から一枚の紙を取り出した。

「叔母上は女子ゆえ、いろいろと心支度もなさりたいでしょう。この際に後顧の憂いを断って、どうか肚を固めてください」

四

「しかし、若え連中も助六をぶつけてくるとは思わなかったねえ」

笠兵衛の隣に坐った岩蔵がびらを手にして、さっきから幾度となく繰り返しているぼやきを、またしても口にした。天ぷら屋「天花」の二階座敷である。

「どうかね、よく出来たびらだろう」

笠兵衛は鼻をひくつかせた。びらには「日蔭町通り風待ち小路　新旧そろい踏み助六」の文句が躍り、吉原仲之町を道中する花魁の絵が描かれている。

文字鶴の稽古場で、おちせが多田屋に妾話を持ちかけられていると知った笠兵衛は、粂屋へ帰るとさっそく瞬次郎に探りを入れてみた。瞬次郎はのらくらと避《か》わすばかりだったが、風待ち小路の跡取り連中も芝神明の祭にあわせて助六を演《だ》そうとしていることが、話のはずみで明らかになったのだ。

跡取連と親父連、どちらか一方が舞台にあがればよかろうと話し合いを持ったものの、地口行燈の不振ぶりや日ごろの不平が恨みとなって、どちらも容易に譲ろうとしない。ひとしきり揉めたのち、親父連が朝のうちに舞台を踏み、昼からは跡取連に任せるということで落ち着いた。だが、両者ともそれだけでは飽き足らず、どちらの助六が抜きん出ているかを見物人に判じてもらうことにした。

そういうわけで、笠兵衛がびらをこしらえたのだった。おのおの店先に置いて買い物客に宣伝したり、取引先や縁者に配ってまわった。笠兵衛がびらを持って竹河岸へ出向いたとき、おちせは用足しに出て留守にしていたが、店番の伜は「河東節の御師匠さんに誂えていただいた半襟には、手前も色挿しをしておりますし、きっとお伺いいたします」と受け取っている。瞳の澄んだ、利発そうな子どもだった。

その後、おちせから正式に多田屋の話を断る返事があったと、笠兵衛は文字鶴に聞かされた。「多少の苦労はしても、母子で力を合わせて乗り越えたい」というおちせの心意気に触れて、文字鶴も得心したという。もっとも、「粂屋の笠兵衛さんと一緒になる気持ちもございません」とおちせは断言したそうで、文字鶴はいかにも痛快そうに目許を笑わせていた。

「親父連だけの芝居だったら、岩蔵って名がもっとでかく書いてあるのによう」

「お父っつぁん、明日はもう本番なんだから、愚痴はそのくらいにしておきなさいよ。お酒がまずくなっちまう」

岩蔵の手からびらを取り上げて、洗濯屋のお栄が眉をしかめている。

芝神明の祭礼は、九月十六日を中心に前後十日ばかりにわたって行われる。だらだら祭と称される祭礼も今日で五日目、風待ち小路の芝居を明日に控え、親父連は日ごろ稽古場にしている天花の二階座敷で、景気づけの一席を設けているのだった。稽古を締めくくった十人ばかりが、小鉢や天ぷらが載った膳を前にして気勢をあげている。

「ふん、わしは愚痴なんてこぼしてねえぞ」

「いやだねえ、ほんとに強情なんだから」

岩蔵たち父娘は相変わらず言い合っているが、前みたいな険悪さは漂っていない。亭主が家を出ていって、いっときは危なっかしくみえたお栄も、このごろは倅の佑太と生きていく肚を決めたようで、ふらふらしたところがなくなった。

口先では毒を吐いても、岩蔵が満更でもない顔でお栄の酌を受けている。笠兵衛は苦笑しながら、畳に置かれているびらを拾い上げた。

花魁道中の絵を紙面の真ん中に配し、左右に親父連と跡取連の配役を振り分けて記してある。おもな役どころは次のとおりだ。

〜親父連　朝四ツ開演〜　〜跡取連　昼八ツ開演〜

花川戸助六　実は曾我五郎時致《ときむね》……笠兵衛（絵草紙・粂屋）……亀之助（生薬・円満堂）

三浦屋揚巻　……忠右衛門（生薬・円満堂）…瞬次郎（絵草紙・粂屋）

髭の意休　実は伊賀平内左衛門……長三郎（菓子・錦栄堂）…金吾（菓子・錦栄堂）

白酒売新兵衛　実は曾我十郎祐成《すけなり》…岩蔵（古着）……………徳七（古着）

曾我満江　…多五郎（乾物）………………佑太（洗濯・楓屋）

縄暖簾「つくし」の隣にある空き地には、すでに舞台も組まれている。中村座や市村座の舞台に比べたらこぢんまりしているが、間口が四間もあれば堂々としたものだ。これには裏店に住んでいる大工たちが一役買ってくれて、材木で仕切られた升席までこしらえてくれた。長屋の連中には芝神明の境内に出ている宮地芝居にかぶれた手合いも多く、かんぺら門兵衛《もんべえ》や朝顔仙平などの役どころは、左官職人や棒手振《ぼてふ》りが務めてくれることになっている。

「明日、晴れるといいですね」

空いた皿小鉢を下げてまわっているおたよが、笠兵衛の前にきて声を掛けた。お腹が大きいので、一つ一つの動作が難儀そうだ。

「おたよさん、お前さんは坐って膳のものを食べていればいいんだよ」

「それが、坐ったままだとかえって腰が痛くなったりして……。動いているほうが、気も紛れますし」

「そういうものかい。まあ、今宵は若い連中もつくしに集まっているというし、家に一人でいるのも退屈だろうね。とはいえ、無理はしないことだ」

「はい、ありがとうございます」

おたよが丸い頬をふんわりとほころばせ、腰を浮かそうとすると、向かいに坐っている長三郎と多五郎が、両腕を突っ張らせて抑えるような仕草をした。

「おいおい、おたよさん、ちっと休んだほうがいい。あんまり無理をすると、お腹の赤ん坊が目を回しちまう」

「長さんの言うとおりじゃ。お前さんひとりの身体じゃなし、大事にしなさい。ここにいるのは気心の知れた者ばかりじゃないか。放っておいても、みんな勝手にやりますよ」

口々に気遣う二人に、おたよはちょっと困ったふうな笑顔になって、「それじゃ、お言葉に甘えさせていただきます」と頭を下げた。

「それにしても、だいぶ大きくなったなあ。産み月はいつごろだい」

すでに額のてっぺんまで赤く染まっている長三郎が訊いた。

「産婆さんの見立てだと、あとひと月ほどで産まれてくるそうです」

「あの亀之助が父親になるとは、わしも年をとるはずじゃの。このごろは品川でも、ぁいつの顔をちっとも見んようになった。案外、いいお父っつぁんになるかもしれんな」

多五郎が感慨深そうにうなずいている。

「そうだと助かりますけど。さて、どうなりますことやら」

おたよがおどけるように首をすくめた。声には余裕すらうかがえる。

長三郎が手酌で酒を注ぎ、くいっとあおった。

「うちの倅にも、あんたみたいな嫁がきてくれるといいんだがなあ。金吾ときたら、今日の昼間も餡を焦がしやがってよ。頭にきたから、つくしには行かせてやらなかったんだ。今ごろ、うちで小豆を煮直してるよ」

「まあ」

「あんなおっちょこちょいのところへ嫁に来てくれる娘がいるだろうかって、嬶《かかあ》もたいそう案じてるんだ」

「近いうちに、気立てがよくてしっかり者のお嫁さんが、きっと見つかりますとも。金吾さんほど付き合っていて気持ちのいい男はいないって、うちの亭主《ひと》がいつも話しているんですよ」

真実親身なおたよの口ぶりに、長三郎は目を潤ませている。

向こうで忠右衛門が呼んだので、おたよはいま一度頭を下げ、舅の許へ移っていった。心の張りがみなぎっているような後ろ姿に、笠兵衛は目を細めた。円満堂に嫁いできてしばらくのあいだは、こういう席に顔を出してもどこか遠慮がちでおどおどしていたのに、今のおたよはこの上なくまぶしく見える。女という生き物はか弱そうでいて、じっさいは男など及びもつかぬ逞《たくま》しさで前へ前へと進んでいくのかもしれない。

おたよと入れ替わりに、忠右衛門がこちらへ移ってきた。先ほどまで忠右衛門がいた席にはおたよが坐って、膳の物に箸をつけている。

「いよいよ明日だな」

笠兵衛の膳の先に、忠右衛門が腰を下ろした。

「忠さん、明日はお互いに親子で主役を張ることになる。伜どもには断じて負けない心意気でいこう」

「合点だとも。ただな、笠さん。気持ちは若い者に負けぬつもりだが、勢いやら終いまで踏ん張る力となると、わしは少しばかり心許ないんだ」

「いけないよ、弱気は禁物だ」

「そこでだ。うちの蔵から、こんなものを持ってきた」

忠右衛門は懐から小さな紙包みを取り出し、笠兵衛の目の前で広げてみせた。円満堂の蔵にあるというのだから、およそ生薬のたぐいだろうが、朽ちた木の皮みたいな欠片《かけら》が五つ六つ、紙に載っている。

「ひと舐めすれば身体の隅々まで力が満ちあふれ、ふた舐めすれば十歳は若返るという代物だ。うちの仙喜丸にも調合してある。ちょっと値の張るものだから、全員で分けるわけにはいかんのだが、笠さんと二人で欠片の三分の一も舐めれば充分だ。どうかね、試してみんか」

「ふうん、ちょいと眉唾《まゆつば》だね。で、それは何ていうものなんだい」

「……………」

忠右衛門の応える声が小さいうえに、長三郎と多五郎がげらげらと笑いこけているので聞き取れない。膳の上に身を乗り出して、笠兵衛は忠右衛門の口許に耳を近づけた。

「へっ、木乃伊《ミイラ》のへそのごまぁ？」

笠兵衛が思わず声を上げると、酔っ払いの二人が笑うのをぴたりとやめて顔を向けた。

「木乃伊ってのは不老不死の薬だと聞いたことがあるぞ」

「ほほう、そいつはいっぺん拝んでみたいもんじゃ。なに、そこにあるのかね」

二人とも、目玉を酒で洗ったようにきらきらさせている。

「いや、これはその、べらぼうに高値《こうじき》で貴重なもので……」

忠右衛門がしどろもどろになりながら紙を畳みかけるが、酔っ払いはしつこく絡みついてくる。木乃伊のへそのごまがどのような効能を持っているのか忠右衛門に問いただすと、

「考えてごらん、祭てえのは神さまをお祀《まつ》りして祈願したり感謝したりするもんじゃ。明日の芝居は、いってみれば神明様に捧げたてまつるお供え物。木乃伊を出し惜しみするのは、賽銭《さいせん》をけちるのと同じことじゃ」

「風待ち小路に客を呼び込もうってんで芝居をするのに、賽銭を渋ったら神明様が客をよこしてくれなくなっちまうぞ」

てんでに屁理屈《へりくつ》をまくしたて、

「おーい、みなの衆。忠右衛門さんが精のつく薬を持ってきてくれた」

「その薬をありがたく頂戴して、若えやつらが腰を抜かすような芝居を見せてやろうじゃねえか」

高々とのたまったものだから、「さすが、忠さん」「いよっ、円満堂」などと岩蔵たちから声が掛かって、忠右衛門も引っ込みがつかなくなってしまった。

「よし、こうなったら仕方がない。いいかね、木乃伊一体につき、へそのごまはいくらも取れるものじゃないんだ。それだけ効き目もきついから、欠片二つほどを砕いてみんなで分けるとしよう」

そう持ち掛けたが、酔っ払いの耳には届かない。長三郎が忠右衛門の手から薬包を取り上げると、階下から持ってこさせたちろりの酒に、揉みしだいて粉々にした木乃伊のへそのごまを一粒残らずぶちまけた。

「ああ……」

忠右衛門が頭を抱えるあいだにも酒はみんなの猪口へ行き渡り、気の早い者はもう口をつけている。

頓狂《とんきょう》な声をあげたことをいささか申し訳なく思いながら、笠兵衛は酒の注がれた猪口を手に取った。紙に包まれていたときには干からびて茶色だったのが、酒に混ざると星屑のような光を放ちはじめている。ひと口飲んでみた。

「なんかこう、ぴりぴりしねえか」

左手から、岩蔵が声を掛けてきた。

「そうだな、山椒《さんしょう》とも生姜とも違うが、舌に刺戟がある。心なしか身体の芯も熱くなってくるような」

猪口をわずかに掲げて笠兵衛は応じたが、岩蔵は少しばかり舌を突き出してみせて猪口を膳に戻した。どうやら風味が苦手らしい。

長三郎や多五郎は気に入ったとみえ、二杯、三杯と重ねている。忠右衛門は首をのけぞらせ、半ば自棄《やけ》ぎみにあおっていた。

舌にはじける辛味も嫌いではないし、木乃伊を信じぬわけでもないのだが、笠兵衛も一杯でやめておいた。こうしたものに頼らずとも、まだまだやっていけるという自負がある。

四半刻ばかりして宴はお開きとなった。明日は天花の二階座敷が親父連の支度部屋になるので、衣裳やかつらはすでに持ち込んである。明朝六ツ半にまたここへ集まることを申し合わせたのち、笠兵衛は粂屋へ帰った。

酔い覚ましに茶を飲んでいると、しばらくして瞬次郎が帰ってきた。つくしのほうも盛り上がったようで、日ごろは顔に酔いの出ない瞬次郎が、目許まで赤く染まっている。

「お前、だいぶ過ごしたみたいだが、ちゃんと舞台に立てるんだろうな」

「なに、心配ご無用。わたしたちは昼すぎからですし、このくらい何てことありません。お父っつぁんこそ、もうずいぶん遅いですよ。早く床に入らないと、身体が持たないんじゃありませんか」

かなり上機嫌になっている。明日はおちせも見にくるはずで、それゆえ舞台は大丈夫かと念を押したのだが、夜も遅くにしつこく話す気はなかった。若い二人の檜《ひのき》舞台に大向こうがあれこれ口出しするのは、それこそ野暮というものだ。

「どれ、お前の言うとおり、年寄りはそろそろ横になるとするか」

「明日はお父っつぁんたちに負けませんよ。なにしろこっちは、亀之助がとっておきの秘薬を……」

言いさして、瞬次郎は喋りすぎたと気づいたらしく口をつぐんだが、いつになくぎらついているその目を見て、笠兵衛にはおおよそ察しがついた。

あくる日は夜明けからとびきりの晴天となった。気持ちよく目覚めた笠兵衛は、井戸端で顔を洗い、抜けるような青空に向かって伸びをした。

しかし、厠《かわや》へ用を足しにいくと、そこではとんでもないことになっていた。

五

風待ち小路へ向かう道すがら、おちせは銀之進に助六の筋立てをかいつまんで話して聞かせた。銀之進は鳴神《なるかみ》や忠臣蔵なら観たことがあるのだが、助六は初めてなのだ。

舞台は満開の桜が咲き誇る吉原仲之町。助六は夜ごと吉原に繰り込み、手当りしだいに喧嘩を吹っかけている。何故かといえば、源氏の宝刀友切丸《ともきりまる》を捜していて、相手に刀を抜かせたいのだ。

助六の馴染みは当世きっての全盛女郎で揚巻という。この揚巻に武士で大金持ちの意休が横恋慕しているのだが、助六にぞっこんの揚巻は、なびこうとはしない。

ある夜、助六がいつものように喧嘩をしていると、声を掛けてくる者がある。見れば、白酒売に扮した兄の十郎。十郎は喧嘩三昧の弟に意見するつもりだったのだが、その真意を知って、自分も一緒に喧嘩をしたいと弟に指南を頼む。通りがかりの遊客にいちゃもんをつけて股をくぐらせたりしていたが、次に兄弟が喧嘩を吹っかけた相手は、なんと母親の満江だった。満江は助六に意見して刀に封をし、喧嘩ができぬよう紙衣《かみこ》を着せて帰る。

母と兄が去ったのち、意休が出てきて助六を罵《ののし》るが、助六は辛抱するよりない。図に乗った意休が香炉台の脚を曾我兄弟に見立てて切る。このとき抜いた刀が友切丸だと見極めた助六は、意休を討ち果たして刀を取り戻したのであった。

「とまあ、ざっとこんなところかしら」

おちせが話し終わったのはちょうど新橋を南へ渡ったところで、辻を折れて新道に入れば、そこからは日蔭町通りである。通りの右手には武家屋敷の高塀が続き、葉を繁らせた木の枝がところどころ身を乗り出しているが、左手に連なる小商いの店々は軒先に祭礼提灯を吊り下げ、幟を立てて、おごそかで清々しい空気に包まれていた。

「どこも人だらけですね」

前に立つ銀之進が、苦笑しながら振り返る。

「神明様のお祭ですもの」

幅二間ばかりの狭い通りは混み合っているものの、神明様へ向かう人の流れとお詣りをしてきた人の流れがうまい具合に出来上がっていて、揉みくちゃになるほどではない。

出掛けまでおちせがぐずぐずしていたせいで、親父連の芝居が始まる四ツを四半刻ばかり回っていた。池田伝内を討つにあたって気を引き緊《し》めねばならぬこの時期に、祭のような浮かれた場に出かけるのは不心得だという気持ちがあって、それでも、文字鶴一門の晴れ舞台に顔を出さぬのも礼儀に欠けると考え直し、出向くことにしたのだった。

親父連の芝居がはねたら、まっすぐ小波庵に帰るつもりである。心支度をしてくれと銀之進には迫られたが、肚はとうに定まっている。瞬次郎の顔を見れば辛くなるきりだ。

人の波に運ばれて、おちせたちは芝居の催される空き地へ辿り着いた。空き地の奥には、吉原遊廓「三浦屋」の門口そのままに舞台がこしらえてある。しかし、総籬《そうまがき》の前には長床几《しょうぎ》が並べられているきりで役者の姿は見当たらず、文字鶴の弟子たちが掻き鳴らしているはずの清掻《すががき》の音も聞こえない。いっぱいになれば百人からの見物客が入れそうな升席も、見事にがらんとしている。仕切り枠のところどころに挿してある桜の造り物が、秋空のもとで侘しく花を咲かせていた。

大門をかたどった出入り口に立って、門をくぐろうとする人々に頭を下げたり、舞台のほうを指差しながら受け応えをしたりしている男たちがいる。そのうちの一人に近づいて、

「あの、助六は演《や》っていないのでしょうか」

おちせが訊ねると、お店者《たなもの》ふうの男は小さく腰をかがめた。

「舞台に立つことになっておりました役者が、ちょいと腹を下しまして……」

「まあ、お腹を？　どなたの具合がお悪いのですか」

「それが、一人ではございませんで。親父連も跡取連も、何人かずつ寝込んでおります。昨晩《ゆうべ》はだいぶ遅くまで盛り上がったようなのですが、おおよそ酒の飲みすぎでございましょう、今朝になって厠の前に列をつくりまして。どういうわけか、手前どもの腹薬も効かないのでございます」

「……」

男は生薬屋円満堂の手代だといい、

「びらまでこしらえて宣伝したものですから、見物のお客様がわんさか押しかけておいでになります。お上に届けを出しておりますので日延べもできませんし、途方に暮れておりまして」

跡取連が囃子方を頼んだ品川の芸者衆には町内から使いが断りを入れに行ったが、文

字鶴たちは支度をして待っているのだ、と顔をしかめた。

「叔母上、見舞いに行ったほうがよくはありませんか」

「……」

大門口の脇へ逸れて、おちせは思案した。腹痛で苦しんでいる人のところに顔を出しても迷惑なだけかもしれず、といって、このまま知らぬ顔で帰るのも薄情である。未練は断ったつもりでも、具合を悪くしていると聞けば、笠兵衛はともかくとして瞬次郎の身体がしきりと気に掛かった。

「おーい、おちせさん、おちせさん」

声のするほうへ顔を向けると、舞台の袖から人が出てこちらに手を振っている。

「条屋さん……」

白塗りに隈取《くまど》りをほどこして、笠兵衛は緋縮緬《ひぢりめん》の長襦袢に身を包んでいた。その上に黒羽《くろは》二重《ぶたえ》の小袖を着て帯を締め、紫縮緬の鉢巻を結べば助六が出来上がるのだが、その男伊達《おとこだて》が下着姿で手を振るなどという場面は、舞台ではまず目にすることがない。

なんだか見てはいけないものを見た気がして、おちせは顔を伏せる。しかし下駄音はあっというまに近づいてきた。

「入り口で因《わけ》は聞いてくれたかね」

「みなさん、お腹をこわしてらっしゃるとか」

「そうなんだよ。文字鶴たちにはその先の天ぷら屋に上がってもらってるんだが、連中もぶうぶう言っていてね。何か披露しないことには稽古した甲斐がないというものだから、助六の出端《では》の振りだけでもと思って、こうして支度をしてるんだ」

「………」

「銀吉さんといったか、お前さんもおっ母さんと出向いてくれたのにすまないね。この通り、おじさんが詫びを申しますよ」

おちせの後ろにいる銀之進にも、笠兵衛が頭を下げる。病人が出ているわりに平然とした様子で、おちせはわずかに拍子抜けがした。

「あの、瞬次郎さんのお加減は」

「厠に出たり入ったりで、げっそりしてますよ。まあ、命に関わるほどではないと思うが……」

にわかに翳りを帯びた笠兵衛の声音に、おちせの胸はさざなみ立つ。

「でも、笠兵衛さんは変わりがないようにお見受けしますけど……」

「わたしは木乃伊のへそのごまなんてものをたいして飲まなかったからね。精がつくだの若返りだのと欲をかくから、ひどい目をみるんだよ」

まるで要領を得ないが、おちせは深く訊ねなかった。緋色の長襦袢がちらついて、笠兵衛をまともに見ることができないのだ。

通りを行き来する参詣客たちの、物珍しいものでも見るような視線を痛いほど感じた。なかには立ち止まって指を差している手合いもいて、ますます顔を上げられなくなる。

そうしたおちせを見て、笠兵衛が思いついたふうに言った。

「おちせさん、先に文字鶴のところで話したこと――そう、あんたを妾にしたいという話は忘れてもらえんか。あの紙問屋がいけ好かなくて、張り合いたくなっただけなんだ。だから、わたしに気遣いは無用だよ」

それまで日蔭町通りをゆっくりと流れていた人波がにわかに淀《よど》み、人々のあいだに低いどよめきが広がった。それは汐《しお》が満ちるように高まっていき、人の群れを分けて一人の人間が歩みを進めると、すっと引いた。

「少々お訊ねいたします。神明様へお詣りにきた途中で芝居があると耳にしたのですが、舞台はこちらでございましょうか」

話しかけてきた相手は黒い絹物の振袖を着て、紫縮緬の布きれを額の上に載せている。

「大和屋だ」「本物だよ、驚いたね」と囁く声が、おちせの耳に届いてきた。

「これは五代目の、よくぞお越しくださいました。あいにくですが、役者のほとんどが腹をこわしておりまして、芝居は見合わせになりそうでして」

相手が誰であるか笠兵衛も気づいたようだったが、声音は普段どおり動じるところがない。

夢を見ているのだろうか、とおちせは思った。目の前に岩井半四郎が立っているのだ。五十七というが、化粧っ気のない顔は目ばかりがぎょろりとして、目尻や口許には齢相応の皺が浮いている。身体も、舞台に立っているときよりひと回り小さく見えた。どこぞ商家の隠居といわれてもうなずけそうな、至ってふつうの佇《たたず》まいである。

「あたしにも覚えがあるけれど、腹をこわしているときに舞台に上がるなんてのは、たいそう難儀なものだからねぇ。して、臥せっているのは、どなたとどなた？」

半四郎に訊ねられて、笠兵衛が長襦袢の懐から折りたたんだびらを取り出した。

「親父連では此奴《こいつ》と此奴、あと此奴が寝込んでおります。跡取連のほうは……」

一人ひとりの名を示す笠兵衛の指先を、半四郎の目がなぞっている。

おちせは銀之進をうながして、少しずつ後ろへ下がっていった。

「ふむ、無事でいるのは親父連の助六と白酒売、跡取連の意休と満江……。だったらお前さん、幕が開けられますよ。親父連と跡取連で、一緒に芝居すればよいのです」

「そうはいっても大和屋さん、揚巻をやる役者がいないんじゃお話になりませんよ」

「いますよ、ここに。お前さんの目の前にいるじゃないか」

半四郎の提案に、笠兵衛がはっとなる。

「あたしはね、大舞台で芝居するのも気に入っているけれど、お天道様のもとで台詞を喋るのも大好きなんですよ。気持ちが大らかになるし、見物のお客様たちが楽しんでいるのが、つぶさに見てとれますからね。いいねえ、わくわくする」

「大和屋さん……」

「今日は黒衣を連れているから、衣裳替えも小道具の受け渡しも、あたしに関しては何の心配もいりません。ねえ伝助《でんすけ》、お前もそれでいいだろう？」

そういって半四郎が付き人を振り返ったとき、おちせと銀之進はちょうど笠兵衛の背中に入るような格好になっていた。

「太夫《たゆう》が仰るのならば、手前も精一杯お勤め申し上げましょう」

伝助と呼ばれた付き人が、物静かな口調で応えた。こちらは女形ではなく着ている物も縞柄の小袖で、半四郎の手回りの品でも入っているのだろうか、巾着《きんちゃく》を提げている。せまい額に鷲鼻、目は心持ち吊り上がり気味で、少しばかりきつい感じを与える人相だった。目許や頬骨の下に刻まれた皺は深く、痩せた身体つきも貧相で、半四郎よりだいぶ老けて見える。

かたわらに立つ銀之進の手を、おちせはぎゅっと摑んだ。笠兵衛の肩越しに見えている伝助こそ、あの池田伝内なのである。銀之進が、おちせの手を握り返してきた。

「よし、そうと決まればのんびりしておれん。おい、ちょっと来てくれ」

笠兵衛が大門口のほうへ手を上げると、先刻おちせと言葉を交わした円満堂の手代が駆け寄ってきた。

「粂屋さん、何かご用でしょうか」

「親父連と跡取連、残っている者で芝居をしますよ。揚巻はこちらの大和屋さんが引き受けてくださった」

「ひえっ、それはまことですか。では、さっそく手配りいたしませんと。まずは役者に知らせてまわりましょう。ですが、親父連と跡取連はこれまで相手方に負けじと稽古してきております。やむを得ぬとはいえ手なぞ組むものかと、しぶる方がおられませんでしょうか」

「そんなことは言わせないよ。芝居は新旧対決の趣向になっているが、そもそもは日の出横丁へ流れていく客足をこっちへ引き戻そうと考えついた策なんだ。びらまでこしらえたのに芝居を出さないなんてのは、風待ち小路の名折れになる」

「………」

「役者に知らせてまわったら、升席にもお客様をどんどん入れておくれ」

「承知しました」

手代が駆け出していった。

笠兵衛の後ろでやりとりを聞きながら、おちせは千載一遇の好機をどうにかものにしたいと思案をめぐらせていた。銀之進は町人の風体をして、むろん無腰である。おちせの懐にはいざというときの懐剣が忍ばせてあるが、それを銀之助に持たせるとして、はたして討ち果たすことができるだろうか。

円満堂の手代が、すぐに引き返してきた。

「粂屋さん、分吉の替わりのことですが……」

「分吉？」

「楓屋の佑太に黒衣で付く手筈《てはず》だったのですが、人前に出るのが恐くなったとかでゆうべから癪《しゃく》を起こしているそうでして。薬は厭だとべそをかいて、苦くないからと何べん言い聞かせても飲もうとしないのです」

「なんだい、あの子は見た目のわりに肝っ玉が小さいんだね」

肩をすくめる笠兵衛に、手代も苦々しく笑っている。

「いかがいたしましょう。佑太が子どもですから、似たような年格好の黒衣でそろえたほうがよろしいかと」

「そうだねえ……」

笠兵衛と手代の声が途切れたとき、おちせは摑んでいる銀之進の手を突き出した。

「あの、うちの子を……、銀吉をどうぞお使いくださいまし」

六

「このたびは風待ち小路、新旧そろい踏み助六芝居にお運びいただき、ありがとう存じます。親父連と跡取連が二手に分かれて舞台に上がる寸法でございましたが、あいにく役者衆の体調がすぐれず幕開きを見合わせておりました。そうした折も折、かの岩井半四郎丈のご厚意にあずかり、ようやく遣り繰りがつきまして、ここに新旧が手を携えて芝居を披露する運びと相成りました。皆々様にはごゆるりとご覧いただき、お帰りの際は風待ち小路にてぜひお買い物を楽しんでいただけますよう、ひとえに請い願いあげ奉りまする。では、文字鶴太夫御連中様、どうぞお始め下されましょう」

口上に続いて三味線の調べが始まると、それまで騒がしかった見物席はしんとなり、人々の視線がいっせいに舞台へと注がれた。名題《なだい》役者の岩井半四郎を拝めるとあって、升席は残らず埋まり、それを立見客が二重、三重に取り囲んで、空き地は人という人で膨れ上がっている。

素人芝居ゆえ舞台に花道はなく、筋立ても見どころをつなぎ合わせたつくりになっていて、のっけから揚巻の出で幕開きとなる。半四郎扮する揚巻が下手から登場し、千鳥足ながら「三浦屋の揚巻は酔わぬじゃて」と貫禄や色気を備えたところをみせると、見物人たちはうっとりとなった。衣裳やかつら、小道具などは、古着や紙、糸といったものを用いてこしらえてあるのだが、細かいことを気にする客は一人もいない。

まん前の席に坐って、おちせは舞台を食い入るように見つめていた。首筋にじんわりと汗が滲んでくるのは、空の高いところから降ってくる陽射しのせいだけではないようだ。義兄にも知らせず、助太刀を請け合ってくれた中原創吾を呼びに行きもせず、懐剣一振りを持たせたきりで銀之進を送り出してしまってよかったのか、いまだに思い迷っている。

おちせが見つめる舞台の裏手に、銀之進は控えている。裏方の人手が足りず、黒衣のほかにもいろいろと手伝うことになったようだ。芝居の段取りをわきまえている池田伝内が裏方の指揮を執り、銀之進はその指図に従うのだという。

「よいですか、大刀で斬りかかるという具合にはいきませぬ。相手にじゅうぶん近づいたうえで、名を名乗ったら一思いに突くのです」と説いて懐剣を手渡したのだが、はたしてうまくいくだろうか。

芝居のきっかけともいえる部分は、揚巻が出ずっぱりである。だが、おちせには黒衣姿の伝内ばかりが気になって、半四郎の美貌も筋運びも頭に入ってこなかった。蛇の目を手にした笠兵衛が助六の出端を見事に決め、町内の知り合いだろうか、揚巻への掛け声とはまた違う黄色い声が飛び交うのも、耳を素通りしていく。

下手側の舞台袖では、御簾内《みすうち》に詰める文字鶴の弟子たちがのべつ出入りしている。出番を終えて外へ出てきた娘たちのところへ、家族や知り合いが押しかけて笑顔で労《ねぎら》っているが、おちせにはそれも遠い異国の光景のように思われた。

芝居はどんどん進んでいく。揚巻がいったん引っ込んだあとも、伝内は舞台に置かれた床几の後ろに控え、かんぺら門兵衛や朝顔仙平といった役者たちを助けている。満江が登場する場面では黒衣姿の銀之進も出てきたが、伝内に近づいたと思えば遠ざかり、手が届くかと見ると間に役者が立ったりして、ここぞという瞬間がなかなか訪れない。

汗をかいた手で着物の膝を摑みながら、おちせは舞台を見守っていた。すると、舞台のすぐ脇で立ち見している人の群れを押し割って、おちせのいる升席まで通路を屈《かが》み腰になって近づいてきた者がある。

「いやあ、散々な目に遭いました」

首のうしろを手で掻いて、瞬次郎がおちせの隣に視線をやった。

見知らぬ者同士で升席は埋まっているが、芝居中の通路で瞬次郎を中腰のままにさせておくのも気の毒だ。おちせが相席の人たちに頭を下げて少し詰めてもらうと、人ひとり分あいた隙間に瞬次郎が腰を下ろした。

「お腹は大丈夫なのですか」

銀之進と伝内の動きを目で追いながら、おちせは訊ねる。

「だいぶ快《よ》くなりました。こんな時でないとおちせさんに逢えそうにないし、無茶は承知で割り込ませてもらったんです」

「…………」

元気そうな顔を見てほっとしたのも束の間、おちせの心はふたたび舞台へ飛んでいく。

「ひとつだけ、応えてください。わたしは何か、おちせさんの気に障ることをしたのでしょうか」

「…………」

銀之進に気をとられて、おちせは瞬次郎が何を喋っているのかよくわからない。

「ご存知の通り、わたしは人間が四角くできていて、父のように気の利いたことも言えません。おちせさんがなにゆえ比丘尼橋に来てくれなかったのかも、きちんと理由《わけ》を聞かないと得心がいかないのです」

前のほうでは、客の中から選ばれた人たちが舞台に上がって、助六と白酒売の股のあいだをくぐらされている。それを見て手を叩く者あり、指を差して笑う者あり、見物席はどっと沸いて、瞬次郎の声を掻き消した。

芝居がいよいよ大詰めにさしかかった。床几に腰掛けて酒の酔いを醒ましている揚巻の横に、意休が腰を下ろす。そのかたわらへ、黒衣の銀之進が香炉台を据えた。

三つ脚の台に載せられた香炉に、おちせの目は釘付けになった。紙や布でこしらえたものとはおよそ似つかぬ艶を、香炉が放っているのだ。

銀之進が、伝内に手招きされて揚巻のうしろへまわり込んだ。揚巻が羽織っている打掛の裾を二人で支えながら、伝内が銀之進に何やら話しかけ、銀之進が応じている。

おちせは身を乗り出した。伝内を討つ機会は、今をおいてほかにない。

「おちせさん、わけを聞かせてください」

「……」

「応えてくれたっていいでしょう」

ちょっと黙っていてください、と振り返りかけたその刹那《せつな》、銀之進と伝内が交錯したように見えた。

七

「そういう経緯《いきさつ》があったとは……」

おちせの話を聞き終えて、瞬次郎が二、三度、まばたきをした。

神明前にある水茶屋の奥座敷には、土間の床几《しょうぎ》に腰掛けている客たちの声も届いてこない。昼日中だというのに夜具の支度がしてあるのは、たいていの男女がこうした場所を逢引に使うゆえで仕方ないが、少しばかり込み入った話をするにはおあつらえ向きだった。

八ツ下がりの陽射しが、部屋の明かり障子を淡く染めている。夜具に背を向けるようにして、おちせは瞬次郎と向かい合っていた。

「神明様のお祭からひと月たって、このごろやっと気持ちにけりが付いたんです。それで、瞬次郎さんに本当のことを申し上げなくてはと存じまして」

ひとつうなずいて、瞬次郎が訊ねかけてくる。

「銀吉さん……いえ、銀之進さんはどうしていなさいますか」

「あの子は……、さばさばとしたものです。先刻も出掛けに、自分が店番をしているからゆっくりしてきてもよいなどと、いっぱしの口をきいたりして」

応えながら、おちせは視線を宙へ遊ばせた。

助六芝居の折、結句《けっく》、銀之進は池田伝内を討たなかった。

黒衣の衣裳に着替えた銀之進と顔を合わせた伝内は、「そなたが半之丞の子か、父御によく似ておるな」と話し掛けてきたそうである。出世につながると焚き付けられて家宝を手放した己れが愚かであったと嘆いていた。鍵役の当番がまわってきたときに御蔵から香炉を取り戻したはよいものの、それを半之丞に訊ねられると何がなんだかわからなくなって刀を抜いてしまったのだ。

とっさのことで城下を逃げ出した伝内だったが、心当たりのある土地を転々としたのち江戸の芝居小屋に潜り込んで人心地ついたのも束の間、前から患っていた肝臓が悲鳴をあげ始めた。国許から半之丞の縁者が追ってくるのは目に見えている。常に討手の影に怯《おび》える暮らしは、病身を急速に蝕《むしば》んでいった。しだいに耐えがたくなり、討手が立ち現れるのを待ちわびる心持ちとなっていたところへ、半之丞の身内と思われる者たちが小屋に出入りするようになった。身体はきつくなる一方で、夏には小屋も休みがちとなったが、芝神明の祭礼の日は調子もよく、たまには気晴らしをと岩井半四郎に連れ出されたのだった。

芝居の終盤に差し掛かったとき、「命あるうちにおぬしが見つけてくれてよかった。懐剣を持っているのか、では今ここで刺せ。刺してわしを早う楽にさせてくれ」と、伝内は銀之進に懐を突き出してみせたという。

背後にどんな事情があろうとも伝内を討つと胸に定めていた銀之進も、ぎりぎりのところで決意が揺らいだようだ。

「あの子なりに考えた末のことでしょうし、判断を誤ったとはわたくしも思っておりません」

ひとことずつを噛みしめるように、おちせは言った。祭礼の日を境に、伝内の病は日増しに重くなり、半月ほどして息をひきとった。

国許へ香炉を届け、仇討ちの首尾を心待ちにしている母や姉に経緯を報せるため、明日には江戸を発つ。その前に、おちせは瞬次郎を訪ねたのであった。

障子越しの柔らかな光に、瞬次郎の面立ちが浮かび上がっている。その目をまともに見ることができず、おちせは畳に手を突いた。

「ごめんなさい。今までずっと身許を偽っていて……。許していただけるとは思いませんが、お詫びだけはきちんとしておきたかったのです」

こんどこそ、この人との縁は切れてしまうのだ。胸を締めつけられる思いで、頭を低くした。

比丘尼橋での待ち合わせに行かないことで瞬次郎への想いを断ち切ったつもりだったが、そうした小粋を気取るのは、どうやら自分には向いていないらしい。目の前で見捨てられぬかぎりは踏ん切りがつかない己れが情けなく、恨めしかった。

「おちせさんが偽りを詫びるというのなら、わたしも謝らないといけません」

瞬次郎の声は、かすれていた。

「いつだったか、芝居町の裏小路で女連れのわたしと擦れ違ったでしょう。行きつけの縄暖簾の女将と行き会ったのだと申し開きしましたが、あれはたまたまではありません。女将がよく知っているという小間物屋に、連れて行ってもらったんです」

「……」

「これはその小間物屋で、わたしが見立てました」

そういって、瞬次郎は懐から小ぶりの箱を取り出した。蓋を開けると、貝文様の蒔絵がちりばめられている櫛があらわれた。おちせの心を読み取ったかのような、好みにぴったりの見立てである。

「さあ、嘘つきはこれでおあいこだ。どうです、わたしのことが厭になりましたか」

「……………」

温かな眼差しが、こちらへまっすぐに注がれている。

小波庵の新装を控えて心細かったときや、仇討ちを前にして底知れぬ心許なさを抱いていたとき、この男の大らかな優しさにどれほど救われたことだろう。そう思うと、おちせは鼻の奥がつんと痛んだ。

瞬次郎が、少しばかりすねるふうに口を尖《とが》らせた。

「それとも、ふたりでいるときに見せてくれた真心も偽りだったのですか」

「……………」

涙にぼやけていく男の像に、おちせは首を横に振る。

瞬次郎がかたわらへ膝を進めて、おちせの髪に櫛を挿してくれた。「よく似合っていますよ」と囁いて、おちせの肩へ手をまわす。

「おちせさん、これからはひとりで抱え込まずに、わたしにも分けてもらえませんか。どんな荷もふたりで分け合えば、重さは半分になりますよ」

慈《いつく》しみに満ちた声が、抱きとめられた胸許から響いてくる。

「お武家の娘だろうが半襟屋のあるじだろうが、おちせさんはおちせさんだ。そのまんまのおちせさんを、わたしは丸ごと受け止めたいんです」

「……」

「たったそれだけのことを言うのに、ずいぶん遠回りしてしまいました」

瞬次郎のぬくもりが、着物越しに沁み入ってくる。日なたのような匂いを胸いっぱいに吸い込んで、おちせはそっと目を閉じた。


翌朝、おちせと銀之進は国許に向けて旅立った。藩の所蔵品であった香炉を女と子どもだけで運ぶのは無用心だとの声が江戸藩邸内にあがって、道中には柴崎十兵衛も付き添うことになった。

国許に着いて三日め、おちせたちが身を寄せている母の住まいを、姉の藤乃が訪ねてきた。下男が取り次ぐ間ももどかしいとばかりに、藤乃は慌しい足音を廊下に響かせ、母が臥せっている部屋の障子を引き開けた。

「ちせ、聞きましたよ。あなたという人は何という……」

声がわなないている。

「これ、はしたない。声も掛けずに人の寝所へ踏み込んでくるなどと」

おちせに身体を拭かせているところだった母が、低い声で藤乃をたしなめた。舌足らずな口調だが、声は威厳に満ちている。

母の寝間着の襟許をととのえ、蒲団を掛けなおしてから、おちせは姉に膝を向けて頭を低くした。

「だって母上。五十嵐の家が二度と日の目を見ることができないかもしれないだなんて……」

言いさして、藤乃が手で胸許を押さえる仕草をする。

「とにかく、そこへお坐りなさい」

母にうながされると、藤乃はおちせに向かい合うように腰を下ろした。深い呼吸を幾度か繰り返したのち、いくらか落ち着きを取り戻した口調で言う。

「士分を捨てると、皆様方に申し上げたそうですね」

「はい」

膝に揃えた指先を見つめて、おちせは応えた。

昨日、おちせは銀之進を伴って本家へ出向き、親戚のおもだった顔ぶれが居並ぶ前で、仇討ちがかなわなかった旨を伝えた。親戚のあいだからは、取り戻した香炉を藩に返上するにあたり家名再興を願い出てはどうかという意見も出されたが、「仇を討たぬと決めた折に、刀を捨てる覚悟も定まっております。向後は、江戸で絵を学びたいと存じます」と銀之進が宣言して、一同は白けた空気に包まれた。表向きは家名再興を唱えていても、何年も前のことを蒸し返して厄介事に巻き込まれたくない、と内心では思っている親戚がいるのも、おちせは承知していた。

「あなたが何を吹き込んだか知りませんが、この願ってもない折をみずから手放す事の重さが、銀之進にはわかっていないのです。あの子はまだ子どもですからね。旦那様も旦那様ですよ、その場に居合わせながら黙って聞いているだけとは……」

「姉上。お言葉ですが、わたくしは銀之進に入れ知恵した覚えはございません。こたびのことはあの子なりに悩み抜いて肚を決めたのだと存じております。わたくしの役目は、それを支えるまでのこと」

「いいえ、なりません。あなたは五十嵐の家が世間に蔑まれたままでよいのですか」

姉の声が、ふたたび震えを帯びた。

それまで瞑目《めいもく》していた母が、ゆっくりと目を見開いた。

「藤乃のいうように、銀之進はまだ子ども。当分は見守ってやらねばなりません。ですが、若い人はじきに巣立っていきますよ。ちせ、そなたは己れの行く先をどのように考えているのですか」

呼吸をひとつして、おちせは顔を上げた。

「江戸で店を続けたいと存じます。半襟を仕立てることはできますから、地道な商いを心がけていれば、食べていくくらいはどうにかなると見込んでおります。困ったときに力になってくれる方もございますし……」

「もしや、心に決めたお人が？」

「はい、母上。絵草紙屋を営んでおられる方で……」

口にしながら、このさき江戸に落ち着くことになれば、こうして母に会うこともなかなかできないのだと思って、声が詰まりそうになる。

ばしっ、と藤乃が畳を平手で打った。

「あなた、自分が何を言っているか、わかっているのですか」

静まり返った家に、甲高い声が響く。家の裏手では銀之進が下男夫婦の畑仕事を手伝っているはずだが、物音ひとつ聞こえなかった。

「藤乃、黙らっしゃい」

母の声がぴしりと通った。

「そなたにはそなたの立場があるように、ちせにはちせの生きてゆく道があるのです。当人の思うようにさせておあげなさい」

「……」

藤乃は着物の膝をきつく摑んだが、もう何も言わなかった。

後日、香炉を返上する旨を本家筋から藩に言上したところ、さして由緒のあるものでもなし、血腥《ちなまぐさ》いいわくのついた品を返すには及ばぬとの回答が下された。おちせと銀之進は、池田家の菩提寺に香炉を納めたのち、江戸へ向かった。

八

風待ち小路に、新たな年がめぐってきた。

瞬次郎とおちせの祝言は、正月の末に挙げられた。おちせはいったん深川に住む絵師の養女となって、粂屋へ嫁に入ることになったのである。

笠兵衛は店を早めに仕舞い、紋付に着替えて天ぷら屋「天花」へ向かった。粂屋の奥でごく内輪の祝言にするつもりだったのだが、風待ち小路の面々が天花を貸し切りにして、二人の門出を祝ってくれることになったのだ。

日が暮れてからも、昼間の暖かさがほんのりと残っている宵であった。

天花に着くと、店の料理人や女中のほかに、小路の店々から手伝いにきた女たちが慌しく動き回っていた。

二階の控えの間では、紋服姿の瞬次郎がちんまりと坐らされている。

「どうも、お父っつぁん、こういうとき花婿というのは役に立たないものですね」

居心地悪そうに笑う口許が、にやけている。

「お前、いくら嬉しいからといって、鼻の下を伸ばしすぎだ」

軽くいさめているところへ、板場にいた女中が上がってきた。

「あの、柴崎十兵衛さまがお見えになりました」

座敷へいくとすでに祝膳の準備はととのっていて、四十格好の武士が上手の席についていた。おちせの姉婿である。

「これは柴崎さま、ようこそお越しくださいました。手前は花婿の父、粂屋笠兵衛と申します」

畳に手をついた笠兵衛に、十兵衛も折り目正しく一礼した。

「このたびは義妹《いもうと》がお世話になり申す。ここ数年でいくらか市井《しせい》に馴染んだとはいえ、世間知らずの面も多かろう。そこもとたちでひとかどの商人の女房に仕込んでやってくだされ。これはわしばかりでなく、国許にいる義母《はは》の願いでもござる」

慇懃《いんぎん》な口ぶりの中に、町人となる義妹への思いやりが滲んでいた。

いま一人、侍が座敷に入ってきて、十兵衛と挨拶を交わして腰を下ろした。彫りの深い目鼻立ちをした男で、「中原創吾と申します」と名乗った。

「中原さまと仰いますと、先に銀之進を川で助けていただいた……。その節は、まことにありがとう存じました」

「親父どの、どうぞ顔をお上げください。今日は花婿花嫁を祝いに参ったのです。おちせさんは親友の妹御、その晴れ姿を目にできることほど嬉しいものはありません。親友も、あの世できっと喜んでいることでしょう」

「すると、中原さまは花嫁を小さい時分からご存知なので……」

「いずれ粂屋に寄らせてもらったときにでも、思い出話をお聞かせしますよ。厄介になっている道場をこんど継ぐことになったので、向後も江戸におりますのでな」

ざっくばらんな口調で、創吾は快活な笑みを浮かべた。

招かれた人たちが、各々の席に揃った。

支度をととのえた花嫁が、円満堂の女房おたよに手を引かれて座敷に入ってくると、金屏風《きんびょうぶ》の前にいる瞬次郎と向かい合う席に腰を下ろした。集まった人々から、何ともいえぬ溜息が漏れる。

白の綸子《りんず》地に色糸と金糸で橘《たちばな》文様を配した打掛には、華やかな中にもしっとりとした落ち着きがあって、凛とした佇まいのおちせを引き立てていた。燭台にともされた灯が、綿帽子を柔らかく照らしている。

三三九度の盃をがちがちになりながら口許へ持っていく瞬次郎を、笠兵衛は微笑ましく見つめた。誰に似たのか不器用な伜だが、この先はしっかり者のおちせがともに歩んでくれるのだから、安心して見守っていられそうだ。

花婿から交わされた盃を手にした綿帽子が、かすかに震えている。それを見て、隣に坐っている銀之進が鼻を鳴らした。笠兵衛がそっとうかがうと、「これまでのことが思い出されまして……」と、照れ臭そうにはにかんでいる。

銀之進はおちせの連れ子として粂屋へ入る。これからは絵を学びたいのだそうで、深川の絵師に弟子入りすることになった。

笠兵衛は伜の嫁を迎えるばかりでなく、十四歳の孫をもつ祖父になるのだ。そうはいっても、老け込む気持ちは毛筋ほどもなかった。おちせたちは住まいの場こそ粂屋に据えるが、竹河岸へ通って小波庵を続けていく。絵草紙屋と半襟屋の商いが先々どうなるのか今は見当がつかないけれど、当座のあいだは笠兵衛も粂屋の表舞台を引っ込むわけにはいかない。

夫婦《めおと》固めの盃事がおごそかに執り行われたのちは、いつもの賑やかな宴となった。

「笠の旦那、本日はおめでとうございます」

さっそく、円満堂の亀之助が酌にきた。

「亀之助さん、お前さん方に仲人を引き受けてもらって礼を言いますよ。お二人の夫婦仲のよさに、瞬次郎たちもあやかってほしいものだ。それはそうと、赤ん坊は可愛いだろう」

「そりゃあもう。生まれたばかりは皺くちゃな女の子でびっくりしましたが、三月も経つと目許や口許がわたしに似てきましてね。このあいだ、可愛くて食べてしまいたいと言ったら、内儀さんに気味悪がられまして」

金屏風の前では、緊張した面持ちのおちせに、おたよがにこやかに話しかけている。

その脇で、赤子が円満堂の女中に抱かれて眠っていた。

「瞬次郎は子ども時分からお前さんを兄のように慕っておった。どうかこれからも、倅をよろしく頼みますよ。ただし、道楽を指南するのはほどほどにな」

苦笑いをして、亀之助が頭のうしろに手をやった。

瞬次郎が若い連中につかまっているので、笠兵衛がおちせを連れて挨拶にまわる。

「ほう、こりゃまた、たいそうな器量よしじゃ」

「瞬次郎は果報者だな」

例によって出来上がった多五郎と長三郎が口を揃える。忠右衛門と岩蔵は、まぶしそうに花嫁を見つめていた。

「そのように褒めていただいては、もったいのうございます」

「いや、おちせさん。あんたは本当にきれいな花嫁さんですよ」

笠兵衛が心の底から言うと、

「お義父っつぁんまで、そんな……。褒めていただけるのは、きっとこの衣裳のおかげです」

おちせは慎ましく微笑んだ。

「その打掛、大和屋さんが贈ってくださったんですって？」

洗濯屋のお栄が祝膳の向こうから身を乗り出し、

「道理で垢抜けてると思った。素敵だねえ、花嫁さんにしっくり馴染んでる」

つくしの女将、おつなは目を細めている。

空き地での芝居がはねたのち、池田伝内から「仇として追われる身である」と打ち明けられた岩井半四郎は、たいそう驚いたらしい。だが、人を押しのけてでも前へ出ようとする連中で占められているといっても過言でない芝居小屋にあって、常に人目につかぬところで黙々と務めをこなす伝内の背景にはそうした事情があったのか、と合点もした。その寡黙な働きぶりを見込んで、伝内を付き人にしていたのである。

何かと目をかけてきた付き人の最期を看取った半四郎は、そうすることを許してくれた銀之進とおちせに深く感じ入ったようだ。おちせが粂屋に嫁入りすると知ると、婚礼の衣裳はこちらに任せてほしいと申し出て、贔屓筋の呉服屋にみずから出向いて誂えてくれたのだった。

「もっと近くで見せてくださいな。あら、半襟に刺繍が入ってるんだ」

「銀糸で蝶を散らしてみたんです。少し派手だったでしょうか」

「へえ、手が込んでるね。このくらいなら品もあって、ちっとも派手じゃないよ。おたよさんも、そう思うだろ」

「はい、介添えしながら、わたしも見入ってしまいました」

女たちはたちまち打ち解けて、おちせの表情もやわらいでくる。

お栄がひょいと笠兵衛に顔を向けた。

「ねえ、笠の旦那。粂屋にもおちせさんの半襟を置いてもらえませんか。店を空けて竹河岸までは容易に行けないけど、粂屋ならちょっとしたついでに立ち寄れますし」

おつなとおたよが、わたしも、わたしも、と手を上げる。

「ほう、いい案だね。このところ風待ち小路はお客が増えているし、垢抜けた半襟が絵草紙屋の店先に置いてあれば、何かと話題になるかもしれん」

風待ち小路では芝居で集まった見物人に、町内の店々を買い物して回って印判を集めると、景物に引き換えることができるという切手を配った。跡取り連中が知恵を絞った、風待ち小路に客を呼び込むための策である。これが当たって、いずれの店も二度、三度と通ってくる客が増えてきた。摑んだ客を手放してはならぬと、こんどは親父連中が頭をひねり、年明けからは買い回りと謎かけを組み合わせた趣向で客を引きつけている。

「在方への土産物としても、半襟は打ってつけだ。おちせさんはどう思うかね」

「ええ、お義父っつぁん。きっと喜んでいただけると存じます」

錦絵や草双紙と一緒に半襟が並んでいる店先を、笠兵衛は想像する。役者絵の横に、芝居にちなんだ文様の半襟を置くのも面白いかもしれない。華やかな彩りが、睔いっぱいに広がっていく。粂屋に瑞々《みずみず》しい風がふわりと吹き込むのを感じた。

「なあ、お父っつぁんたちだけで花嫁さんを独り占めしねえでくれよ」

錦栄堂の金吾が、盃を手にして席を移ってきた。長三郎の横に坐る。

「引出物の豆大福は、金吾さんが腕によりをかけてこしらえてくれたんだってね。さっき一つ味見させてもらったが、餡の塩梅が絶妙だったよ」

笠兵衛が酌をすると、金吾は面映《おもはゆ》そうに口許を弛めた。何か言いかけようとするのを、赤い顔の長三郎が割り込んでくる。

「錦栄堂《うち》の豆大福は餡の塩加減が肝なんだ。目と舌で覚えるよりないんだけれども、こいつは何べんやらせても飲み込みが悪くてよう。うちの味が出せねえんじゃ食っていくのに困るだろうと厳しく仕込んできたが、実をいうと匙《さじ》を投げかけてたんだ。それがこの頃やっと、やっと……」

話すうちに胸がいっぱいになったのだろう、多五郎に背中をさすられている。

視線を移すと、大人と少し離れたところで、子どもたちが肩を並べて坐っていた。佑太と分吉が、銀之進を真ん中にしてぴたりと寄り添っている。腕組みした瞬次郎が、それをのぞき込んでいた。

笠兵衛とおちせが近寄ってみると、銀之進が佑太たちに草双紙を読み聞かせているのだった。大人たちの集まりは退屈するとみて、いとこ同士のいずれかが持ち込んだようだ。

「銀之進兄ちゃんは、本を読むのがとっても上手なんだよ」

「話の中に出てくる人がほんとに喋ってるみたいで、おいら、どきどきしちまった」

佑太と分吉が声をはずませ、笠兵衛を見上げた。

「こんど二人が気に入りそうなのをおじさんが見立てておくから、条屋に遊びにおいで。銀之進兄ちゃんに読んでもらうといい」

「うん。きっと行くよ」

佑太たちが目を輝かせたところで、あちらからお栄と岩蔵が二人を呼んだ。

子どもたちの背中を見送って、おちせが居住まいを正した。それに倣《なら》って、銀之進も畳に手をつかえる。

「ふつつか者ですが、なにとぞよろしゅうお頼み申します」

「おちせさん、あんたは見上げた女子です。突然に国許を離れねばならなくなり、暮らしもすっかり変わって、人には言えぬ苦労もあったに相違ない。それを乗り越えたあんたを伜の嫁に迎えることを、わたしは誇りに思いますよ」

「……」

おちせの頬に光るものがあるのはわかるとしても、瞬次郎までもが袂で目尻を押さえているのはどうしたことだろう。花嫁の肩を抱くなり手を取るなり、気の利かせ方がありそうなものではないか。

　いささか憮然《ぶぜん》とした心持ちで、笠兵衛は銀之進のほうへ膝を向ける。

「一つ訊かせてもらえんかね。舞台の上で、お前さんは仇を討たなかった。どうしてなんだい、お父っつぁんを斬った憎い相手じゃないか」

　銀之進は首をかしげて、しばらくのあいだ考え込んだ。

「うまく言えぬのですが、相手の眼を見たとき、この人も哀しみを生きてきたのだと、ふと思ったのです」

「哀しみ……」

「かつては上様に仕え、ひいては民に仕えた日々が、この人にも確かにあったのだ。そう考えると何ともいえぬ気持ちになって、足が前へ出なくなりました」

　言葉を選ぶように、銀之進が応えた。

　一瞬、十四とは思えぬ憂いの表情が火影《ほかげ》に浮かび上がって、笠兵衛は胸を突かれた。銀之進への愛おしさが無性にこみ上げてくる。よし、この子を意地でも仕合せにしてやろうじゃないか。

　だが、笠兵衛より先に、瞬次郎が花嫁と銀之進の肩へ手をまわした。

「おちせさん、銀之進さん。わたしがきっとお二人を仕合せにしてみせます」

　涙で声を詰まらせながら、いいところをあっさりと攫《さら》っていった。

肩の荷が下りたような安堵にひと息ついて、笠兵衛は一座を見渡した。いつのまにか、老いも若きも交じり合って酒を酌み交わしている。

人々の輪から、どっと笑い声が上がった。

「おいおい、みなさん。めでたい席なんだ、いつかみたいな飲みすぎは慎んでくださいよ。うまい酒も、過ぎれば台無しになる」

笠兵衛が冷やかすと、笑い声が大きくなった。

「ほんにあの時は、過ぎたるは及ばざるが如しだったなあ」

「なに、好いたるはおちせ瞬次郎が如しじゃと？」

長三郎と多五郎の珍妙な掛け合いに、野次が飛ぶ。

「よっ、うまいこと言うねぇ。もっとも、こんどの地口行燈には使えそうにねえけど」

みんなが盛大に手を叩いた。

やがて、誰かが高砂を朗々と謡い始める。

祝宴の夜は、なごやかに更けていった。

解説

大矢博子

志川節子は二〇〇三年、短編「七転び」で第八十三回オール讀物新人賞を受賞した。しかし短編は、本にまとまるまで時間がかかる。単行本デビューはそれから六年後、二〇〇九年の『手のひら、ひらひら　江戸吉原七色彩』（文藝春秋→二〇一二年に文春文庫入り）まで待たねばならなかった。

『手のひら、ひらひら　江戸吉原七色彩』は吉原で働く人々——遊女だけではなく、その周辺の人々をモチーフにした連作短編集だ。化粧師や植木職人、代筆屋など実在の職業から、遊女に技を仕込むという架空の（けれど存在してもおかしくない）職業に至るまで、その情報の興味深さに引き込まれた。と同時に、全編を貫く吉原という場所の悲しみや闇が圧倒的な存在感で立ちのぼり、感服したものである。

やっと出てきた、と思った。これほどまで書ける人なのだから、ここからはもう一気だろう、と。ところが二作目は、そこからさらに待たされた。三年待ってようやく読者に届けられたのが、本書『春はそこまで　風待ち小路の人々』である。

待ちかねたのは私だけではなかったようで、本書はデビュー二作目にして直木賞候補に名を連ねた。待たされただけの甲斐はあったのだ。

吉原を舞台にしたデビュー作から一転、本書は江戸の市井小説である。連作短編の形をとっているが、第四話以降、物語は一話ごとに完結せずに続くので、どうか順を追って読まれたい。

舞台は芝神明社の近く、目抜き通りから一筋西寄りの通りにある源助町だ。幾つかの商店が軒を連ねている、いわば小振りな商店街。日当りが悪く風通しもよくないため、土地の者は「風待ち小路」と呼んでいる。ところが、目抜き通りを挟んで反対側の筋に、新しい店が並び始めたという。そちらに人が流れるようになると、風待ち小路の商店にも影響が出る。

そんな状況で、この風待ち小路に住む人々が持ち回りで主役になるという趣向で本書は幕を開ける。だが単なる商店街小説ではないところがミソ。本書は職業小説であるとともに、家族小説であり、そして「町」の小説でもある。いや、むしろ、それらの要素が絶妙な融合を見せているところこそが、本書の眼目であると言っていい。

まず、職業小説の点を見てみよう。目を引くのは第一話から第三話だ。

ここでは風待ち小路で商売を営む三軒の物語がそれぞれ綴られる。絵草紙屋、生薬屋、洗濯屋——今風に言えば、書店、薬局、クリーニング店だが、それぞれの商売の工夫が実に面白い。

第一話「冬の芍薬」で描かれるのは絵草紙屋の粂屋だ。当時は地本問屋というエンタメジャンルの版元があり、卸しから販売まで手がけていたが、粂屋はそこから本を仕入れて売る、小売店である。店の中の様子は、こうだ。

店先には、店座敷の半分ほどもある平台が、通りに向かって傾斜をつけて置かれていた。そこへ売れ筋の品を並べるのだ。

粂屋では、木っ端と布切れを組み合わせて小ぶりの幟をこしらえ、「粂屋の一押し」だの「本日売り出し」だのと書き入れて、品の脇に立てている。（中略）

よく出る美人画や役者絵、合巻などは平台に並べ、人気が一段落ちる力士絵や風景画は、鴨居に渡した荒縄へ水引幕のように吊るしている。また、季節に応じた品を集めて特設したり、一人の役者を取り上げ、さまざまな役柄の絵を取り揃えたりしている。

書店をよく利用する人は驚かれたのではないだろうか。「粂屋の一押し」などの幟は、今でいうＰＯＰだ。売れ筋は平台に、そうでないものは奥に。流行や季節によってフェアを行なう。しかも本編には、版元の手代に、あれは売れ筋だから仕入れたい、これは売れないと思うから返すなどと話す場面もある。今とまったく同じである。実に楽しい。

著者の志川さんに「あの絵草紙屋の様子は史実ですか」と訊ねてみたことがある。概ね史実だが、幟を立てるのは創作だ、という答えが返ってきた。「でも、やり手の店主だったら絶対やってたと思うんですけど」と。

その後で、享和二年に出された『画本東都遊』の、葛飾北斎による絵草紙屋の絵を見て手を叩いた。平積みにされた本を客が手にとる様子が描かれているのだが、店頭には、人気作や新作と思しき書名を書いた札が、まさにポスターのように貼られているではないか。やはりやっていたのだ。

第二話「春はそこまで」は生薬屋。おかみさんのアイディアで、精力剤の飛脚売りをやるという話が出てくる。絵草紙の奥付に広告を載せ、遠方からの注文に為替手形で対応する。つまり、通販だ。これも、いわゆるカタログ販売は郵便制度が確立した明治になってからだが、江戸時代から野菜や花の種の飛脚売りは行なわれていたという。

第三話「胸を張れ」は洗濯屋。顧客に通い帳を渡し、洗濯物一点につき、判を一つ押す。二十個集めたら次の洗濯物は無料になる。ポイントカードである。これは創作だそうだが、他の職種では得意先へのサービスの例は多々あるので、決して荒唐無稽な設定ではない。

いやあ、面白い。

もちろん、当時ならではの情報もある。洗濯屋が使うのはアイロンではなく火熨斗だし、本屋の売れ筋は役者絵だ。変わらないところ、違うところ、形を変えたところなど、ひとつひとつ味わって読まれたい。まるで自分が風待ち小路をそぞろ歩きながら、店先を冷やかしているような気持ちになれる。

ここまでの三話は職業小説であると同時に、家族小説でもある。第一話では、年を重ねても気分だけは現役ばりばりの父親が、跡取りの息子を不甲斐なく思う。第二話では、女遊びが過ぎる夫に生薬屋のおかみさんが悩まされる。第三話は、父が家を出たあとで母親と二人暮らしになった少年が主人公だ。

共通するのは、反発。そしてそれを乗り越えたところに見えるもの、だ。

絵草紙屋の息子は、父が売れないと踏んだ絵を平台に並べる。父は、他人の提案を「いい考えだ」と感心するが、それは実は息子の考えだった。そういうエピソードを重ねて、信頼とは何かを描いていく。

婚家が辛かったら帰ってきていいと言ってくれた父親が亡くなり、気落ちしていた生薬屋のおかみさんの肝が据わったきっかけは何だったか。洗濯屋の主人はなぜ出奔したのか。どれも、職業描写同様、現代と同じ構図がそこにある。

そのテーマは、第四話「しぐれ比丘尼橋」でひとつの方向を指し示す。風待ち小路の若者たち——つまり各商店の跡取りたちが、自分たちなりに風待ち小路を盛り上げる方法を考えるのだ。「おれたち若い連中の出番だな」と。連携した息子世代による、親世代への反発——いや、挑戦である。

ところが、「なるほど、商店街とその家族の物語なのだな」と思ってページをめくると、戸惑うことになるだろう。物語は少しずつ趣を変えていく。「しぐれ比丘尼橋」では、若者たちの町おこしと並行して、第一話に出てきた粂屋の跡取り息子の恋愛が描かれる。ただ、雲行きがおかしい。

大転換は第五話だ。物語はここから大きく動くので詳細は書けないが、いきなり武家の仇討ちの話になるのである。この展開には虚を突かれた。別の話が始まったかとすら思った。しかし、これもまた、親の仇を討とうとする息子と彼を支える家族の物語なのである。と同時に、これは武士という職業を描いた物語であるとも言える。

ここから物語は、この武家の仇討ちと、風待ち小路の町おこしイベントと、粂屋の跡取り息子の恋模様が、撚り紐のように一本にまとまる。まるで三題噺のようなこのくだりの構成は見事という他ない。

家族、特に親と子というのは縦のつながりである。一方、商店街や町という共同体は、横のつながりだ。縦につながる家族が、家同士の横のつながりを持つ。それが第四話以降の展開だ。物語が進むにつれ、その縦と横のクロスがどんどん広がっていく。町とは、ただその地区を指している言葉ではない。そこに住む人たちがつながってこその町なのだという、その描写が実に見事である。

最近はSNSで「つながる」という言葉をよく目にする。それもいいのだが、私たちはこうしてネットなどない時代から、地縁というつながりを育んできたのだと、あらためて思い出させてくれた。

本書が職業小説であり家族小説であるとともに、「町」の小説であると書いたのは、そういうわけだ。

ここで、本書の大事なテーマが見てとれる。「継承」である。

本書を読んでいくと、おそらく多くの人の頭に「世代交代」という言葉が浮かぶことと思う。けれど決して交代ではない。それは少しずつ、少しずつ、受け継がれていくものなのだ。

商売のやり方。仕事に対する考え方。家族に対する愛情の持ち方、表し方。若い世代がそういったものを、上の世代から少しずつ教わる。反発して、自分でやれると考え、冒険する。親はそれを心配し、ときには過剰に期待し、またときには成長を認めず、ぶつかる。ぶつかって、両方が少しずつ目を開いていく。いちばんいい道を捜していく。親たちと子たちは、それぞれの世代で手を組んで、それぞれ勝手に風待ち小路を盛り上げようとする。それがぶつかり、勝負のような形になる（そこに仇討ちが絡んでくる）のが第六話だが、その結果をどうかじっくり味わわれたい。決して「世代交代」ではない、ということがお分かりいただけると思う。

江戸時代の絵草紙屋が平台に売れ筋を並べたり、生薬屋が飛脚売りをやったりしていた。今の書店も平台でベストセラーを展開し、ドラッグストアはネットで通販を行なう。これは「世代交代」だろうか？　違う。継承である。

江戸時代に、あるいはそれ以前に、先人が編み出した商売のやり方が、今に伝わっているのだ。それを私たちは自分のものとして、工夫を加え、それを次にまた伝えるのである。縦につながる親と子。そして横につながるご近所や職場。それらが生み出すクロスもまた、継承されていく。

その継承を、別の言葉で、歴史という。

家族の間でも、ご近所さんでも、ビジネスの場でも、人とぶつかることは多い。けれど私たちはそれを乗り越えて多くのものを継承してきた。これからも継承していく。『春はそこまで　風待ち小路の人々』は、そんな継承の物語なのである。

（書評家）

単行本　二〇一二年八月　文藝春秋刊

DTP制作　光邦

文春文庫

春《はる》はそこまで
風《かぜ》待《ま》ち小路《こみち》の人々《ひとびと》

定価はカバーに
表示してあります

2015年2月10日　第1刷

著　者　志《し》川《がわ》節《せつ》子《こ》

発行者　羽鳥好之

発行所　株式会社　文藝春秋

東京都千代田区紀尾井町 3-23　〒102-8008
TEL　03・3265・1211
文藝春秋ホームページ　http://www.bunshun.co.jp
落丁、乱丁本は、お手数ですが小社製作部宛お送り下さい。送料小社負担でお取替致します。

印刷・大日本印刷　製本・加藤製本

Printed in Japan
ISBN978-4-16-790297-1

（　）内は解説者。品切の節はご容赦下さい。

白石一郎
海狼伝
対馬で育った少年笛太郎が、史上名高い村上水軍の海賊集団に加わり、〝海のウルフ〟として成長していく青春を描きながら、海賊の生態をみごとに活写した直木賞受賞の名作。（尾崎秀樹）
し-5-5

志水辰夫
夜去り川
黒船が来航し時代が変わろうとしている折、喜平次はある目的のために、身分を隠して渡良瀬川の船渡しとなっていた。この時代に宿命を背負わされた武士の進むべき道とは？（吉野　仁）
し-16-4

城野《じょうの》　隆
一枚摺屋《いちまいずりや》
たった一枚の一枚摺のために親父が町奉行所で殺された！　何故、一体誰が？　浮かんできたのは大塩の乱。幕末の大坂の町を疾走する異色の時代小説。第十二回松本清張賞受賞作。
し-46-1

志川節子
手のひら、ひらひら　江戸吉原七色彩《なないろもよう》
うぶな花魁に閨房の技をしこむ上ゲ屋、年季を積んだ妓に活を入れ直す保チ屋など、吉原の架空の稼業を軸に、男女が織りなす綾を陰翳豊かに描いた初の作品集。（三田　完）
し-53-1

杉本苑子
冬の蟬
赤貧洗うがごとき貧乏旗本に、娘の縁談とわが身の昇進話が飛び込んできた！　表題作ほか、はなやかで無情な町、江戸に生きる人々の哀歓を描いた粒揃いの全八篇を収録。（山村正夫）
す-1-29

杉本章子
銀河祭りのふたり　信太郎人情始末帖
大地震の被害を乗り越えた信太郎は、美濃屋の総領として、父の過去をめぐっての大きな問題に突き当たった。夫婦の情愛、家族の絆を描く好評シリーズ、感涙の完結篇。（縄田一男）
す-6-15

杉本章子
春告鳥　女占い十二か月
江戸時代も占いは流行し、女性は一喜一憂していた。一月から十二月まで月ごとの風物を織り込みながら、江戸の女を生き生きと描き出す。切なくも愛らしい傑作時代小説。（遠藤展子）
す-6-16

（　）内は解説者。品切の節はご容赦下さい。

祐光　正
思い立ったが吉原
ものぐさ次郎酔狂日記
ひょんなことから恭次郎は御高祖頭巾の女と一夜を共にする。江戸で噂の、男漁りをする姫君らしいが、相手の男は多くが殺されていた。媚薬の出所を手づるに、事件を調べる恭次郎。
す-18-2

祐光　正
地獄の札も賭け放題
ものぐさ次郎酔狂日記
金貸し婆さん殺しの探索で、賭場に潜入した恭次郎。宿敵の凄腕浪人・不知火が、百両よこせば下手人を教えると言うのだが。きまじめ隠密の道楽修行、第三弾のテーマはばくち。
す-18-3

田辺聖子
私本・源氏物語
「どの女も新鮮味が無うなった」「大将、またでっか」。世間をよく知る中年の従者を通して描かれる本音の光源氏。大阪弁で軽快に語られる庶民感覚満載の、爆笑源氏物語。（金田元彦）
た-3-45

滝口康彦
非運の果て
「異聞浪人記」映画化で話題の滝口康彦の傑作短編集。武家社会の掟に縛られる人間の無残と峻烈、哀歓の中に規矩ある生き方の厳粛を描いて読者を魅了する全六編。（宇江佐真理）
た-7-3

高橋克彦
えびす聖子《みこ》
里に現れた鬼を追って、因幡の国を目指した少年シコオ。選ばれし仲間たちとともに試練を乗り越え、行き着いた先で彼らを待っていたものとは？　そして鬼の正体は？（里中満智子）
た-26-13

高橋克彦
蘭陽きらら舞
白い着物の裾からのぞく、赤い襦袢の艶やかさ――。女と見紛う美貌と役者仕込みの軽業でならす蘭陽が、相棒の天才絵師・春朗（葛飾北斎）と怪事件に挑む青春捕物帖。（ペリー荻野）
た-26-14

高橋克彦
源内なかま講
埋蔵されたままになっている二万両分の源内焼を掘り出さんと、自由の身となった源内は春朗、蘭陽と一路讃岐へ！　痛快なる探索行を描く、大人気だましゑシリーズ。（門井慶喜）
た-26-15

（　）内は解説者。品切の節はご容赦下さい。

高橋義夫
雪猫
鬼悠市 風信帖
松ヶ岡藩内きっての実力者、奏者番の加納を毒殺しようとしたのは誰か？　竹林で暮らす足軽にして藩の隠密・鬼悠市が真相に迫る。薫り高い文章にますます磨きがかかるシリーズ第五弾。
た-36-12

高橋直樹
曾我兄弟の密命
天皇の刺客《しかく》
日本三大仇討ちのひとつ、曾我兄弟の仇討ちの裏には、壮絶な策略が隠されていた。頼朝と兄弟の知られざる因縁と、勝者によって闇に葬られた敗者の無念を描く長篇小説。（井家上隆幸）
た-43-6

高橋直樹
源氏の流儀
源義朝伝
頼朝、義経の父にして、清盛最大のライバルと目された男、義朝。心ならずも父や弟を手にかけ、関東を源氏の拠点として作り上げた悲運の御曹司が辿った波瀾の生涯。文庫書き下ろし。
た-43-7

田中啓文
チュウは忠臣蔵のチュウ
赤穂浪士の討ち入りは本当に義挙だったのか？　史実と思われているエピソードの大半はじつは講談からきているのだ。斬新な視点で忠臣蔵を読み替えたユーモア時代小説。（旭堂南湖）
た-82-1

田中芳樹
蘭陵王
あまりの美貌ゆえに仮面をつけて戦場に出た中国史上屈指の勇将、高長恭（蘭陵王）。崩れかけた国を一人で支えながら暗君にうとまれ悲劇的な死をとげた名将の鮮烈な生涯。（仁木英之）
た-83-1

綱淵謙錠
斬《ざん》
最も人道的な斬首の方法とは苦痛を与えず、一瞬のうちにその首を打ち落とすことである。〃首斬り浅右衛門〃の異名で罪人の首を斬り続けた一族の苦悩。第67回直木賞受賞作。（西尾幹二）
つ-2-17

津本　陽
宮本武蔵
十三歳で試合相手の頭蓋をかち割った少年は、時代に翻弄されながらも、剣の道を極めてゆく——。自身も剣の達人である著者が描いた凄絶なる歴史長編！（桶谷秀昭）
つ-4-68

（　）内は解説者。品切の節はご容赦下さい。

龍馬の油断
津本　陽
幕末七人の侍
銃を持った龍馬はなぜ遅れをとった？　勝海舟、陸奥宗光、山岡鉄舟など、幕末維新にひと際光を放った七人の剣士たち。それぞれの剣の道を枯淡の筆致で描いた短篇集。（酒井若菜）
つ-4-69

戦国名刀伝
東郷　隆
無類の刀剣好きだった太閤秀吉は、権力にあかせて国中の名刀を手中にした。なかに「にっかり」という奇妙な名で呼ばれた一腰があった……。戦国名将と名刀をめぐる奇譚八篇を収録。
と-13-3

洛中の露
東郷　隆
金森《かなもり》宗和《そうわ》覚え書
大坂冬の陣の頃、京の片隅に庵を結び、静かに暮らす茶人がいた。飛騨高山城主の座をなげうち、茶道に突き進む金森宗和がめぐり合う、人の世の不思議の数々。連作歴史短篇集。
と-13-5

裏切り
鳥羽　亮
八丁堀吟味帳「鬼彦組」
日本橋の両替商を襲った強盗殺人事件。手口を見ると殺しのほかは十年前に巷を騒がした強盗「穴熊」と同じ。だがかつての一味は、鬼彦組の捜査を先廻りするように殺されていた。
と-26-4

はやり薬《ぐすり》
鳥羽　亮
八丁堀吟味帳「鬼彦組」
子どもたちに流行風邪が蔓延。人気医者のひとり・玄泉が出す万寿丸は飛ぶように売れたが、効かないと直言していた町医者が殺された。いぶかしむ鬼彦組が聞きこみを始めると――。
と-26-5

炎環
永井路子
辺境であった東国にひとつの灯がともった。源頼朝の挙兵、それはまたたくまに関東の野をおおい、鎌倉幕府が成立した。武士たちの情熱と野望を描く、直木賞受賞の名作。（進藤純孝）
な-2-50

美貌の女帝
永井路子
壬申の乱を経て、藤原京、平城京へと都が遷る時代。その裏では、皇位をめぐる大変革が進行していた。氷高皇女＝元正女帝が守り抜こうとしたものとは。傑作長編歴史小説。（磯貝勝太郎）
な-2-51

（　）内は解説者。品切の節はご容赦下さい。

永井路子
山霧　毛利元就の妻（上下）
中国地方の大内、尼子といった大勢力のはざまで苦闘する元就の許に、鬼吉川の娘が輿入れしてきた。明るい妻に励まされながら戦国乱世を生き抜く夫婦を描く歴史長編。（清原康正）
な-2-52

南條範夫
暁の群像　豪商 岩崎弥太郎の生涯（上下）
土佐藩の郷士であった岩崎弥太郎は、いかにして維新の動乱期に政商としてのしあがり三菱財閥の基礎を築いたのか。経済学者でもある著者の本領が発揮された本格時代小説。（加藤　廣）
な-6-22

南條範夫
武家盛衰記
乱世を生きた戦国武将に欠かせぬ能力とは何か。浅井長政、柴田勝家、明智光秀、直江兼続、真田幸村ら二十四人の武将を冷静な視線で描く、現代にも教訓を残す戦国武将評伝の傑作。
な-6-24

中村彰彦
二つの山河
大正初め、徳島のドイツ人俘虜収容所で例のない寛容な処遇がなされ、日本人市民と俘虜との交歓が実現した。所長こそサムライと称えられた会津人の生涯を描く直木賞受賞作。（山内昌之）
な-29-3

中村彰彦
われに千里の思いあり 上　風雲児・前田利常
前田利家と洗濯女の間に生まれ、関ケ原の合戦では、西軍へ人質に送られた少年は、のちに加賀藩三代藩主となる。風雲児・利常の波乱の人生。前田家三代の華麗なる歴史絵巻の幕開け。
な-29-14

新田次郎
武田信玄（全四冊）
父・信虎を追放し、甲斐の国主となった信玄は天下統一を夢みる（風の巻）。信州に出た信玄は上杉謙信と川中島で戦う（林の巻）。長男・義信の離反（火の巻）。上洛の途上に死す（山の巻）。
に-1-30

新田次郎
怒る富士（上下）
宝永の大噴火で山の形が一変した富士山。噴火の被害は甚大で、被災農民たちの救済策こそ急がれた。奔走する関東郡代の前に立ちはだかる幕府官僚たち。歴史災害小説の白眉。（島内景二）
に-1-36

（　）内は解説者。品切の節はご容赦下さい。

林 真理子
本朝金瓶梅　お伊勢篇
慶左衛門は江戸で評判の女好き。噂の強壮剤を手に入れるため、お伊勢参りにかこつけて二人の妾と共に旅に出たが……。色欲全開、豪華絢爛時代小説シリーズ第二弾登場。（川西政明）
は-3-34

林 真理子
本朝金瓶梅　西国漫遊篇
すべての女を虜にする、江戸随一の色男・慶左衛門。伊勢参りで自慢のモノがついに回復、京都で大坂で金毘羅で、さあ色欲全快！　痛快エロティック時代小説。（柚木麻子）
は-3-42

蜂谷 涼
はだか嫁
美貌を見込まれ、大店に嫁いで十二年。夫が外で生ませた子を育てながら、舅姑とともに商売に精を出すおしの。幾多の事件を乗り越え成長した彼女の決断とは。長篇時代小説。（島内景二）
は-35-3

蜂谷 涼
月影の道　小説・新島八重
NHK大河ドラマの主人公・新島八重――壮絶な籠城戦に男装で参加、「幕末のジャンヌ・ダルク」と呼ばれた女性の人生を、女心を描いて定評ある著者がドラマティックに描いた長編。
は-35-4

葉室 麟
銀漢の賦
江戸中期、西国の小藩で同じ道場に通った少年二人。不名誉な死を遂げた父を持つ藩士・源五の友は、いまや名家老に出世していた。彼の窮地を救うために源五は……。（島内景二）
は-36-1

葉室 麟
花や散るらん
京で平穏に暮らしていた雨宮蔵人と咲弥。二人は朝廷と幕府の暗闘に巻き込まれ、江戸へと向かう。赤穂浪士と係り、遂には吉良邸討ち入りに立ち会うことになるのだが……。（島内景二）
は-36-3

葉室 麟
恋しぐれ
老境を迎えた与謝蕪村。俳人、画家として名も定まり、よき友人や弟子たちに囲まれ、悠々自適に暮らす彼に訪れた最後の恋。新たな蕪村像を描いた意欲作。（内藤麻里子）
は-36-4